MY DAUGHTER GREW UP TO
"RANK S" ADVENTURER.
MOJIKAKIYA PRESENTS toi8 ILLUSTRATION

모험가가 되고 싶다며
모지 카키야
MOJIKAKIYA
toi8
ILLUSTRATION
6
도시로 떠났던 딸이
S랭크가 되었다
MY DAUGHTER GREW UP TO
"RANK S" ADVENTURER.

# 등장인물 PERSONS

【칭호(?): 적귀】

젊은 시절에 꿈이 부서져서 고향으로 돌아온 은퇴 모험가. 과거를 청산하기 위해 여행에 나서기로 한다.

【칭호: 흑발의 여검사】

벨그리프의 딸. 최고위 S랭크 모험가. 아빠를 몹시 좋아한다.

안젤린과 파티를 짠 궁수. AAA랭크 모험가. 3인 파티에서 중재역을 맡고 있다.

마법이 특기인 AAA랭크 모험가. 안젤린, 아넷사와 파티를 짜서 활동한다.

【칭호: 천개 파괴자】

안젤린의 인도로 지난날의 동료 벨그리프와 재회한 대마도사. S랭크 모험가.

태도는 삐죽삐죽하지만 근본은 다정하다. 샤를로테와 행동을 함께하고 있다.

마왕의 힘을 간직하고 있는 존재. 어린아이의 모습을 취해서 벨그리프와 다른 사람들을 잘 따르고 있다.

【칭호: 팔라딘】

살아 있는 전설이라 칭송받는 모험가. 마왕의 힘을 지닌 미토의 상태를 주시하고 있다.

# 줄거리 STORY

딸아이 안젤린의 인도로 과거의 모험가 동료 카심과 재회를 이룬 벨그리프. 긴 세월이 지나서야 두 남자는 마침내 두고 왔었던 과거와 마주 바라볼 수 있었다.

합류해서 함께 생활하던 일행은 봄이 가까워지자 톨네라로 향할 계획을 세우지만, 아버지와 딸은 서로를 너무나 많이 아끼는 탓에 마음이 자꾸 어긋난다. 벡의 내면에 도사리고 있는 마왕의 힘, 샤를로테를 자기 이득을 위해 이용하려 드는 귀족들, 또한 보르도에서 일으켜버렸던 사건. 여러 문제를 해결하는 동안에 아버지와 딸은 서로의 마음을 이해할 수 있었고, 무사히 톨네라에 돌아온 무렵에는,

**"춤추자! 아빠!"**
**"어, 잠깐, 기다려봐라, 아빠가 춤은…….."**
**"괜찮아! 빨리!"**

평소와 같은 부녀의 모습이 그곳에 있었다.

MY DAUGHTER GREW UP TO "RANK S" ADVENTURER.
WORLD MAP
엘프령
로디나
오래된 숲
헤이젤
보르도
시드
엘브렌
가루다
올펜
공국 수도 에스트갈

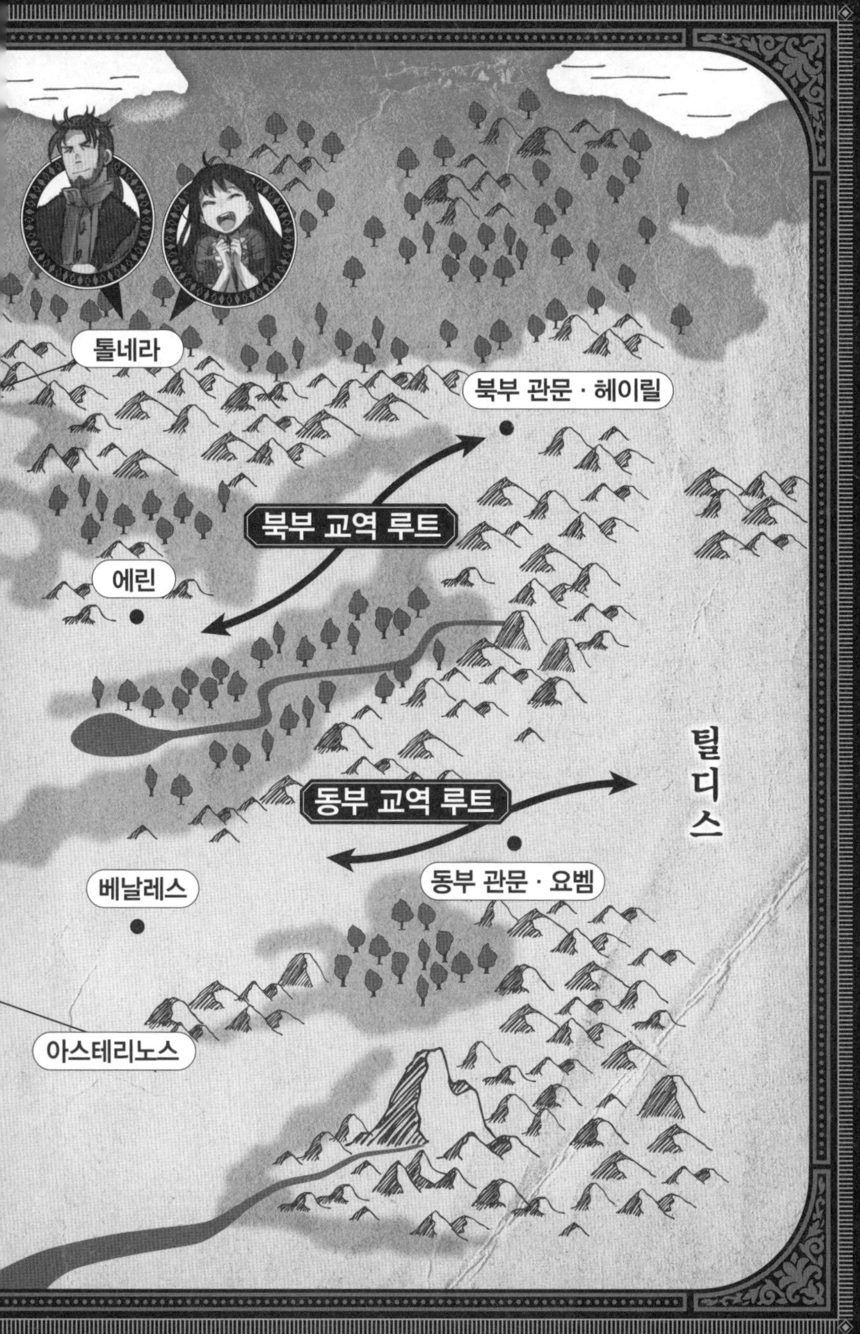

톨네라
북부 관문 · 헤이릴
북부 교역 루트
에린
틸디스
동부 교역 루트
동부 관문 · 요벰
베날레스
아스테리노스

CONTENTS

## 제 6 장



## 특별 수록 번외편

# 제 6 장

MY DAUGHTER
GREW UP TO
"RANK S"
ADVENTURER.

# 71 마치 이를 악문 것처럼 꽉 다물려 있던

마치 이를 악문 것처럼 꽉 다물려 있던 눈에서 갑자기 힘이 쭉 빠졌다.

묘한 꿈이었다. 어둡고 불빛이 없는 방에서 혼자 앉아 있었다.

방?

아니, 방이었는지도 확신을 못 하겠다. 사방은 물론이고 위아래마저도 어두운 공간이 펼쳐져 있을 뿐이라 마치 허공에 떠올라 있는 것 같았다. 그러나 분명 발바닥과 엉덩이 아래로 지면의 감촉이 느껴지는 듯 했다. 다만 세게 되밀어 내는 감촉이 아니라 이상한 질감만이 애매하게 느껴졌다. 단지 바닥의 감촉이 있다는 착각이 드는지도 모르겠다.

손을 쥐었다가 폈다가 하며 둘러봤다. 램프도 촛불도 없건마는 앉아 있는 자신의 발부리며 무릎을 끌어안은 손 모양은 또렷하게 떠올라서 눈에 보였다. 마치 배경만을 까맣게 쏙 빼낸 것 같았다.

따뜻하지도 서늘하지도 않았다. 도무지 온도라는 것이 전혀 느껴지지를 않았다. 언뜻 편안하다는 기분이 들다가도, 영 마음이 제자리를 찾지 못해서 불안감 역시 들었다.

누구든 부르려고 뭔가 말을 꺼내려고 생각했지만, 입이 말의 형태로 움직일 뿐 소리는 나오지 않았다.

묘한 쓸쓸함을 느껴서 일어서려고 생각했다. 그렇지만 일어서면 무엇인가 돌이킬 수 없는 사태가 벌어질 것 같아서 가만히 있어야 했다.

문득 깨달았을 때는 주위의 어둠이 점점 질량을 지닌 채 다가오는 듯 여겨졌다. 갑자기 숨이 답답해지고, 몸을 꽉꽉 밀어내는 것 같았다. 갑자기 공포가 마음에 들이닥쳤기에 소리 질렀다. 그러나 역시 목소리는 나오지 않았고 단지 목구멍 안쪽이 콱 죄이기만 했다.

그러던 중 새카만 어둠이 피부 위쪽을 기어올라 몸을 뒤덮기 시작했다.

○

벌떡 일어났더니 새카만 눈동자가 자신을 바라보고 있었던 터라 안젤린은 기겁했다.

"좋은 아침, 누나."

"미토……. 좋은 아침."

안젤린은 벅벅 머리를 긁적이고는 탄식했다. 뭔가 불길한 꿈을 꾸었다는 기분이 드는데 잘 떠오르지 않는다. 까닭도 없이 기분이 나빠졌었지만, 일어나서 머리가 가뿐해지자 모두 사라졌다. 꿈을 꾸었다는 기억마저 잊어버릴 것 같다.

이미 태양은 높이 떠올랐다. 봄답게 화창한 날씨였다. 창문 쪽

햇살에 비쳐서 흩날리는 먼지가 몹시 또렷하게 보였다.

집 안에는 안젤린과 미토 이외에는 아무도 없다. 다들 바깥에 나간 듯싶다.

"……늦잠 잤네. 다른 사람들은?"

"바깥에……."

"깨워주면 좋았을 텐데……."

"푹 잠들었다고, 자게 두자고, 아빠가."

안젤린은 입을 삐죽거리곤 깍지를 껴서 쭉 기지개를 켰다. 등뼈에서 소리가 난다. 후유. 숨을 내쉰 다음, 옆에 앉아서 이쪽을 올려다보고 있는 미토의 머리를 무심코 덥석덥석 쓰다듬어줬다. 미토는 간지러워하며 눈웃음을 지었다.

안젤린은 이 정체를 알 수가 없는 동생이 무척 귀여웠다. 긴 흑발에 검은 눈동자라는 외모 때문에 나란히 서 있으면 진짜 남매로 보였다. 다만 남매라는 말은 좀 애매한데, 하루하루마다 남동생이나 혹은 여동생으로 바뀌어서다. 어쨌든 본래 중성적인 외모이기도 하고, 열 살 전후의 나이인지라 어느 쪽이든 큰 차이가 없는 듯 여겨졌다.

바깥에서는 나무 때리는 소리가 들려온다. 쇠망치가 휘둘러지는 소리였다. 이번 귀성에서 또 가족이 늘어난 이유도 있어서 결국 집이 비좁아진 터라 옆쪽에 집을 추가로 짓자는 말이 나왔었다.

안젤린은 겉옷을 걸쳐 입은 뒤 미토의 손을 잡고 바깥으로 나왔다.

따뜻한 봄 햇살이 근방에 가득 쏟아지고 있다. 어쩐지 눈 안쪽이 욱신거리며 아파지는 것 같았다.

이미 근처의 곳곳에서 녹색 새싹이 한껏 돋아나 있다. 크고 작은 꽃봉오리가 톡 벌어졌거나 이제 곧 벌어질 것 같기도 하고, 어쨌거나 마당은 생기가 가득하다.

그중 한 모퉁이에 놓아둔 벤치에서 아넷사와 밀리엄이 나란히 걸터앉은 채 척척 진행되고 있는 집 건설 작업을 감탄했다는 얼굴로 바라보고 있었다.

"안녕, 얘들아."

"응? 아, 안제구나. 잘 잤어?"

"안녕~. 되게 푹 자더라."

안젤린은 쿡쿡 웃는 밀리엄의 옆쪽에 앉은 뒤 미토를 무릎에 올렸다.

"봄잠은 새벽을 떠올린다…… 맞나?"

"알지 못한다, 아니었어?"

"뭐, 아무렴 어때……. 흐앙……."

안젤린은 늘어지게 하품을 했다. 옮았는지 미토도 입을 커다랗게 벌리고 「흐앙~」 소리를 냈다.

톨네라에 돌아온 지 벌써 2주가 지난 즈음이었다. 하루하루마다 봄의 색채가 짙어지고, 불어오는 바람도 점점 더 따스한 기운이 늘어나는 느낌이었다.

마을 사람들은 겨울 동안에 굳었던 몸을 풀어주고자 밭일에 힘썼고, 들판에 풀어놓은 양과 염소는 싱그럽게 냄새가 나는 싱싱한

풀을 매일매일 배불리 뜯어 먹었다.

안젤린은 톨네라의 봄을 실컷 만끽했다. 아넷사와 밀리엄과 함께 산과 들을 돌아다니면서 산나물을 잔뜩 캐거나, 미토를 업고 양을 쫓아다니거나, 샤를로테와 벡을 데리고 밭일을 돕거나 했다. 고향의 어릴 적 친구들과 갖는 교류도 즐거웠고 샤를로테가 활기차게 다니는 것도 기뻤다.

벨그리프와 같이 지냈던 올펜의 겨울도 즐거웠지만, 역시 이렇듯 고향에 돌아오면 마음이 푹 놓인다. 이렇게 돌아보면 역시 벨그리프를 올펜으로 불러서 같이 살기보다는 아버지가 톨네라에서 귀성을 기다려주는 편이 더욱더 바람직하다는 생각이 든다. 물론 또 올펜에 갈 때가 오면 쓸쓸해져서 같이 가주기를 바랄 테지만.

"날씨 참 좋다. 기분 좋아."

아넷사가 중얼거리더니 일어서서 기지개를 켰다. 곧이어 한껏 숨을 쉬고는 하늘을 본다. 한없이 맑고 깨끗하다.

안젤린은 미토의 머리카락을 만지작거리면서 주위를 둘러봤다.

"아빠는……?"

"벨 아저씨는 케리 씨랑 외출했어. 그라함 씨는 아이 돌보기. 카심 아저씨는 광장에서 사람들한테 마법을 가르쳐주고 있고. 샤르랑 벡은 카심 아저씨랑 같이 나갔어."

"흐음……."

안젤린은 미토의 머리를 끌어안다시피 붙이고 그 위쪽에 턱을 얹었다.

“정말 한가하네…….”

“그러게~. 후유, 역시 톨네라는 평화롭다냥~.”

밀리엄은 쭉쭉 기지개를 켰다. 언제나 고집스럽게 벗지 않았던 챙 넓은 삼각 모자도 쓰지 않아서 고양이 귀가 기분 좋다는 듯이 흔들거리고 있다.

동료들이나 벨그리프에게는 고양이 귀 감추기를 관뒀지만, 톨네라의 마을 사람들 앞에서는 밀리엄도 경계하면서 감추고 싶어 했었다. 그러다가 안젤린과 다른 사람들에게 권유를 받아 큰마음 먹고 보여준 결과 귀엽다는 둥 폭신폭신해서 감촉이 좋다는 둥 거리낌 없이 폭신폭신 만지작대는 터라 차별이든 묘한 배려든 도무지 느낄 겨를이 없었고, 쓸데없이 마음 졸이면서 고양이 귀를 숨기는 짓도 바보 같다는 생각에 관둔 듯싶다.

아직껏 살짝 졸린 기분으로 이것저것 생각한다. 톨네라를 떠난 뒤 첫 번째 귀성 때에도 많은 일들이 있었다. 이번에도 많은 일들이 있었다. 집에 가려고 할 때마다 이것저것 문제가 발생했을 때는 참 난처했었지만, 전부 지나간 일인지라 어쩐지 재미있었다는 생각이 아주 없지도 않다. 게다가 이번에는 말썽거리는 있었지만 무사히 돌아올 수 있었다. 끝이 좋으면 모든 게 좋다. 야쿠모와 루실은 지금쯤 어떻게 지내고 있을까.

안젤린은 후유, 숨을 내쉬고 미토의 볼살을 쏘옥쏘옥 잡아당겼다. 부드러운 감촉이 몹시도 좋다. 미토는 잠자코 손길을 받아주었다.

"……너는 항상 저항을 안 하는구나."

"저어항?"

미토는 눈을 끔뻑끔뻑했다. 밀리엄도 재미있다는 표정을 짓고 미토를 쓰다듬었다.

"후후, 미토는 귀엽구나~."

"귀여워어?"

아넷사는 못 말리겠다는 얼굴로 살짝 웃었다.

"결국 마왕이란 게 도대체 뭐야? 미토를 보면 잘 알 수가 없는데."

"모르겠지만……. 뭐, 아무렴 어때."

"맞아, 맞아. 덤벼들면 때려눕히고, 귀여우면 예뻐해주고. 그럼 되는 거 아니야?"

"댓츠 라잇."

"아, 남부 말이다~."

"후후, 루실한테 배웠어……."

"둘이 지금쯤 뭘 하고 있을까~?"

"올펜은 지나지 않았을까? 아무렴 아직 에스트갈까지는 못 갔겠지만."

딸각딸각 소리와 함께 지붕의 골조 위쪽에서 목수들이 내려왔다. 휴식인가 보다.

작업 도중의 새집은 아직 뼈대만 달랑 세워졌지만 볼 때마다 두근두근한다. 어떤 모습으로 새로운 생활이 시작될까, 안젤린은 기대감으로 가슴이 부풀어 올랐다.

미토가 꼬물꼬물 몸을 움직거렸다.

"산책, 가고 싶어……."

"응, 갈까?"

훌쩍 일어서서 미토의 손을 붙잡고 광장 방향으로 갔다. 한쪽을 안젤린이 붙들고, 다른 한쪽은 밀리엄이 붙든다. 가끔 쭉 위로 들어서 올려주면 미토는 다리를 둥글게 모아서 매달리는 자세를 했다.

광장까지 나와서 보면 몇 명의 젊은이 및 아이들이 카심의 주위에 모여 있었다. 샤를로테와 벡도 함께였다.

한 걸음 앞으로 나선 리타가 어렵다는 표정을 지은 채 두 손을 앞으로 내밀고 있다. 손바닥을 위로 돌려서 그곳을 빤히 주시하고 있었다. 이윽고 손 위쪽이 작게 일렁이는가 싶더니 확 불이 피어올랐고, 주위에서 지켜보고 있던 젊은이들이 갈채를 보냈다. 카심이 껄껄 웃는다.

"오, 제법인데."

"아자."

리타는 불을 없앤 뒤 자랑스럽게 가슴을 폈다. 조금 뒤쪽에 서 있는 번스가 떨떠름한 표정으로 입을 우물우물했다.

"제길, 왜 저 녀석만……. 나는 전혀 안 되는데."

"지켜줄게? 안심하렴?"

"그런 문제가 아니야!"

"앗, 언니."

걸어오는 안젤린 일행을 발견한 샤를로테가 손을 흔들었다.

"어때? 잘돼가?"

"응. 리타가 무척 솜씨가 좋아."

"봤어. 리타 언니, 제법이네……."

"번스를 지켜줄 거야. 좋아?"

리타는 그렇게 말한 뒤 번스의 팔을 끌어안았다. 번스는 부끄러워하며 입을 삐죽거리고 있다. 밀리엄이 웃었다.

"사이좋구나~."

"응."

"끄응……."

번스는 뭔가 불만이 있는 듯싶다.

안젤린은 주위를 둘러봤다. 이곳에 한 덩어리의 집단 말고는 아무도 없다.

"……적네. 더 많지 않았던가?"

"아, 마을 바깥에서 그라함 영감한테 검을 배우는 녀석들도 있어. 이야, 다들 상당히 소질이 괜찮더라. 벨한테 기초를 배운 덕분이려나?"

"후후, 아빠는 가르치는 솜씨도 좋아……."

"그렇더라."

카심은 그렇게 말한 뒤 번스의 등을 두드렸다.

"이 녀석아, 삐치지 마라. 마법은 별로지만 검은 나쁘지 않다니까. 영감도 한 말이잖냐?"

"그야 검 솜씨는 그렇다 쳐도……."

"지켜줄 거야?"

"그, 그럼……."

"기뻐."

리타는 번스의 어깨에 뺨을 비비적댔다.

"하핫, 아주 자랑을 해대는군."

카심은 쓴웃음 짓고 수염을 비비 꼬았다.

봄맞이 축제를 치른 뒤 급한 일거리는 일단락했다는 까닭도 있어 젊은이들은 그라함와 벨그리프에게서 검을 배우거나 카심에게 마법을 배웠다.

본래 벨그리프와 함께 검의 기초를 습득했었고, 마수 퇴치도 몇 번인가 경험이 있던 젊은이들은 그라함과 카심의 가르침도 착실하게 흡수했다. 저 중년들의 견해로는 고위 랭크까지는 가지 못하더라도 B랭크 수준의 실력을 갖추기에는 충분한 인물도 몇몇 있다고 말했었다.

여차할 때 신변을 지켜줄 만한 기술은 갖고 있어서 나쁠 것이 없다. 가끔이나마 톨네라에도 마수가 출몰하는 경우는 있고, 도적 부류가 안 나타난다는 보장도 못 한다. 일단은 저런 구실을 갖다 붙였지만, 어쨌거나 젊은이들은 기운이 남아 넘치기 마련인지라 검이나 마법에 동경심을 갖는 것은 당연했다.

카심은 짝짝 손뼉을 쳤다.

"자, 자아, 다시 열심히 해보자고. 꼼꼼하게 구상을 해봐."

"다들 열심이구나~. 미래의 모험가가 나올까냥~?"

"후후, 이러면 마수가 나와도 안심이야……."

"그나저나……. 『적귀』한테 기초를 배우고, 『천개 파괴자』한테 마법을 배우고, 『팔라딘』한테 검을 배우고……. 이러다가 톨네라가 대체 어디로 가려나."

다시 마법 연습을 시작하는 젊은이들을 보고 아넷사가 쓴웃음과 함께 중얼거렸다.

○

봄의 밭일은 많고도 다양한데 우선 중요한 것은 밭 일구기다. 눈이 녹아내린 대지를 갈아서 주식으로 먹는 감자와 봄 파종 밀 따위를 먼저 심어야 한다.

톨네라는 동쪽을 향해 트여 있어서 햇볕 잘 드는 농지가 부족하지는 않기 때문에 넓히려고 마음먹으면 밭은 얼마든지 넓힐 수 있다. 하지만 제한이 없는 까닭에 너무 지나치면 일거리가 확 는다. 가능한 한 많이 일하고 싶은 것이 농민의 본성이라지만, 정작 제대로 못 돌보는 밭이 있어서는 의미가 없다.

톨네라의 주산업은 농업과 목축이다. 주식이 되는 밀과 감자, 콩 따위가 주된 먹거리이고 계절마다 각각 집에서 채소를 길러 수확한다. 양은 털, 염소는 젖, 닭은 달걀, 그리고 모두 마지막에는 고기를 제공해준다. 마을 공동으로 관리하는 밭과 동물도 있지만, 어느 집이든 자신의 밭과 동물을 가지고 있는 것이 보통이었다.

개척 시대부터 축적되어온 경험 및 연구가 효과를 거둔 덕택에 지금은 밭에서도 가축에게서도 마을 사람들 전원이 굶주리지 않고, 각박한 겨울에도 모진 시련을 겪지 않은 채 넘길 수 있을 만큼은 수확고가 나온다.

그러나 결국 기본은 자급자족을 위해서다. 세금으로 납부하는 양 말고는 행상인과 거래하여 필요한 물건을 확보하기 위한 잉여분을 두는 정도이다. 그 때문에 본래 톨네라에서는 필요 이상으로 생산을 하는 사람은 적었다.

다만 추후에는 가도가 정비된다는 소식이 있었다. 그렇게 되면 상품 거래가 전에 비하여 빈번해질 것이다. 단순한 잉여분 이외에도 판매를 전제로 궁리해서 농산물을 확보할 필요가 발생할지도 모른다.

물론 가도는 일조일석에 완성되는 기반이 아니지만, 밭 역시 마찬가지다. 넓힌 해부터 곧장 기대한 만큼 수확하기란 어림없는 일이다. 몇 년쯤 개간을 거듭하면서 비료 따위를 뿌려 토양부터 조성해야 한다.

벨그리프는 케리를 비롯한 농부 이웃들과 마을 둘레를 쭉 걸어다녔다. 새로운 개간 예정지를 찾아서 오전 중부터 돌아봤고, 지금은 마을의 남쪽 방향에 왔다. 산과 가까워서 오후는 금방 그늘지지만, 야채는 오전 중 빛만 잘 들면 된다. 이곳 주변은 질긴 풀이 자라지 않아서 개간도 수월할 테지.

"동쪽은 방목지가 가깝잖아, 역시 이 주변이 괜찮지 싶어."

"그래. 양들은 새싹을 죄 뜯어 먹잖나."

농부 한 명이 지팡이 끝으로 흙을 파헤치면서 투덜댔다.

"나쁘지 않군. 2년쯤 일구면 부슬부슬 길이 들 거야."

"일단 곡식 부스러기를 뿌려야지. 잎이 생생할 때 갈아서 섞으면 좋은 비료가 된다고."

"조금 돌멩이가 많지만, 뭐, 괜찮을 테지."

"밭갈이하고 모아다가 돌은 집 기초 공사에 쓰자고."

"그러게. 지금은 벨의 집을 짓고 있지만, 조만간에 큰 창고가 필요할 거야."

"그나저나 벨, 이 친구야. 자네 집, 아주 대가족이 되어버렸더군."

"신부도 없는데 말이야! 하하핫."

농부들은 웃자 벨그리프도 웃음 짓고는 머리를 긁적였다.

"일이 묘하게 돌아가더라고……. 뭐, 떠들썩해서 좋기는 한데."

"어쨌거나 말이야, 이래저래 많이 바뀔 것 같아. 가도가 다 설치되면 젊은 녀석들은 바깥에 떠나고 싶어 할 테고."

"그렇겠지……. 뭐, 어쩔 수 없지 않겠나."

농부들은 씁쓸해하며 탄식했다. 모두 벨그리프와 같은 세대이고 가족을 가지고 있다. 이 마을에서 일을 하다가 언젠가 늙어서 죽을 테고, 그런 앞날에 아무 유감도 없다.

그러나 젊은이들은 지난 1년의 시간 동안에 바깥 세계에 대한 동경이 더욱 깊어졌다. 어릴 적 함께 놀았던 안젤린이 도시에서 이름을 날린 뒤 고향으로 금의환향한 것도 청년들의 마음을 톨네라 바깥에 가져가는 커다란 요인이 되었음은 틀림없다.

지금도 일단 호신을 위해서라는 명목을 내세우며 그라함에게 검을 배우고 카심에게서는 마법을 배우고 있는 젊은이들이 많았다. 오늘도 이곳까지 오는 도중에 검을 들고 마주 대하는 장면을 봤다. 다들 열심이었다. 마냥 수련에 정신 팔리는 경우가 없도록 벨그리프가 잘 제어하고 있기는 하지만, 언젠가 실력이 늘면 마을을 떠나가버리는 것이 아닐까 농부들은 걱정을 놓지 못했다.

벨그리프는 복잡한 기분으로 수염을 비비 꼬았다. 케리가 껄껄 웃었다.

"뭐, 어때. 젊은 녀석들 기운이 넘치면 좋은 일이지. 게다가 앞으로도 벨이 바깥에서 사람을 데려와줄 거야!"

농부들 사이에서 곧 폭소가 터져 나왔다.

"말이야 옳은 말이군!"

"예쁜 아가씨들을 잔뜩 데려와주면 신부가 모자랄 일은 없겠어!"

"아니, 우선은 벨의 신부부터 구해야지."

"안 되지, 안 돼. 이 녀석은 반한 여자가 있지 않은가."

"그런 게 아니라니까……."

벨그리프는 난처해하며 웃음 짓고는 머리를 긁적였다. 케리가 등을 두드린다.

"쑥스러워하지 말게나. 그 아가씨를 찾아서 또 여행을 다녀올 테지?"

"으음……. 뭐, 다녀오기는 할 텐데."

자신의 과거를 청산하겠다는 벨그리프의 결의는 아직 달라지지 않았다.

카심과 만남으로써 우선은 하나, 과거의 자신과 마주 대할 수 있었다. 그리고 얼마 전에는 야쿠모와 루실에게서 퍼시벌의 소재를 들을 수 있었다. 당연히 만나러 갈 것이다. 다른 선택지는 존재하지 않는다. 이렇게 되면 사티도 찾아낼 때까지 자신은 마음 편하게 지내지 못할 것이다. 마치 커다란 운명의 물줄기가 자신을 밀어 보내는 듯한 느낌도 받는다.

그러나 쇠뿔도 단김에 빼란 말처럼 즉각 행동으로 옮길 만큼 젊은 나이가 아님도 분명했다. 실제로 집에 돌아온 이후 한동안은 몸 상태가 안 좋지 않았던가. 올펜에서 지내던 동안에는 별로 개의치 않았다만, 고향에 돌아온 이후 긴장이 풀린 듯 봄맞이 축제가 끝난 이후부터 며칠은 이렇다 할 일도 못하고 침상에 누워 있는 날이 이어졌었다.

애써 무리하다가 몸이 망가지는 처지도 달갑지 않다. 그래서는 과거의 청산이 아닌 오히려 과거에 사로잡혀서 휩쓸리는 것이잖은가. 힘주어 살아가야 할 시간은 지금 이때다. 잘못 판단해서는 안 된다.

"그래, 언제 출발할 텐가?"

"뭘, 지금 당장은 아니라네. 빨라도 여름 무렵이겠지."

"에이, 순식간이야, 계절 하나쯤."

"거참, 자네도 참 기운 넘치는 사람이군. 굳이 우리를 일일이 따라다닐 필요는 없잖나? 여행은 준비가 큰일 아니겠어?"

벨그리프는 절레절레 머리를 흔들었다.

"이보게, 준비를 해도 큰 짐을 꾸려서 떠나는 게 아닌데 벌써 웬 호들갑인가. 게다가 난 딱히 타지에 가서 죽으려는 게 아니잖은가. 여행을 하고 돌아오면 본래대로 밭을 일구며 생활할 테니 새로운 농지 선택을 고민하는 건 당연하겠지."

"……그것도 그런가."

"거참, 떠날 사람으로 취급하지 말아주게나."

농담처럼 웃는 벨그리프와 달리 농부들은 겸연쩍어하며 웃었다.

"하하, 우리도 자네한테 꽤 의지를 해서 말이야. 하다못해 목표는 이룰 수 있게 도와줘야지."

"맞아, 맞아."

"그때는 미안했다네, 벨."

"이 사람들아, 갑자기 왜들 이러는가……."

"에이, 분위기 불쑥 우중충해지잖아. 장소는 봐 놨고, 돌아가서 계획을 세워보자고."

케리의 힘 있는 한 마디 덕택에 푹 가라앉으려던 분위기가 불식됐다. 우중충한 분위기는 사절하고 싶다만, 농부들도 본인들 나름 벨그리프를 신경 써주고 있다는 사실을 알게 되어서 살짝 기쁜 마음도 들었다.

일행은 촌장 호프만의 집으로 갔다. 호프만은 마당에서 마구 및 괭이를 점검하며 흙을 털어 내거나 날을 다시 가다듬고 있었다.

"여어, 촌장."

"어, 자네들인가. 어때, 농지 자리는 점찍었나?"

"서쪽에 괜찮은 곳이 있더군. 어떻게 계획을 세워볼까 상의를 하고 싶어서 왔네."

"그래, 좋았어. 이봐, 마누라! 차 좀 내어주게!"

호프만은 집 안쪽으로 소리 지르곤 마당의 탁자에 둘러앉도록 권했다.

엷게 낀 구름이 흘러오면서 새파랬던 하늘이 연파란색으로 물들어간다. 태양이 하늘 꼭대기를 지나서 서쪽을 향해 기울기 시작했기에 점점 더 햇살이 무거워지는 듯한 기분이다.

아무튼, 어떤 작물을 증산할까, 이것저것 온갖 의견이 날아다녔다. 밀이냐, 감자냐, 아니면 뭔가 새로운 명산품을 궁리해볼까.

"일단 맨 처음은 곡식 부스러기 뿌리고 새잎을 갈아 넣자고."

"그래야지. 거름도 넣어서 흙부터 만들어야 않겠나."

"그담은 뭘 어째야 하나?"

"포도나무는 순조롭게 쭉쭉 자라고 있겠다, 새로 마련할 밭에도 뭔가 과실수를 심어보면 어떻겠어?"

"그런데 말야, 나무는 시간이 꽤 걸리는 데다 결과를 바로 알 수가 없잖나."

"그래도 잘만 키우면 수입이 짭짤할 거야."

"잘 커도 말이지. 막상 수확했더니 안 팔리고 별로 쓸데가 없으면 곤란하다고."

"이봐, 평범하게 보리나 밀을 더 많이 심으면 안 되는 건가?"

"딱히 상관이야 없는데 일손도 더 많이 필요하니까. 곡식을 과하게 심었다가 벌레가 들끓으면 뭔 소용이겠어."

"그 넓은 면적을 일구고, 비료 넣어주고, 씨 뿌려서 수확한단 말이지. 확실히 노동력이 곱절 가까이 들겠는데."

"게다가 북부의 곡창 지대는 보르도에 있지 않은가. 여기에서 밀 생산을 늘린들 별반 좋은 가격은 못 받지 싶은데."

"그렇게 생각하면 과일나무가 더 괜찮겠군. 아예 도토리를 심어다가 돼지라도 키울까?"

"바보, 양돈으로 로디나를 당할 도리가 없잖냐."

"맞군. 애당초 나는 돼지 냄새를 싫어한다네."

"자네 취향은 문젯거리가 아냐."

"뭐라고?"

"이봐, 이봐들. 싸움이나 할 때인가."

"과일나무를 심는다면 뭐가 좋으려나. 포도를 늘려서 본격적으로 와인이나 만들어볼까."

"이보게, 벨. 뭔가 괜찮은 아이디어 없나?"

"으음……."

팔짱 끼면서 고민하던 때 미토를 데리고 안젤린이 다가왔다.

"……아저씨들이 나쁜 계략을 꾸미고 있네."

"나쁜 계략?"

"오, 안제냐."

"하하핫, 들켜버렸군."

달려온 미토가 벨그리프의 등을 타고 올라갔고, 안젤린은 옆에 앉았다.

"웬일이니? 다른 아이들과 같이 있지 않고."

"응……. 그게, 다들 연습 중이야. 그래서 아빠는 뭘 하나 궁금해서 미토랑 같이 왔어."

"그런가……. 다들 열심이구나."

"거참, 아무리 강해져도 음식 장만을 못 하면 굶어 죽잖나."

"진정하게나, 녀석들도 일을 내팽개치고 힘만 쓰는 게 아니니까."

"얘야, 안제야. 뭔가 톨네라에서 새롭게 특산품을 만들자고 상의하는 중인데 넌 뭔가 아이디어 없냐?"

케리의 말에 안젤린은 고개를 갸웃거렸다.

"만들어서 어떻게 하게?"

"가도를 정비한다잖아? 사람들 왕래가 늘면 행상인도 더 많이 올 테고, 그때 팔 물건이 있으면 더 좋지 싶어서 말이야."

"원래 톨네라의 가공품이 질이 좋다고 평판은 괜찮은데 말이야, 지금 상황에선 더 팔고 싶어도 양이 부족하거든."

"흐음……."

안젤린은 벨그리프를 돌아봤다.

"생것은 안 되겠지? 아빠."

"그래, 아마도……. 장거리 운송이 기본일 테니 보존은 잘되는 종류가 좋겠구나. 냉장 마법 설비를 보유한 사람이 썩 많지는 않을 테고."

어쨌든 간에 이곳저곳으로 실어서 운반하려면 보존성은 중시되는 요소다. 잘 안 상하는 물건이어야 판매자들도 더욱 기뻐할 테지. 설령 팔리지 않더라도 마을에서 보존할 수 있다면 리스크가 낮아져서 좋다.

"건조품이라든가 소금 절임이라든가, 술이라든가……?"

"역시 특별한 건 없나."

"뭐, 괜히 분발해서 익숙지 않은 분야에 손을 뻗치는 것도 좀."

잠깐 생각에 잠겨 있었던 안젤린은 퍼뜩 떠올랐다는 듯이 얼굴을 들어 올렸다.

"약초는 어때……?"

"음, 약초?"

"응……. 루멜 나무가 괜찮지 않을까?"

루멜 나무는 상록수에 속하는 관목인데 잎을 주물럭대면 코가 뻥 뚫리는 강렬한 냄새가 난다. 이것을 으깨서 바르면 외상 전반에 효과가 좋다. 으깬 다음에 물을 더해서 끈기가 생길 때까지 바짝 조리면 대략 한 달은 보존이 가능하며 건조시킨 잎을 달인 온수로 상처 부위를 씻어도 된다. 수액도 사용할 수 있고 껍질 및 뿌리도 달이면 내복약이 되기에 영약을 구입할 수 없는 하위 랭크의 모험가들은 곧잘 애용하곤 한다. 톨네라에서도 민간 처방으로 사용되고 있지만, 야생의 나무를 채집하는 정도이고 굳이 재배는 하지 않는다.

벨그리프는 턱수염을 쓰다듬었다.

"확실히 괜찮을 듯싶은데……. 루멜의 잎은 아직도 모험가의 채집에 의지하고 있니?"

"응. 그런데 그 나무, 껍질이나 뿌리도 약이 되니까 올펜 주변은 막 뜯어버려서 찾기 힘들어. 그래서 옛날보다 가격이 올라갔다고 누가 말했었어."

"흐음. 여기 주변에서는 드문 식물이 아닌데."

"어, 자주 쓰이는 물건인데 왜 저쪽에서는 재배를 안 하고?"

"응, 얘기를 들어봤는데. 분명 추운 지방에서 자라야 질이 좋다더라……. 옛날이랑 비교하면 효과가 약해졌다고 불평하는 사람도 있고."

"어떻게 보나? 벨."

"왜 나한테 묻나……. 뭐, 확실히 저런 얘기가 있기는 하지. 근처 산에도 자생하고 있고, 추운 환경에서 자라야 효과가 좋아지는 게 아마 맞을걸."

"오호라……. 잘됐군, 묘목 구하는 데 고생할 필요도 없고 작업이 아주 수월하겠어."

"갑자기 대규모로 일을 벌이긴 힘들어도 작게 시험해볼까. 토지와 기후는 잘 맞을 테니까."

"그러자고. 게다가 약이면 넉넉해도 나쁠 게 없어."

벌써 확 달아오른 농부들을 보고 안젤린이 속삭거렸다.

"좋은 아이디어……?"

“그래. 아주 잘 떠올려줬어, 기특하구나.”
“에헤헤…….”
안젤린은 기뻐하며 벨그리프의 어깨에 머리를 비비적댔다. 그 머리에 미토가 손을 톡 올리더니 칭찬하는 것처럼 이리저리 쓰다듬었다. 곧이어 벨그리프의 흉내를 내서 말했다.
“기특하구나아.”
곧장 웃음소리가 터져 나왔고, 안젤린을 뺨을 붉힌 채 입술을 삐죽거렸다.

○

습한 공기가 어둠의 밑바닥에 흠뻑 고여 있었다. 그 때문일까, 마치 어둠 자체가 질량을 지닌 것처럼 답답하게 느껴지는 기분이었다.
긴 세월이 쌓인 오래된 나무가 여기저기에 늘어서 있다. 짙은 빛깔의 잎이 무성하게 자라난 나뭇가지를 천장처럼 머리 위에 덮어 햇살을 차단하고 있다. 빛이 안 드는 만큼 지면에는 식물의 모습이 희박했고, 나무줄기를 타고 오르는 가느다란 덩굴과 가지에서 드리워지는 이끼류 이외에는 양치류가 잎을 흔들거리는 것이 전부였다.
거뭇거뭇한 흙을 밟으며 누군가가 걸어왔다. 체형을 보면 남자인 듯싶은데 로브에 달린 후드를 눈 아래 깊숙이 뒤집어쓰고 있기 때문에 얼굴은 알아볼 수 없었다. 새하얀 로브가 어둠 속에서는 으스름하게 도드라져 보였다.

사람 다니는 길은커녕 짐승 다니는 길조차 분간할 수 없는 상태였지만, 남자는 망설임 없는 발걸음으로 걸어 나아갔다. 남자가 옆을 지나갈 때마다 나무들이 싸락싸락 가지를 흔들었다. 환영의 뜻이라기보다는 어서 떠나라고 경고하는 듯한 울림이었다.

남자는 이윽고 숲 안쪽 깊숙한 곳에 다다랐다. 그곳에는 이제껏 우뚝 서 있던 수목군보다 더욱 오래된 나무들이 죽은 것처럼 쭉 늘어서 있었다. 딱딱하게 말라붙은 껍질이며 이곳저곳에 난 혹이 나무들의 완고한 성질을 대변해주는 것 같았다.

—오.오…….

기묘한 신음 비슷한 소리가 들려왔다. 죽은 것 같았던 나무들이 마치 되살아난 양 가지와 잎을 흔들거렸다. 눈도 없건만 무수히 많은 시선이 남자를 꿰뚫었다.

그러나 하얀 복장의 남자는 태연했을 뿐 아니라 되레 나무들을 깔보듯 흥, 코웃음 쳤다. 그러곤 손을 내밀어서 작게, 다만 또렷한 목소리로 영창을 개시했다. 영창이 진행됨에 따라 남자의 주위에서 마력 소용돌이가 휘돌면서 바람을 일으켰고 파르께한 빛이 나무들의 울퉁불퉁한 외피를 비췄다. 그러나 그 빛과 대조적으로 나무들의 외피 틈새에서 거뭇거뭇한 그림자가 배어 나오더니 주위에 떠다니기 시작했다.

“해방되고 싶은가? 그럼 빼앗아라. 북쪽을 향하도록.”

—오.오.오.오.오.오.오.오.오.오..

고목들은 신음하듯 우렁차게 외침을 내질렀다. 나무들에서 배어 나왔던 그림자가 주위 일대를 모조리 둘러쌌다. 강렬한 악의와 공격성이 눈 깜짝할 틈에 숲속 나무들에 전염되는 것 같았다. 증오스러운 원수를 처단하겠노라고 출격하는 기사와 같이— 아니, 마치 사냥감을 앞에 두고 들끓는 욕망을 주체하지 못하는 악당 집단과 같았다.

이곳저곳의 나무들에서 그림자가 뿜어져 나오며 그림자는 점점 더 밀도를 높여 나갔다. 하얀 로브 남자는 팔짱을 낀 채 상황을 지켜보던 중 심드렁하게 중얼거렸다.

"글쎄, 어떻게 흘러가려는가."

코를 찌르는 비린내와 함께 바람이 불어왔다.

# 72 숯불은 마치 보석처럼

숯불은 마치 보석처럼 붉게 반짝거렸다. 불꽃이 피어오르지 않을 뿐 위쪽에다가 손을 가까이 대면 몇 초도 가만히 버티지 못할 만큼 뜨겁다. 숯불 위에 걸어 둔 냄비에서는 스튜, 더 정확하게는 잡다한 식자재를 마구 집어넣은 국물이 보글보글 소리를 내며 끓고 있었다.

엷은 어스름에 감싸여 있는 창문 바깥은 새까맣지는 않지만 연보라색으로 물들었다. 바람이 불자 나무들의 가지가 싸락싸락 소리를 냈다.

"자, 마음껏 드시게나!"

엘프 소녀가 탁자 한가운데에 냄비를 올렸다. 갈색 머리카락 소녀이 엷게 미소를 띠었다.

"나왔다, 엘프령 명물, 잡탕 국물."

회녹색 머리카락의 소년이 지긋지긋하다는 표정을 짓고 턱받침을 했다.

"또 이거냐……. 너는 할 줄 아는 요리가 너무 적어."

"쳇, 뭐래."

엘프 소녀는 뺨을 볼록거렸다. 갈색 머리카락 소년이 국물을 덜어 담으면서 말했다.

"아니, 맛이 아예 없지는 않거든? 맛없지는 않은데……. 알지?"

"양념 맛이 똑같아서 질린단 말이지."

"에잇, 어쩔 수 없잖아. 돈이 없는걸. 불만 있으면 좀 괜찮은 의뢰를 받음 되잖아!"

"그야 맞는 말이기는 한데……. 있잖아, 뭔가 방법이 없을까?"

"왜 나한테 물어보는 거야……."

불쑥 질문을 받은 소년은 난처해하며 뺨을 긁적였다. 엘프 소녀가 뚱하게 입을 삐죽거린다.

"맛없어? 네가 먹어봐도 맛없어?"

"아니, 난 딱히……. 제법 맛있는데."

"그렇지? 후훗, 2대2야."

"동정표 받고 좋아하지 마라……. 어휴, 빨리 다음 일 해치우고 맛있는 걸 먹자고."

회녹색 머리카락의 소년은 포기했다는 듯이 그릇에 숟가락을 푹 집어넣었다.

적발 소년도 숟가락으로 수프를 퍼 담았다. 뭉텅뭉텅 큼지막하게 썬 야채와 고기는 소금 하나로 간되어 있다. 국물이 우러나와서 아주 맛없지는 않을 뿐 아무래도 맛의 요소가 뭔가 부족했다.

적발 소년은 잠시 고민하다가 퍼뜩 생각을 떠올리고는 짐 안을 뒤적였다.

"뭐해?"

"응, 잠깐만……."

안쪽에서 작은 상자를 꺼내 들었다. 엘프 소녀가 고개를 갸웃거렸다.

"뭐야, 뭐야아?"

"남부의 향신료랑 향초, 그리고 아투라의 수액 덩어리 약간."

그렇게 말한 뒤 안쪽에서 또다시 작은 주머니에 나눠 놓은 물건을 몇 개 꺼내 들었다. 아무래도 적발 소년은 향신료 및 조미료를 적당량 정리해서 휴대하고 다니는 듯싶었다.

우선 분말 상태의 향신료를 한 꼬집 냄비의 안에 뿌렸다. 곧장 식욕을 자극하는 향긋한 냄새가 피어오른다.

"여기에 또……."

곧이어 건조시킨 아투라 수액을 나이프로 깎아서 떨어뜨렸다. 독특한 맛과 향기가 있는 수액이라서 건조품은 야외 요리를 양념할 때 사용된다. 이것도 장기 의뢰에서 야외 활동을 할 때를 위해 소년이 구입해 둔 물자였다. 열에 수액이 녹아들면서 찰랑찰랑하던 국물이 걸쭉하게 진해졌다.

적발 소년은 맛을 본 다음 이번에는 건조시킨 향초와 소금을 살짝 더해서 휘젓고는 마지막으로 딱딱하게 건조된 치즈를 나이프로 깎아 뿌렸다.

"사실은 바깥에서 써야 하니까 아껴 두고 싶었지만……. 먹어볼래?"

재빨리 한입 홀짝인 소년 두 사람이 갈채를 보냈다.

"맛있어! 대단하다!"

"와, 역시 넌 믿음직하다니까."
"왜 호들갑이야……."
쓴웃음 짓는 적발 소년의 어깨를 엘프 소녀가 꽉 잡아 쥐었다. 적발 소년은 흠칫해서 얼굴을 실룩거렸다. 엘프 소녀의 에메랄드색 눈동자에 소년의 모습이 또렷하게 비쳤다.
"……얘."
"부, 불렀어?"
"……나중에 요리 가르쳐줘."
"으, 응……."

○

썩 널찍한 집이 아닌지라 공간이 꽤나 비좁다. 어른과 아이를 더하여 아홉 명이나 머물고 있는 까닭에 4인용 탁자로는 도저히 감당이 안 돼서 탁자를 하나 더 빌려 들여놓았더니 집 안이 꽉 차 버렸다.
"아빠, 빵 다 구웠어."
"음, 잘했다."
큰 접시에 얇게 구운 빵이 산처럼 쌓였다. 난로 앞에서는 냄비 안 스튜를 밀리엄이 휘젓고 있다.
저녁 식사 준비도 예전보다 조금 더 손이 많이 간다. 양이 배 이상이면 만들 때도 살짝 요령이 달라진다. 하지만 다행히도 안젤린을 비롯하여 아넷사과 밀리엄도 요리를 할 줄 알았다. 샤를로테도 열심히 배우는 중이라서 고생이 아니라 뭔가 즐거움이 더욱 앞서는 기분이었다.

얇게 구운 빵과 양고기 스튜, 건포도와 치즈로 저녁 식사를 차린다.

스튜에서 피어오르는 냄새를 맡고 불현듯 옛날 생각을 떠올렸다. 이 향신료는 올펜에서 가지고 온 물건이다. 옛날에도 이런 냄새를 맡았던 것 같다.

카심이 머리카락을 묶으면서 말했다.

“오오, 뭔가 그리운 냄새인데.”

“자네도 같은 생각인가. 무슨 이유일까……. 어딘가에서 맡았던 냄새 같은데…….”

“거 뭐냐, 사티가 끓인 잡탕에 네가 향신료를 넣었잖아.”

“아하.”

그래, 분명히 그런 일화가 있었다. 분명 파티원 네 명이 모인 지 아직 한 달도 지나지 않았을 무렵이었다. 단순히 여자니까 익숙할 거라는 편견으로 사티에게 요리 당번을 부탁하는 경우가 많았던 시기다. 그러나 그날 이후로는 벨그리프가 담당하는 날이 많아졌었던 기억이 난다.

카심이 빵을 잘라 나누면서 추억에 찬 목소리로 말했다.

“그게 참 맛있었잖아. 사티의 싱거운 잡탕이 멋진 맛으로 확 바뀌었지.”

아넷사가 눈을 끔뻑끔뻑했다.

"사티 씨는 요리를 잘 못하는 분이셨어요?"

"딱히 못하는 게 아니라 요리의 가짓수가 거의 없었어."

"야채랑 고기랑 뭉텅뭉텅 썰어 넣어서 푹 끓이다가 소금으로 간을 맞추는 거야. 그 녀석은 엘프령 명물 어쩌고저쩌고 떠들었지만 말이야. 진짠가? 영감."

스튜가 끈적끈적 묻은 미토의 입가를 닦아주다가 그라함은 얼굴을 들어 올렸다.

"……뭐, 이쪽의 양념에 익숙해지면 엘프령의 식사는 싱겁게 느껴질 테지. 고기를 아예 안 먹지는 않다 뿐이지 자주 식탁에 올라오지도 않네. 물론 렘바스나 벌꿀주 같은 음식은 공국의 성찬하고도 비교가 안 될 만큼 맛있다만……."

"렘바스인가. 마리도 그런 소리를 했었더랬지."

"할아버님도 렘바스를 좋아하나 봐?"

샤를로테가 말했다.

"아무렴……."

"렘바스가 뭔데? 만들 수 있을까~?"

"이쪽에서는 무리일 테지……. 영수(靈樹)의 수액을 써서 밀가루를 반죽하고 구운 다음에 영수의 잎에 감싸서 보관하니 말이다……. 엘프령에서는 풍부한 자원이다만, 이쪽에는 거의 드물지 않나."

"영수……. 혹시 오마 나무?"

"흠, 분명 이쪽에서는 그렇게 불렀던가……."

"와아~ 엘프령에서는 오마 나무가 잔뜩 자라나는 거야? 대단하다~."

밀리엄이 감탄해서 목소리를 높였다.

오마 나무는 희소한 수목이며 수액은 영약을 비롯하여 갖가지 약의 원료로 쓰이지만, 인간이 통치하는 장소에서는 거의 채집이 다 이루어진 탓에 깊숙한 산속 및 고난이도 던전밖에 달리 더 찾아볼 데가 없었다. 인간의 방문을 달가워하지 않고, 자연을 온전하게 남기는 엘프들이 다스리는 곳이기에 비로소 저런 나무도 잔뜩 서식할 수 있었던 것이 아닐까.

안젤린이 스튜를 가득 입에 넣으면서 말했다.

"사티 씨는 렘바스 이야기를 안 했던 거야……?"

"그러게나 말이다, 그 이야기는 별로 듣지 못했던 것 같구나……. 자기 고향을 좋아하지 않았는지도 몰라."

"그 녀석은 엘프령은 지루하다는 말밖에 안 했었잖아."

"정말이야? 할아버님."

"……뭐, 바깥 세계에 동경을 느끼는 엘프가 보기에는 지루했을 테지."

그라함이든 마르그리트든 사티든 엘프들 사이에서는 이단자다. 저 셋은 엘프령의 전통적인 생활에 반항해서 뛰쳐나온 셈이잖은가. 그런 인물들이 보았을 때 엘프령이 지루하다는 것은 자명한 이치다. 만족했었다면 굳이 바깥에 뛰쳐나올 이유가 없다.

아넷사가 팔짱을 꼈다.

“우리는 잘 이해를 못하겠지만……. 엘프라는 종족은 별로 바깥에 나오고 싶어 하지를 않나 보네요.”

“인간도 마찬가지다, 아넷사. 모험가는 여행을 아무렇지도 않게 여긴다만, 많은 인간들은 한곳에 뿌리를 내리고 그 땅에서 죽는 인생에 의문을 갖지 않잖느냐.”

“으음, 그런가요?”

톨네라의 사람들도 비슷하다. 벽지의 농촌 생활에서는 전통과 마을 공동체라는 개념이 중시되고, 누구든 그곳에서 태어난 이상 그곳에서 죽는 미래를 숙명처럼 받아들인다. 외부에 대한 동경은 동경에 그칠 뿐 바깥에 표출되지는 않는다.

그런 가운데 젊은이들이 바깥에 대한 동경을 현실에서 직접 이루고자 마음먹는다면 종래의 생활에 구속받지 않는 이단자의 존재가 있기 때문임에 다름 아니다. 예컨대 여행자와의 만남 같은 경우가 있을 것이고, 어떤 계기로 현 상황에 의문을 품는 경우도 있겠다. 톨네라에서는 벨그리프와 안젤린이 이에 해당하며 엘프령에서는 그라함이 들어맞는다.

전통은 달리 말하자면 정체(停滯)다. 변화는 혼란이라고도 말할 수 있겠다. 정체를 싫어하는 인물도 있고 변화를 달가워하지 않는 인물도 있음은 어디에서든 마찬가지다. 공국이든 엘프령이든 다를 바 없다.

이런저런 잡담을 즐기면서 저녁 식사를 먹은 뒤 접시를 정리했을 무렵에는 해가 푹 저물었다.

벨그리프는 주전자에 물을 채우고 불에 올린 뒤 장작을 가져오고자 집 바깥으로 나왔다. 이미 주간은 봄기운 가득 찬 날씨이지만, 해가 떨어지면 밤바람은 차갑다. 물론 봄의 밤은 신기하게도 차가울지언정 푸근한지라 싫은 느낌은 들지 않았다.

어딘가의 집에서 누군가가 연습을 하고 있는 걸까, 아니면 작게 연회라도 열었을까. 가락이 안 맞는 피들(fiddle)의 소리가 바람을 타고 희미하게 들려온다.

벨그리프는 잠시 마당의 어둠 너머로 눈길을 보내다가 이윽고 퍼뜩 정신을 차린 뒤 장작을 안아 들고서 집으로 돌아갔다.

난로 앞에서 그라함과 벡이 마주 바라보면서 자리를 잡고 앉아 있었다.

"흐음……. 한 번 더 하자."

"……알았어."

벡은 어렵다는 표정으로 뭔가에 집중하고 있다. 그라함의 방침은 자기 내면에 있는 마왕의 인격과 대화를 시도하라는 것이었다. 이는 벡의 자아를 더욱 분명하게 확립시키는 것이 목적이며, 동시에 마왕에 대하여 더욱 깊은 이해를 얻을 수도 있을 것이라고 그라함은 기대하는 듯했다.

본래 마왕이라는 존재에 대하여 깊은 흥미를 갖고 있었던 그라함은 벡의 상태를 주시했다. 항상 불퉁거리던 벡 역시 그라함의 중후한 분위기에는 저항하기 어려웠는지 벨그리프나 다른 사람들을 대할 때처럼 독설을 내뱉지도 않고 묘하게 얌전했다. 벨그리프는 그것이 조금 우스웠다.

두 사람이 지극히 진지한 표정을 짓고 마주 앉아 있는 뒤쪽에서 샤를로테가 줄곧 그라함의 머리카락을 만지작대고 있었다. 엘프 특유의 매끄러운 은발을 땋거나 묶는 것이 재미있는지, 샤를로테는 빗을 한 손에 들고 지겨워하지도 않고 손을 자꾸자꾸 움직였다.

진지한 표정을 짓고 가만히 앉은 채 그라함의 머리카락이 세 가닥 땋기며 올림머리, 포니테일과 트윈 테일로 바뀌는 모습이 우스웠던지라 벨그리프는 난로에 장작을 넣다가도 웃음을 꾹 참아야 했다. 집중을 마친 뒤 눈을 뜬 벡이 무심코 웃음을 터뜨렸지만 책망할 수는 없겠다.

샤를로테는 흐뭇흐뭇 웃었다.

"할아버님 머리카락 살랑살랑. 나이도 많이 드셨는데 멋져."

"이 자식……. 남은 진지하게 수련하는데……."

"벡……. 괜히 화내지 마라."

"댁은 아무렇지도 않나, 할아범……."

아넷사는 활줄에 기름을 발라 손질하거나 화살의 깃, 촉을 점검하고 있다. 안젤린은 미토를 무릎에 올린 채 밀리엄, 카심과 카드를 늘어놓고 노는 중이었다. 불과 1년쯤 이전에는 혼자서 생활했었다는 것이 거짓말로 여겨질 만큼 활기차다.

"아빠, 같이 포커 하자."

"그래, 잠깐만 기다리렴. 차라도 끓여야겠구나."

"물 끓었어? 내가 할게……."

안젤린은 미토를 밀리엄의 무릎에 올리고 훌쩍 일어섰다.

"꽃차도 좋아하지만 렌트 잎 차도 좋아……."

"사람 숫자가 늘어서 이 주전자는 양이 작구나……. 다음에 행상인이 왔을 때 큰 녀석이 있어야 할 텐데."

"저번에 사 오면 좋았겠네……."

"그러게 말이다……. 깨지는 물건은 걱정돼서 안 샀던 게 실수였어."

"후후……. 아빠도 실수를 하네."

"그야 당연하지. 너는 아빠를 너무 치켜세운다니까."

벨그리프는 웃음 짓고는 안젤린의 머리카락을 덥석덥석 문질러댔다. 안젤린은 기뻐하면서 비명 질렀다.

차를 끓인 뒤 탁자에 앉자 미토가 타고 올라왔다.

"아빠, 실수했어?"

"하하, 귀도 밝구나, 이 녀석."

벨그리프는 미토의 머리를 쓰다듬고 차를 한 모금 홀짝였다. 밀리엄이 쿡쿡 웃는다.

"벨 아저씨, 이것저것 많이 샀는데 찻주전자는 안 샀구나~."

"신기한 물건만 잔뜩 사버렸단다……."

"찜통이라든가……?"

"맞아, 맞구나……. 훠궈용 냄비는 또 어떻게 쓰나……."

"헤헤헷, 여기 주변에서 동방의 식자재는 못 구하잖아."

카심이 수염을 만지작대다가 곧이어 뭔가 떠올리고는 탁자에 팔꿈치를 짚었다.

"그래, 어떻게 할래? 언제 출발할까."

퍼시벌과 만나러 『대지의 배꼽』을 목적지로 떠날 여행의 이야기이다.

벨그리프는 이상한 자세가 되어 있었던 미토를 안아 들어서 무릎에 다시 올려놓았다.

"여름 무렵이어야겠지. 적어도 새집 건설은 끝난 이후가 좋겠군."

"굉장하던데요, 벌써 저만큼 지어졌고. 여름 전에는 완성되는 게 아닐까냥~?"

"새집……. 기대돼."

"여기는 이제 좁잖니……."

게다가 그냥 예감이다만 사람이 더 늘어날 것 같다는 생각을 지울 수 없었다.

어쨌든 간에 지금은 하루하루의 일을 수행하며 여행에 임할 준비를 조금씩 진행하고 있다. 애당초 준비할 짐이 안 많다 뿐이지 엄연히 이국의 땅을 찾아가야 하는 것이다. 나아가야 할 경로를 미리 신중하게 결정해야했다.

『대지의 배꼽』은 틸디스와 다단 제국의 경계선에 위치하는 닌디아 산맥에 있다고 한다. 톨네라에서는 아득하게 남쪽에 있는 장소다.

그곳에 다다르기 위한 경로는 크게 나눠서 두 가지. 하나는 로데시아 제국령을 남하하여 루크레시아 부근을 지나가는 길. 나머지 하나는 올펜, 혹은 보르도에서 동쪽으로 향한 뒤 틸디스령을 지나가는 길이다.

활과 화살의 손질을 마친 아넷사가 의자를 꺼내다 앉고 대화에 끼어들었다.

"보르도에서 동쪽으로 움직이려면 북부 교역 루트잖아요? 오히려 더 멀리 돌아가는 거예요."

"음, 맞는 말이지. 틸디스 경유면 올펜에서 동부 교역 루트를 타고 동부 관문을 넘어가는 게 무난하겠군."

"카심 아저씨는 틸디스에도 가본 적 있어요~?"

"있고말고. 뭐, 제도에 있던 시간이 더 기니까 지형지물은 그쪽을 더 잘 알지만 말야."

"흐음~ 그러면 그쪽 방향이 좋으려나……?"

"그래도 틸디스, 가보고 싶어……."

"틸디스는 초원의 나라잖니? 유목민도 많다 들었고, 안제는 승마가 서투른데 괜찮겠어?"

"끙……."

안젤린은 팔짱을 끼고 침음했다. 어째서인지 유독 승마가 서툴렀다.

이번 여행에는 물론 안젤린도 따라가겠다며 뜻을 굽히지 않았다. 그러자 리더가 가면 자신들도 같이 간다면서 아넷사와 밀리엄도 여행 인원에 들어왔다. S랭크 모험가 두 사람과 소속 파티가 함께인가, 꽤나 호화로운 여행이라는 생각이 들어 벨그리프는 쓴웃음을 지었다.

카심이 살짝 몸을 들어서 그라함이 있는 방향을 돌아봤다.

"저기, 영감은 그 구멍에 가본 적 있나?"

그라함은 얼굴을 들어 올렸다. 샤를로테의 손에서 세 가닥 땋기로 늘어뜨린 머리 모양이 되어 있다.

"……딱 한 번 가봤군. 이미 50년도 지난 예전의 이야기다만."

벨그리프는 뺨을 긁적였다. 50년. 자신은 아예 태어나지도 않았을 때다. 어쩐지 어질어질한 기분이 든다. 카심이 웃으며 수염을 비비 꼬았다.

"거 대단하군. 아무튼 50년 전이면 길은 기억이 안 나겠어."

"아무래도 좀……. 기억은 애매하군."

"할배는 어떤 길로 다녀왔었어……?"

안젤린이 물었다.

"나 말인가? 그때는……. 분명 동쪽에서 돌아오는 길이었지. 저것을 구하기 위해 다녀왔었다."

그라함은 대답한 뒤 벽에 세워서 기대어 놓은 본인의 무구, 대검을 가리켰다. 동쪽의 끝에 있다는 강철의 수목에서 채집한 열매로 제련한 검, 살아 있는 강철의 검이다.

안젤린은 후유, 탄성을 흘렸다.

"저 검, 정말 멋지지……."

"……그대도 더 좋은 검을 마련해야 할 때가 아닌가 싶군."

"응……."

안젤린은 카드를 손에 들고 익숙한 손놀림으로 섞었다.

"일단은…… 승부."

"좋았어, 해보자고. 뭐, 여행 계획은 여유롭게 천천히 세우면 되잖나."

"그렇지……."

벨그리프는 수염을 만지려고 손 뻗는 미토를 쓰다듬으면서 창문 바깥을 내다봤다.

바람이 불어오자 얇은 유리가 덜컹덜컹 소리를 냈다.

○

보르도 서쪽의 도시 헤이젤에서 더욱더 서쪽 방향에 오래된 숲이라고 불리는 깊은 숲이 있다.

제국의 개척 이주민들이 들어오던 무렵부터 있던 숲이라 이주민들은 몇 번이나 이 숲의 개척을 시도했었지만, 숲의 완강한 저항과 맞닥뜨렸기에 결국 숲의 근처 가까운 곳에 도시를 짓고 만족해야 했다.

오래된 숲은 숲의 산물을 받아 누리는 것이 목적이라면 누구든 받아들여주지만, 지배하려고 드는 자에게는 항상 고집스러웠다.

그렇게 깊은 숲에는 심처에 도사리고 있는 고위 랭크의 마수, 의사를 가지고 걸어 다니는 거목, 침략하는 인간을 현혹시키고 사로잡아서 짐승으로 바꿔버리는 나쁜 마법사 등등 사람이 진입하지 못하기에 진위가 뒤섞인 온갖 소문이 따라다녔다. 솔로몬 이전

시대의 전승마저 실전된 오래된 신이 기거한다는 말까지 있다.

그날 밤 당직을 맡은 2인조 중 헤이젤에서 태어나 자란 나이 지긋한 병사가 보르도의 본부에서 파견된 젊은 병사에게 말을 건넸다.

"그러니까 말이야, 너무 깊은 곳까지 들어가면 안 된다고 어머니가 신신당부를 하셨더랬지."

"어우, 그러면 모험가도 잘 안 드나드는 겁니까?"

"아무렴. 진짜 모험가가 못 돌아오는 일도 있었단 말야. 뭐, 깊이 안 들어가고 나무 열매나 버섯만 살짝 채집하는 정도면 아무런 일도 없고 풍요로운 숲이지만."

"벌채해서 개척하려는 생각은 안 하시는 걸까요, 헬베티카 님은."

"글쎄다. 다만 여기에 맨 처음 왔던 녀석들이 개척에 도전했다가 호된 신세를 겪었단 이야기가 있거든."

"호된 신세요? 무슨?"

"뭐라더라, 개간 때문에 나무를 몇백 그루나 베어 냈었던 밤에 말이야. 숲 안쪽에서 나무가 걸어와서 숲을 원래대로 만들어 놓았을 뿐 아니라 나무꾼 녀석들을 짓뭉개서 땅속에 박아버렸다지 않나? 지금도 횡액을 당해서 나무 비료가 된 나무꾼들의 신음 소리가……."

젊은 병사는 덜덜 떨었다.

"잠깐만요, 그만하세요."

"하하핫, 뭐냐. 이런 얘기는 못 듣나?"

"딱히 못 듣는 건 아닙니다만……. 그럼 방금 얘기도 지어낸 겁니까?"

“아니, 분명히 자른 나무가 하룻밤 새에 원래대로 돌아왔다는 말은 진짜라더라. 첫 번째로 지은 개척촌이 숲에 휩쓸려서 사라졌다는 말도.”

“으헥, 기막히네요. 잘라서 안 되면, 아예 태워버린다든가?”

“멍청한 소리. 이 녀석아, 진짜로 큰 숲은 말이다. 불로 어떻게 태울 수가 없다고. 땅바닥에 물을 듬뿍 비축해 두잖냐. 게다가 괜히 불 질렀다가는 터지지 않을 사고도 터져버리지.”

“하하, 농담입니다……. 아무튼 매일 밤 이렇게 숲을 감시하는 임무는 그런 의미도 있어서였군요.”

“그렇지, 뭐. 딱히 마수가 쏟아져 나오는 일도 없고, 갑자기 던전으로 바뀐 사례도 없다니까 말이야. 다만 이 숲은 정체를 알 수가 없다는 거지.”

“골칫거리 이웃 비슷하군요.”

“그러게. 뭐, 요령 좋게 잘 사귀면 괜찮을 테고. 이제껏 잘 지내왔지만 정체불명이라는 게 역시나 조금 불안하니까.”

“어라……? 무슨 소리가 안 들렸습니까?”

“엉?”

병사 두 사람은 귀를 기울였다. 잎 부딪히는 싸락싸락 소리에 섞여서 땅울림 같은 신음성과 비슷하게, 나지막하게, 내장을 뒤흔드는 기묘한 소리가 들려온다.

두 사람은 얼굴을 마주했다가 숲 방향을 보고 얼굴에 경련을 일으켰다.

만월에 가까운 달이 지상을 비추고, 오래된 숲의 검은 실루엣 안쪽에서 뭔가 커다란 것의 움직임이 나타남을 알아볼 수 있었다. 저것은 거대한 그림자의 덩어리다. 숲보다 아득하게 커다랗기에 마치 조그만 산 하나가 옆으로 미끄러져 가는 듯 보였다.

신기하게도 저리 커다란 무엇이 움직이고 있건만, 나무들이 꺾여 쓰러지거나 부러지는 종류의 소리는 전혀 들리지 않았다. 방금 전 잎사귀 부딪히는 소리와 나지막한 소리가 들릴 뿐이다.

병사들은 감시대 위쪽에서 활을 메기고 겨누면서 숨을 멈췄다. 종을 울려서 다른 병사들을 깨워야 하나 망설였다. 저 뭔가가 도시를 향한다면 긴급 사태다. 주민들을 냅다 깨워서 피난시켜야 한다.

그러나 거대한 무엇인가가 이쪽 방향으로 움직이지는 않았다. 북쪽의 산맥 방향을 향하여 천천히, 다만 확실한 움직임으로 나아간다.

"……어떻게 하죠?"

"……일단 상황을 지켜보자. 이쪽으로 안 오더라도 나중에 보고해야지. 종은 안 쳐도 될 거다."

"전 다른 녀석들 깨우고 오겠습니다."

"부탁한다."

그렇게 그날 밤 헤이젤의 병력 주둔지에는 소소하게 소동이 벌어졌지만, 다행스럽게도 아무 사건도 발생하지 않았다. 다만 움직임이 느릿느릿했기에 아직 숲을 나가려면 멀었겠다 싶었는데, 밤이 지나갈 무렵에는 예의 거대하고 검은 그림자의 모습이 싹 사라졌다. 그 때문에 병사들은 무엇인가에 홀린 듯한 기분에 사로잡힌 채 뭐라고 보고해야 할까 머리를 감싸 쥐어야 했다.

# 73 이영차, 기합 소리가 울려 퍼지고, 얇은 판자를

이영차, 기합 소리가 울려 퍼지고, 얇은 판자를 묶은 더미가 들려 올라갔다. 그대로 밧줄을 따라 옥상 위쪽 방향까지 끌려 올라간다. 이미 들보의 절반에는 판자가 깔렸고, 조금 더 깔면 지붕의 내장재까지는 작업이 완료되겠다.

그때 와앗, 비명이 터져 나왔다. 위쪽에서 줄을 잡아당기던 목수 한 명이 발을 헛디디면서 하마터면 떨어질 뻔했기 때문이다.

목수들은 물론이고 아래쪽에서 보고 있었던 벨그리프와 다른 사람들도 낯빛이 핼쑥해졌지만, 목수가 지붕 가장자리에서 간신히 중심을 잡아 큰일이 벌어지지는 않았다. 막 깔아 놓은 지붕 판자는 몹시 미끄러운가 보다.

도편수의 노성이 울려 퍼지고 다시 작업이 시작됐다. 아까 전보다 어쩐지 움직임이 더 신중하다.

새 가옥은 허리까지 돌을 쌓아서 만든 기초에 석회로 허리벽을 세우고, 다시 위쪽에다가 나무 벽, 그리고 목조의 지붕이 이어진다. 2층을 따로 만들지는 않아도 짐을 놓아두거나 침상 전용의 복층은 만들 예정이었다. 난로 주위를 흙방으로 꾸미고, 판자로 바닥을 높여서 누울 수 있는 공간도 만들 예정이다. 지붕은 맞배식인데 각도를 살짝 급하게 만들었다. 눈이 지붕에 쌓이지 않게 연구한 구조였다.

사용하지 않는 나뭇조각이며 토막 따위를 정리하면서 벨그리프는 중얼거렸다.

"딱히 이렇게 큰 집을 만들 필요는 없었는데……."

새집을 지으려고 목수들에게 상담했을 때 목수들은 한껏 의욕을 발휘하여 계획 세웠다. 이유인즉 한동안 새로운 집을 건설한 적이 없어서였다. 기껏해야 파손된 집의 수리나 창고 신축이 전부다. 따라서 목수들은 이것저것 시도를 하려 들면서 큰 난로를 만들자는 둥 복층을 만들자는 둥 흙방과 마루방을 따로 분리하자는 둥 별채를 만들자는 둥 계획 단계부터 몹시 의욕적이었고, 벨그리프가 간신히 뜯어말려서 지금 규모로 수습이 됐다. 그럼에도 꽤 넓다 싶었다만, 안젤린이 기뻐하는지라 결국 괜찮다는 생각이 든다.

제법 빠른 속도로 건축이 진행 중이라 이런 추이로 가면 여름 이전에 대강 모양이 잡힐 듯했다. 물론 작업이 너무 빨라서 아까전 같은 사고가 일어난다면 곤란하다. 큰일이 벌어지지는 않았지만 보던 사람이 다 조마조마했다.

그럼에도『대지의 배꼽』로 떠나기 전에 새집이 만들어진다는 것이 역시나 기꺼웠다. 다만 이토록 넓은 집을 곧바로 비워야 하는 입장이 어쩐지 아쉽게 생각되기도 했다. 어쨌든 그라함은 당분간 톨네라에서 더 머물러 있을 생각인 듯하고, 안전 부분을 감안해도 샤를로테와 벡은 데려갈 수 없었다. 그런 점에서도 편안하게 지낼 수 있는 집이 마련되면 괜찮을 테지.

막 주운 나뭇조각을 베어 먹으려고 하는 미토를 붙잡은 다음 앞마당 쪽을 돌아봤다. 그라함이 벡과 대련을 해주고 있다. 순수하게 체술만 쓰고 있을 텐데도 마치 마법이라도 사용한 것처럼 벡은 한쪽 손조차 감당을 못한 채 빙글빙글 공중을 날아다니고 있었다.

"……이쯤에서 마치도록 할까."

"제길……."

벡이 분해하면서 거하게 숨을 내쉬었다.

벡의 전법은 입체 마법진으로 원거리에서 구사하는 공격이 주를 이룬지만, 범위가 아주 넓지는 않다. 근접 전투를 수행하는 상대의 간격에 들어가는 경우도 적지 않기에 이렇듯 체술을 단련하고 있다. 톨네라에서 싸울 일이 과연 일어날지는 별개로 쳐도, 자신의 힘을 온전하게 발휘할 수 있도록 수련한다는 부분에서도 몸 자체와 몸의 사용법을 단련하는 것은 중요한 과제였다.

"할부지……."

"음."

그라함은 아장아장 가까이 달려오는 미토를 안아 들었다. 미토는 그라함의 긴 머리카락을 붙잡아서 숫자를 헤아리듯 두 손에 잡고 얇게 가닥가닥으로 나눴다.

벨그리프는 나뭇조각과 토막을 한데 모아서 적당량을 앞마당에 피워 둔 모닥불에 집어넣은 뒤 나머지는 장작 보관소에다가 쌓아 올렸다.

"벡, 점심 준비를 하자꾸나."

"……뭘 차릴 건데."

"밀가루를 반죽해주렴. 데친 다음에 육수를 끼얹어 먹자."

"응……."

손등으로 땀을 훔치고 있던 벡은 집 안으로 들어갔다. 톨네라의 공기가 좋게 작용한 덕분일까, 벡의 태도도 상당히 부드러워진 것 같았다.

그라함에게 목말을 타고 있었던 미토가 몸을 비꼬았다.

"벡 군을 도와줄래, 도움……."

"그래……."

바닥에 내려주자 미토는 아장아장 달려갔다. 벨그리프는 쿡쿡 웃었다.

"아주 착한 아이가 됐군."

"동감일세……."

그라함도 고개를 끄덕거린다.

미토는 표정 변화가 거의 없을 뿐 감정은 풍부했고, 그것이 되레 재미있다. 다시 여행을 떠날 때 두고 간다는 것이 안타까울 따름이다만, 막상 데려가기에는 아무래도 적잖은 불안이 느껴진다. 올펜에 한정 지어서 다녀올 때와 상황이 다르다.

게다가 미토는 몹시 응축된 마력 덩어리와 다름없다는 말도 들었다. 구축되어 있는 육체는 비록 인간과 거의 다를 바 없다지만, 사람이 마력을 내재하고 있는 상태와 달리 마력의 집합체와 비슷한 상태이기에 『대지의 배꼽』과 같은 강력한 마력 정체 지역에 데려갔다가는 어떤 돌발 사태가 발생할지 모른다던가.

마왕, 즉 솔로몬의 호문클루스에 관한 내막은 그라함도 아직 전부를 파악하지 못했다. 미토 본인을 좋아하기는 해도 경계를 다 풀지는 않은 듯하다.

"……마력 덩어리라, 흠. 마왕이란 게 대체 무엇일까."

"알 수가 없군. 솔로몬은 무슨 생각을 갖고 저것들을 만들어 냈는가……."

"대륙을 지배하기 위해서가 아니었나?"

"그렇다기에는 묘한 부분이 많지 않은가? 단순한 병기에게 감정 따위야 불필요하지."

"그 말은…… 분명히 맞군."

"……나는 자꾸만 뭔가 쓸쓸함이 연상되더군. 솔로몬이 손에 넣지 못했던 무엇인가를 스스로 만들어 내고자 분주하는 듯한……."

그라함은 살짝 아련한 눈빛이 되어 특별이 무엇을 주시하지도 않고 시선을 움직였다. 벨그리프는 묵묵하게 옆에 서 있다가 이윽고 입을 열었다.

"……이보게, 그라함. 자네는 이곳에서 줄곧 머물러도 되는 건가? 내 미련을 같이 감당해주는 게 물론 고마운 마음이지만……. 괜히 무리하는 게 아닌가?"

"개의치 말게, 벨. 어차피 엘프령에서 은거를 하든 이곳에서 생활하든 별다를 게 없군……. 이곳은 지내기에 편안한 곳이잖나.

뼈를 묻어도 나쁘지 않아."

"그런가……."

벨그리프는 뺨을 긁적였다. 친구에게 저러한 말을 들을 수 있다는 것이 어쩐지 기뻤다. 그라함은 눈을 내리깔았다.

"……게다가 말일세."

"음?"

"바라든 바라지 않든 관계없이 미토의 존재는 또 무엇인가를 불러올 테지. 나는 앞날을 쭉 지켜봐야 할 의무가 있네."

"……괜찮은 건가, 그렇게 다 떠안겠다니."

"……할부지잖은가."

가만히 답한 뒤 그라함은 미소 지었다.

○

꽤 깊은 곳까지 왔다. 톨네라 주변의 숲은 깊숙이 가면 갈수록 울창해지고 햇빛도 잘 들지 않는다. 산등을 타고 올라가면 물론 밝아지지만, 산의 응달에 위치하는 장소는 나무들도 햇빛을 받기 위하여 높이높이 뻗어 자라서 더욱 어둠이 짙어졌다.

이곳은 산기슭의 부근이다. 조금씩 완만하게 경사가 지는 곳, 다만 일부는 갑자기 급격하게 뻗어 올라가는 장소도 있다.

큰 바위가 있고, 큰 바위를 집어삼키는 모양새로 거목이 뿌리를 뻗고, 작게 소리를 내면서 맑은 물이 흘러간다. 귀신잇새 미나리의 줄기가 자라서 강렬한 냄새를 풍기고 있었다.

발아래에는 이끼가 융단처럼 펼쳐져서 밟으면 폭신폭신 부드럽게 되밀어줬다.

신발을 벗은 샤를로테가 즐거워하면서 왔다가 갔다가 했다.

"굉장해, 폭신폭신해서 기분 좋아!"

"어쩐지 예전보다 넓어진 것 같아……."

마찬가지로 신발을 벗고 서 있던 안젤린은 땅 위로 도드라진 나무뿌리 및 바위, 결국은 말라서 죽은 나무까지도 뒤덮고 있는 이끼를 보고 고개를 갸웃거렸다. 기억 속 광경보다 녹색이었다. 생각해보면 이곳에 온 것도 오랜만이지 싶었다.

아넷사와 밀리엄도 맨발로 이끼의 감촉을 즐기고 있다.

"으핫~ 여기 밟았더니 물이 나왔어."

"야, 거기 미끄러운 곳 아니야? 조심조심 좀 다녀, 어휴."

아넷사가 핀잔을 주던 때 건너편 수풀이 버석버석 흔들거렸다. 즉각 활을 붙잡아 화살을 메겼는데 수풀은 잠깐 흔들렸을 뿐 아무것도 나타나지 않았다.

"……토끼인가?"

"동물은 잔뜩 돌아다녀……. 밝은 동안에는 괜찮아."

안젤린은 나무를 뒤덮고 있는 이끼를 떼어서 등에 멘 바구니에 넣었다.

이끼 채집을 나온 참이다. 집을 건설할 때 통나무를 거듭 쌓은 곳에다가 끼워 넣어서 빈틈을 메꾸는 데 쓴다. 이 작업을 하지 않으면 외풍 때문에 추위를 면치 못한다. 다만 시간이 흐름에 따라 건조되면 나무는 쪼그라든다. 그렇게 되면 빈틈에다가 회반죽 따위를 발라야 할 텐데 아직은 한참 나중의 이야기였다.

예상 이상으로 집이 커다래질 것 같았기에 재료는 많으면 많을수록 좋겠다. 이끼는 남아도 건조시키면 불쏘시개로 사용할 수 있다. 너무 채집해서 헛고생을 할 우려보다는 다시 채집하러 와야 할 귀찮음이 더 컸다. 어차피 주위 일면을 쭉 뒤덮은지라 채집 작업도 딱히 어렵지 않을뿐더러 설령 채집이 조금 과하더라도 1년쯤 지나면 처음처럼 녹색으로 다시 뒤덮일 것이다.

소녀들은 이것저것 잡담을 나누면서 이끼를 모으고 맨발 발바닥의 감촉을 즐겼다. 바구니가 가득 들어찰 때까지 별로 긴 시간이 걸리지는 않았다.

밀리엄이 바구니를 옆에다 내려놓고 숨을 돌렸다.

"후유~ 그나저나 이런 곳이 다 있었구나~. 전인미답이란 느낌이야~."

"톨네라 사람들은 숲에 잘 안 들어가는 거지?"

안젤린은 고개를 끄덕거렸다.

"가까운 곳만……. 이렇게 산 근처까지는 보통은 안 와. 아빠를 빼면."

"아버님은 이곳 부근의 숲이 거의 다 머리에 들어 있는 거지? 굉장해라."

"맞아……. 그래도 나나 다른 아이들은 아빠랑 같이 숲 안쪽까지 자주 와봤어. 지금도 젊은 사람들 몇 명은 드나들고 있지 않을까……."

어릴 시절에 벨그리프와 산을 걸어 다녔던 젊은이들은 물론 혼자서 숲에 드나들지는 않았지만, 몇 사람씩 숲 안쪽 깊숙이 들어가는 일행은 있었다. 톨네라 부근 가까운 장소에서도 숲의 산물을 충분히 음미할 수 있겠지만, 안쪽으로 깊이 들어갈수록 더욱더 풍요로움을 누릴 수 있다. 다만 위험도 더욱더 짙어진다. 심처는 역시 인간의 영역이 아니니까. 야생 동물은 어쨌든 간에 마수와 마주치면 위험하다.

마을 부근은 교회의 결계와 울타리가 어느 정도 마물을 막아줘서 괜찮다지만, 이곳 부근은 인간의 영역이 아니었다. 하지만 마수의 숫자가 아주 많지는 않고, 지금까지는 마수에게 공격당해서 부상을 당했다는 이야기도 듣지 못했다.

보통은 사람들의 거주 지역과 떨어져 있는 장소에서는 마수의 숫자도 많아진다. 그 때문에 모험가라는 직업이 존재할 수 있다. 그 목숨 아까운 줄 모르는 이들은 어디든 치고 들어가서 마수를 토벌하거나 다른 곳에서는 채집할 수 있는 소재를 조달하여 가지고 오기도 한다. 많은 변경 마을 및 도시가 길드를 보유하면서 모험가들의 거점으로 기능하는 경우는 드물지 않다.

하지만 톨네라는 변경의 땅에 있음에도 불구하고 마수의 수는 극단으로 적었다. 마수의 접근을 허락하지 않는 모종의 요소가 있는 까닭일 텐데 실상은 아무도 알지 못했다.

물론 이렇듯 축복받은 장소인 덕택에 마을을 건설할 수 있었던 셈이다. 만약 마수가 잔뜩 발생하는 장소였다면 이토록 평온한 마을은 결코 만들 수 없었을 것이다.

밟아도 물이 배어나지 않는 부근을 골라서 아넷사가 바닥에 앉았다. 그러고는 빙글 주위를 둘러본다.

"……초록 일색이라는 느낌이네. 솔직히 길을 헤매면 어떻게 될지 모르겠어."

"동감~. 버섯이랑 나무 열매에 정신 팔리면 금방 미아가 될 거야. 안제, 돌아가는 길 알지?"

"괜찮아……. 숲에서 활동하는 방법은 아빠한테 잘 배웠어."

"그렇구나."

"그나저나 숲의 길은 어떻게 기억하는 거야? 난 아무리 봐도 다 똑같게만 보이던데……."

샤를로테가 질문을 꺼내고는 두리번두리번했다. 안젤린은 쿡쿡 웃었다.

"뭐, 쉽게 알아볼 수 있는 길은 없어……. 그러니까 길마다 전체의 모양새를 기억해 둬. 헷갈리면 자기가 알아볼 수 있는 표시를 찾아봐도 돼……. 다만 주의하지 않으면 같은 장소를 빙글빙글 헤매게 될 때가 있어."

"확실히. 일단 헤매면 위험하겠어."

"맞아. 당황해서 혼란에 빠지는 게 가장 위험하니까 조심해야……."

그때 누구인지는 알 수 없는 배에서 꼬르륵 소리가 났다. 숲속이 너무 조용했던지라 괜히 더 커다랗게 들렸기에 순식간에 웃음

소리가 터져 나왔다.

"어휴, 누구야? 큰 소리 났어~."

"후후……. 이제 점심때니까 돌아가자."

"그래. 이제 바구니도 꽉 찼잖아."

나무 사이로 보이는 태양은 하늘 꼭대기와 가까운 곳에 있었다.

소녀들은 신발을 신고 일어서서 이끼를 가득 채운 바구니를 멨다. 그다음엔 다 함께 경사면을 따라서 안젤린의 선도로 마을에 돌아갔다.

밭에서는 농부들이 감자에 흙을 모아서 북돋아주거나 지면을 가득 덮어서 자라난 풀을 예리하게 간 괭이로 잘라주고 있다. 파릇파릇한 보리의 잎이 흔들거린다. 이제 곧 줄기가 뻗어 올라올 테고, 그러면 눈 깜짝할 새에 황금색으로 물들 것이다. 추수가 끝나면 드디어 남쪽으로 여행을 떠나게 된다.

그런 생각을 떠올리면서 안젤린과 소녀들이 집까지 돌아오자 목수들과 벨그리프 및 다른 사람들이 앞마당에 모닥불을 피워 놓고 둘러앉아 있었다.

"이대로 순조롭게 가면 한여름이 오기 전에는 대충 완공이 될 거야."

"고마운 말이군. 정말 감사하네."

"무얼, 자네한테 좀 신세를 졌던가."

"그나저나, 오랜만에 제대로 일을 치렀더니 즐거워. 교육소 건설 이후로 처음인가."

"그러게. 수리 일거리만 잔뜩이라 지겨웠잖나."

그라함의 어깨에 올라타 있던 미토가 몸을 뒤척였다.

"누나……."

모두가 얼굴을 돌렸다.

"다녀왔어요."

"어서 와라. 마침 잘됐구나. 슬슬 점심을 먹을 참이었어."

"응……. 여기, 이끼."

안젤린이 내민 바구니의 안쪽을 보고 목수들의 도편수가 기뻐하면서 웃었다.

"오오, 많이도 모아 왔구나. 아주 도움이 되겠어."

"어떻게 할까? 여기에 가만히 놔둬?"

"아니, 살짝 펼쳐서 말려야지. 저기 부근에다가……."

"그래, 그러면 돗자리를 가지고 오지."

벨그리프가 일어서서 창고에 들어갔다. 곧이어 말린 갈대로 짠 깔개를 갖고 나와서 바닥에 펼쳤다. 이끼를 위에 펼쳐서 눈부시게 내리쬐는 햇볕 아래에 내놓았다.

그러고는 빙 둘러앉아서 밀가루 반죽을 작게 뜯어서 데친 건더기에 토끼 고기 육수를 끼얹어 먹는다. 큰 냄비에 잔뜩 준비했는데도 억센 목수들은 아주 잘 먹기 때문에 식사가 끝났을 때는 냄비의 국물이 거의 남지 않았다.

다 먹고 물을 마시면서 목수 도편수가 말했다.

"안제야, 이끼 양이 이렇게 많으면 숲의 꽤 깊숙한 곳까지 갔다

왔겠구나."

"응……. 산기슭 부근."

"역시나. 우리는 거기까지는 못 가겠더라."

"평소에는 숲의 응달을 열심히 뒤져서 채집하지만 말야, 아무래도 시간이 많이 걸리는 데다 귀찮거든. 역시 모험가는 참 대단하다니까."

그렇게 말한 뒤 목수들은 웃었다.

톨네라의 생활에서는 숲의 산물을 빼놓을 수 없다만, 그럼에도 깊이 들어가는 인물은 적었다. 벨그리프가 톨네라에 정착한 뒤 이것저것 시작하기 이전에는 고령의 남자가 한 명 자주 숲에 들어가 갖가지 물자를 채집해서 들고 나왔었지만, 어느 날 행방불명이 되어버렸다고 한다. 부상당한 탓에 끝끝내 돌아오지 못하게 되었던가, 아니면 마수 및 야수의 습격을 받아 잘못되었는지도 모르겠다.

"숲이란 곳은 도저히 익숙해지지를 않아. 우리는 나무 상대로 일을 하는 처지인데도 두꺼운 나무를 상대할 때면 어쩐지 무서워지거든. 마을에서도 이런 꼴인데 서 있는 나무는 아주 어지간하지."

"그라함 씨, 엘프들은 숲에서 살잖나? 엘프의 숲은 여기 주변의 숲과 다른가?"

그라함은 얼굴을 들어 올렸다.

"그렇군……. 이곳 주변의 숲은 얌전하잖은가. 엘프령의 숲은 숲 자체가 의사를 가지고 있는 곳이 많다네. 엘프의 자연에 귀의하는 철학은 저런 부분에서 비롯되었는지도 모르겠어……."

"오호, 숲 자체가 의사를?"

"정령이랑은 다르지……?"

안젤린이 묻자 그라함은 고개를 끄덕거렸다.

"비슷하면서 살짝 다르군. 정령은 자연이 어떤 종류의 형태며 개별의 자아를 갖게 되면서 나타난다. 숲 자체의 의사는 형태가 없지. 거대한 하나의 의식이자 동시에 개개의 집합체이기도 하고……. 알겠나?"

"전혀 모르겠어……."

안젤린은 물론이고 밀리엄과 샤를로테도 고개를 갸웃거리고 있다. 아넷사는 살짝 아리송해하는 표정을 짓고 고민하는 모습이었다가 곧 입을 열었다.

"나무 한 그루 한 그루의 개별 의사는 있는 건가요?"

"좋은 질문이군……. 물론 있다네. 각각의 의식을 가지고 있는 동시에 전부가 서로 연결되어 있어. 예컨대 나무 한 그루의 아픔은 즉각 온 숲에 알려지게 되지……."

"개체이면서 동시에 전체라는 말인가."

말을 받아서 벨그리프가 대꾸했다. 그라함이 고개를 끄덕거렸다.

안젤린은 역시 좀 얼떨떨했지만, 대충 숲이라는 곳이 참 대단하다는 생각은 했다. S랭크 모험가가 된 지금도 확실히 숲속에서는 가끔 정체를 알 수 없는 불안에 사로잡힐 때가 있었다.

문득 벨그리프를 돌아본다. 아버지는 나를 발견하기 전부터 줄곧 혼자서 숲과 산을 돌아다녔을 텐데. 용케 헤매거나 위험한 일을 안 겪었구나 싶어서 감탄스러웠다.

"아빠……."

"응?"

"아빠는 숲을 여기저기 다닐 때 무섭지 않았어……? 줄곧 혼자서 움직였잖아?"

"흠."

벨그리프는 수염을 쓰다듬었다.

"그럼. 처음에는 흠칫흠칫 떨었지. 일단 오늘은 여기까지라고 장소를 정해 두고서 그날은 철저하게 그 주변을 걸어 다니며 외워 놨단다. 다음 날에는 조금 더 앞쪽까지, 다음 날에는 더 앞쪽. 이렇게 범위를 넓혀 나가는 느낌이었구나."

"와아, 그래서 이 주변의 숲은 대체로 다 알고 계셨던 거네요."

"뭐, 그런 셈이지. 산기슭 부근까지는 거의 헤매지 않고 돌아다닐 수 있지 싶다만……. 그래도 숲은 불가사의한 곳이야. 갑자기 자기 머릿속에서 오른쪽과 왼쪽이 반대로 뒤집히거나 방향이 알쏭달쏭해지는 경우가 있단다. 그런 때에는 정령이나 요정의 장난이라고 생각하면서 당황하지 않게 마음을 추스르지만 말이다……. 가장 무서운 게 냉정함을 잃는 상태이니까."

벨그리프는 그렇게 말한 뒤 웃고는 모닥불에 걸쳐 놓았던 주전자를 잡아 들어서 차를 따랐다.

그때 산책을 나갔던 카심이 어슬렁어슬렁 돌아왔다. 가죽 샌들이 차닥차닥 소리를 낸다.

"다녀왔어."

"어서 오게나. 뭐야, 어디까지 갔었나?"

"어디라고 할 것도 없는데, 마을 주변을 어슬렁어슬렁 다니다 왔지. 양이 풀 뜯는 광경을 보거나 말야. 하하, 느긋해서 참 좋더라."

카심은 웃음 짓고는 모닥불 옆에 주저앉았다. 목수들의 도편수가 몸을 내밀었다.

"카심 씨 말이야, 살짝 무거운 자재가 있는데 올려줄 수 있나?"

"괜찮아. 뭔데? 목재?"

"그래. 사람 힘으로도 끌어올릴 수야 있다지만 안전이 제일이잖나. 안 그래?"

도편수의 시선을 받고 벨그리프는 고개를 끄덕였다.

"그렇지. 아까 전처럼 사고가 나면 무섭지."

"뭐야, 무슨 일 있었어?"

"내가 떨어질 뻔한 바람에……."

목수 하나가 머리를 긁적였다.

"헤헤헤헷, 숙련자도 방심을 하는 법이지. 뭐, 일단 점심밥 좀 줘라. 배고프네."

카심은 중절모를 손가락으로 빙글빙글 돌렸다.

"아무튼, 무슨 이야기를 하던 중이었나?"

"숲 이야기를 잠깐."

"숲? 아하, 이끼를 채집하러 갔다 왔겠군."

카심은 벨그리프에게 접시를 받아 들면서 머리 돌리고는 말려

둔 이끼를 쳐다봤다. 안젤린은 고개를 끄덕거렸다.

"응……. 카심 아저씨도 오면 좋았을 텐데."

"헤헤헷, 다음 기회에 가자고. 숲이라……. 옛날에 의뢰로 갈 때는 사티가 아주 활약했었지."

"그래, 그랬었지……. 마리도 숲이 아니면 곧잘 헤매던데, 엘프는 숲이 더 익숙한 곳인가?"

벨그리프가 그라함을 보면서 묻자 그라함은 고개를 끄덕거렸다.

"아무래도……. 엘프는 숲속에서는 자연스럽게 나무의 배열이나 지형, 잎사귀의 상태 따위로 자신이 있는 위치를 이해한다네. 하지만 평지나 황량한 장소에서는 입장이 달라지지……."

"그래도 할배는 괜찮잖아……?"

안젤린의 반문.

"나는 적응했다. 맨 처음 엘프령을 나왔을 때는 방향을 종잡을 수가 없었구나……."

『팔라딘』의 초보 시절을 상상하자니 안젤린은 괜히 우스워졌다. 이렇게 중후한 분위기의 노엘프인데 젊은 시절에는 어떤 성격이었을까. 수많은 젊은 모험가들과 마찬가지로 유치하고, 앞을 내다보지 못하고, 꿈과 희망에 가득 차 있었을까. 마르그리트와 비슷했다면 제법 재미있겠다.

이윽고 목수들이 오후의 일을 위해서 일어서자 얇게 손질해 놨던 판자들 여러 뭉치를 카심이 마법으로 들어 올렸다.

그 광경을 지켜보자니 안젤린은 두근두근했다. 새로운 생활이 시작되려고 한다.

“기대된다, 아빠.”

“그래……. 자, 식기를 정리하고 다른 사람들을 도와주도록 하자.”

“응.”

안젤린은 벨그리프의 팔을 부둥켜안았다. 항상 특등석이었던 등에는 미토가 달라붙어 있다. 동생이니까 어쩔 수 없다지만 살짝 섭섭하다.

“아빠는 새 집에서 뭘 하고 싶어?”

“으음? 글쎄다……. 아빠는 딱히 없구나. 예전과 달라지지 않을 거야. 너는 하고 싶은 게 뭔가 있구나?”

“나는 말이야……. 퍼시 씨랑 사티 씨랑 아빠의 친구를 다 불러서 난로 앞에서 수다 떨고 싶어. 물론 할배도, 아네도 미리도 샤르도 벡 군도 같이……. 마리도 불러야지. 잔뜩 사과주 마시고, 쿠리오 열매 스튜를 만들어서……. 옛날이야기 이것저것 듣고 싶어. 아빠가 젊은 시절에 겪은 이야기.”

“……그렇구나.”

벨그리프는 사랑스럽다는 듯이 안젤린의 머리카락을 쓰다듬고는 미소 지었다.

“그러자꾸나. 이루어지면 좋겠구나.”

“응!”

안젤린은 벨그리프의 어깨에 뺨을 비비적댔다.

미토가 신기하다는 표정을 짓고 가만히 보고 있었다.

# 74 검을 연마하는 소리를 듣고 있으면

검을 연마하는 소리를 듣고 있으면 어쩐지 등이 쭉 펴지는 것 같다고 항상 생각했다. 하지만 결코 싫어하지는 않는다. 검이 점점 더 예리해질수록 자신의 감각도 예리해지는 기분이 들기 때문이다.

충분히 물을 빨아들인 숫돌 위에다가 칼날을 미끄러뜨린다. 몇 번 반복하면 충분하다. 신기하게 옛날보다도 예기가 둔해지는 경우가 줄어든 듯한 느낌이다. 마력을 검에 능숙하게 흘려 넣을 수 있게 되었기에, 검 자체가 코팅되어 보호를 받기 때문인지도 모르겠다.

숫돌에 대는 칼날의 각도가 바뀌지 않게 주의하면서 벨그리프는 정성스럽게 검을 연마했고, 그다음은 녹인 밀랍을 발라서 말린 천으로 잘 문질러서 닦아 냈다.

"……음. 좋군."

검은 은은하게 빛을 발하며 번쩍번쩍 빛나고 있다.

벨그리프의 검은 올펜에서 구입한 물건이다. 초년생 젊은이가 사들이기에는 만만찮은 가격이었지만, 타고난 신중함으로 골랐었다. 비록 모험가 생활은 짧았지만 이 결정은 정답이었다. 벌써 25

년 이상 현역으로 줄곧 사용했는데도 두껍고, 묵직하고, 한 점 녹도 없고, 아직껏 파손되려는 낌새가 없다

물론 연마한 만큼 얇아지는 것은 당연하지만, 어쨌든 미미한 마모인지라 아직은 한참 더 충분하게 사용을 견딜 수 있을 것이다. 쉽사리 부러지지도 않을 테지. 오히려 소유자의 연마 기술이 향상된 덕분인지 되레 예기가 더해진 듯 여겨졌다. 그저 현역의 모험가와 비교하면 마수와 싸울 기회도 적은 형편인지라 검이 마모될 기회가 적었을 뿐이라고 해도 맞을지 모르겠다만.

톨네라에서 생활하면 평소에 쓰는 식칼이나 주머니칼에 비하여 전투용의 검은 별로 사용할 상황이 없다. 벨그리프도 평소부터 검 휘두르기 등등 단련은 거르지 않는다지만, 칼날이 소모될 만한 훈련은 거의 하지 않았다. 최근에는 명상 시간이 늘어났기 때문에 더더욱 검이 활약할 기회가 줄어들고 있다.

그러나, 그럼에도 연마해주는 까닭은 검과의 대화 비슷한 작업이어서다. 이렇듯 관리에 정성 들임으로써 검사들은 단순히 생명을 빼앗는 도구 이상의 무엇인가를 검에 느끼기 마련이었다.

줄곧 옆에서 지켜보고 있던 안젤린이 자신의 검을 잡아 들었다.

"나도 연마할래……."

"음? 그래, 알았다."

벨그리프가 자리를 비워주자 안젤린은 검을 뽑아서 칼날에 물을 끼얹었다.

좋은 검이다. 예리하고 칼날은 얇아도 충분히 튼튼하다. 좋은

철을 써서 만들었는지 단단할 뿐 아니라 탄력적이다. 목숨을 맡길 무기이니까 되도록 돈을 아끼지 말고 좋은 물건을 선택하라고 가르쳤던 것을 제대로 지켜줬다는 데 벨그리프는 만족했다.

안젤린이 검의 연마를 시작했는데 정작 칼날은 눈에 띄는 얼룩이나 이 빠진 부분도 없이 깔끔했다. 도저히 마물과의 싸움을 생업 삼아서 쓴 검으로 보이지를 않는다. 물론 관리를 게을리하지는 않았을 터이나 그럼에도 칼날의 소모 역시도 적다. 아마도 검과 감응이 뛰어나서 필요 이상의 부하를 칼날에 가하지 않은 까닭에 상태가 좋게 유지됐음을 짐작할 수 있었다.

안젤린은 이번 귀성에서 그라함과 만나서 명상 및 감응에 대해 가르침을 받았고, 그 이후로 기존의 예리함이 더욱 큰 발전을 보이고 있었다. 벨그리프가 의식적으로 실행함으로써 간신히 개화한 마력 조작을 딸아이는 거의 맨 처음부터 감각으로 제 몸에 습득했었다. 그런 상태에서 재차 발전을 이루었던 것이다. 딸아이의 한계가 어디까지인지 벨그리프는 내다볼 수가 없었다.

이 이상 실력을 향상시키면 어떻게 될 것인가, 벨그리프는 자기 딸의 재능을 새삼 실감하면서 아울러 전율했다.

정성 들여서 연마를 마친 안젤린은 벨그리프와 마찬가지로 칼날을 밀랍으로 닦아 낸 다음 흐뭇하게 칼끝을 쳐다보다가 곧 벨그리프에게 보여주려는 듯이 척 내밀었다.

"어때……?"

"그래, 잘 연마했구나. 능숙한데."

안젤린은 헤죽 웃고는 검을 검집에 넣고 기지개를 켰다. 그러고는 쪼그려 앉은 채 뒷정리를 하는 벨그리프의 머리카락을 뒤에서 덥석덥석 주물렀다.

"단둘은 오랜만이야……."

"그러게나 말이다……. 우리 집이 꽤 떠들썩해졌지."

드물게도 부녀 말고는 모두 외출 중이었다. 요즘 들어서 마을 아이들 돌보기를 도맡아주고 있는 그라함은 미토를 데리고 나갔고 카심은 젊은이들에게 마법을 교육 중, 샤를로테와 벡도 같이 배우고자 따라갔고 밀리엄과 아넷사도 함께다. 사냥에도 도움이 될 것이라며 최근은 아넷사도 활을 가르치고 있다.

작업을 하는 장소는 앞마당이었다. 건너편에는 지붕 판자가 깔린 새집에서 목수들이 망치를 휘두르고 있다. 지붕의 내장재는 9할쯤 완료됐고 이미 벽도 올리기 시작했다.

벨그리프는 숫돌을 씻고 나무통의 물을 버리며 주변을 정리했다. 안젤린은 막 연마한 검을 다시 뽑아서 확인하듯 휘둘렀다. 그러곤 다시 검집에 넣은 뒤 벨그리프가 있는 방향을 돌아봤다.

"잠깐 몸 움직이고 싶어……. 상대해줘."

"그래그래."

벨그리프는 가볍게 몸을 푼 다음에 안젤린과 마주 섰다.

검을 검집째 들어 올린다.

안젤린은 역시 저번에 상대했을 때보다 월등하게 검과의 감응이 높아져서 눈에 띄도록 기세가 흘러넘치고 있다. 그라함의 가르침 덕에 자신도 조금 성장을 이뤘음에도 더욱 빠르게 앞서 나가는 재능이 두드러지는 딸아이의 앞에 서보면 자신 따위야 대단할 것도 없음을 항상 절감하게 된다.

미끄러지듯 거리를 좁혀 접근한 안젤린의 첫 일격을 막아 냈다.

검이 맞부딪치는 순간, 마치 팽팽했던 실이 진동하는 것처럼 온몸이 떨렸다. 검 하나의 충격이 아니다. 안젤린이 검과 이루어 낸 감응이 직접 온몸의 마력을 진동시키는 영향이다.

벨그리프는 놀라서 눈이 커다래졌다. 그러나 즉각 뒤로 홱 내디딘 발바닥을 통해 충격을 지면으로 흘려보냈다. 그뿐 아니라 반동을 이용하여 다시 앞으로 전진한다.

안젤린은 톡 뛰어올라서 어려움 없이 거리를 벌렸다.

다만 회피는 순간뿐, 착지 동시에 땅을 박차고 재차 뛰쳐나오면서 횡 베기로 검을 휘둘렀다. 벨그리프가 간신히 공격을 막는다. 그러나 두 손으로 자루를 꽉 붙잡아야 할 만큼 묵직했다. 한쪽은 몸집 큰 중년남, 다른 한쪽은 몸집 조그마한 소녀인데도 체격 차 따위는 아랑곳하지도 않는 위력이다.

꾸욱, 다리에 힘을 넣었다. 오른쪽 의족을 세게 밟아서 뛴다. 곧바로 상단 자세에서 내리 휘둘렀다.

“…읏! 에잇!”

안젤린은 이번 공격을 검으로 막아서 흘려 넘기더니 곧장 물 흐르는 듯이 측면으로 빠져나간 뒤 갑자기 몸을 뒤집어 반격했다.

벨그리프는 즉각 오른쪽 다리를 들어 올렸다. 의족이 검을 막아

냈다. 찌릿찌릿 온몸이 진동한다. 그럼으로써 일순간 움직임이 멎은 안젤린의 머리를 퍽 때렸다.

"꺄앙!"

안젤린은 머리를 부여잡고 주저앉았다.

벨그리프는 마비된 것처럼 살짝살짝 떨리는 손바닥을 쥐었다가 펼쳤다가 하며 커다랗게 숨을 내쉬었다. 비록 진짜 대결은 아니었다지만 용케도 이긴 셈이다.

"……난처하군."

"으으……."

눈물을 글썽이며 안젤린이 품에 뛰어들었다.

"또 진짜로 때렸어……."

"미안, 미안하다, 잘못했어……."

벨그리프는 쓴웃음 지으며 딸아이의 머리를 쓰다듬어줬다. 안젤린은 뺨을 볼록거리면서 눈을 치켜뜨고는 벨그리프를 쏘아봤다.

안젤린은 벨그리프가 상대라면 아직껏 전력을 발휘하지 못하는 듯싶다. 아버지 상대로는 무의식중에 힘이 빠져버리는 까닭이다. 안젤린 전용 최종 병기는 아직도 건재했다.

안젤린은 삐죽삐죽 흐트러져 있는 커다란 세 가닥으로 땋은 머리카락을 잡아 들었다.

"……다시 땋아줘."

"그래, 머리카락이……. 알겠다, 알겠어."

두 사람은 집에 들어갔다. 난로 앞에서 안젤린은 벨그리프에게 등을 보인 채 앉았고, 벨그리프는 딸아이의 뒤에 앉아서 대련 중 흐트러졌던 긴 흑발을 큼지막하게 세 가닥 땋기로 엮어줬다. 안젤린은 곧장 기분이 다시 좋아져서 콧노래를 흥얼거리며 다리를 딱 딱 움직였다.

"흐흥……. 있잖아, 아빠도 세 가닥 땋기로 묶어줄까?"

"아니, 아빠는 괜찮구나……."

"엥, 잘 어울릴 텐데……. 짝 맞춤이야. 안 돼?"

"아빠는 안 어울린단다……. 너처럼 예쁜 머리카락하곤 다르니까."

살랑살랑 고우면서도 손에 잡으면 부드럽게 무게감이 있다. 이런 부분에는 어두운 벨그리프도 예쁘다는 생각을 할 만큼 안젤린의 머리카락은 아름답다.

안젤린은 불만스럽게 뚱, 입술을 삐죽거렸지만 더 이상은 졸라대지 않았다. 그러다가 문득 떠올랐다는 듯이 입을 열었다.

"아빠, 아까 의족하고도 감응을 했어……."

"음."

흠칫 놀랐다. 분명히 맞는 말이었다. 스스로 깊이 의식은 하지 않았다만, 분명히 나무 막대에 불과한 오른쪽 다리에 마치 진짜 다리처럼 감각이 느껴졌었다. 그리고 반사적으로 안젤린의 검을 막아 내었던 때의 강렬한 감각. 그것은 흡사 검과 다르지 않았다.

안젤린은 머리를 뒤로 젖혀서 거꾸로 벨그리프를 바라봤다.

"할배가 말야, 아빠는 마력 다루는 솜씨가 능숙하다고 말했어……."

"하하, 그랬구나."

“나 말야……. 아빠는 원래 의족을 써서 움직였기 때문에 무의식중에 몸 이외의 물건과 감응하는 방식이 향상되지 않았을까 생각이 들어.”

“……그렇구나. 그럴지도 모르겠는데.”

어째서 의족으로 이렇게 잘 움직일 수가 있을까, 막연한 의문은 무의식중에서나마 마음 한구석에 남몰래 갖고 있었다.

아무리 재활에 애를 쓰고 혹독한 단련을 쌓았더라도 벨그리프의 의족은 막대기인지라 발목이나 발가락이 없다. 본래 인체가 구사할 수 있는 세세한 동작은 재현할 수 없어야 했다.

그러나 마력을 활용하는 검과의 감응을 실감으로 깨닫기 시작하자 수수께끼가 풀리는 기분이었다. 안젤린도 비슷한 느낌을 받았을 테지. 즉 검과 감응하는 것처럼 의족과 몸이 마력을 매개로 감응하여 마치 진짜 신체처럼 감각을 되찾았던 셈이다.

벨그리프 자신은 무의식중이었어도 집념과 같은 재활과 단련은 부지불식간에 이렇듯 의족과의 감응을 높여줬다. 그 후 그라함에게 가르침을 받으며 마력 조작이 수월하게 숙달되었던 것도 이러한 밑바탕이 있었던 덕분이 크다.

뭔가 얄궂구나. 벨그리프는 쓴웃음을 지으며 안젤린의 머리카락을 리본으로 묶었다.

“좋아, 다 됐다.”

“응!”

안젤린은 만족스럽게 세 가닥 땋기로 묶인 머리카락을 붙잡고

그리 효도를 하는 아들은 못 되었구나. 벨그리프는 자책했다. 부모는 둘 다 톨네라의 조용한 생활을 사랑했었다. 아들이 하필 모험가가 되기를 바랐을 것 같지는 않다. 마을에서 뛰쳐나갔던 결과로 다리 하나를 잃는 처지가 되었다면 더더욱이다.

그럼에도 결코 후회는 들지 않는다. 그때 다르게 행동했었다면, 이렇듯 아쉬워하는 것은 누구든 마찬가지일 터이나 어쨌거나 과거의 선택이 있었기에 지금이라는 시간이 있다. 최선의 길을 선택해서 살아왔다는 말은 못 할지언정 잘못을 저질렀다는 생각도 들지 않는다.

벨그리프는 묘 주변을 정성 들여서 닦고 청소한 뒤 오던 도중에 꺾어두었던 꽃을 올렸다.

"……뭔가 신기해. 아빠한테도 아빠랑 엄마가 있다는 게……. 당연한데도 상상을 못 하겠어."

안젤린이 나지막하게 말하더니 묘석과 벨그리프를 번갈아 바라봤다.

"할아버지는 아빠랑 닮았어?"

"흠, 글쎄다……. 할아버지가 죽은 게 벌써 40년 가까운 옛날이라서 말이다. 솔직히 이제는 영 기억이 안 나는구나."

"얼굴, 잊어버렸어? 아빠의 아빠인데……?"

안젤린이 살짝 쓸쓸해하며 말했다. 벨그리프는 턱수염을 비비 꼬았다.

"이래저래 일이 많았잖니. 아빠는 안제가 와준 덕택에 온통 너한테 정신을 쏟아야 했고."

"응……."

저 말이 기뻤는지 안젤린은 벨그리프의 손을 잡아서 뺨을 비비적댔다.

"그래도 나는 앞으로 무슨 일이 있어도 절대 아빠 얼굴을 안 잊어버릴 거야……."

"음……. 고맙구나."

벨그리프가 미소 짓고는 안젤린의 머리를 다정하게 쓰다듬었다.

"자, 돌아가자."

"응."

두 사람은 발길을 돌려 나란히 길을 내려갔다. 바람이 불었다. 티에라 나무가 흔들거리자 이파리 사이로 땅에 비치는 빛줄기 역시 싸락싸락 소리를 내며 흔들리는 것 같았다.

다. 아버지는 일곱 살 때, 어머니는 열한 살 때 죽었다. 따라서 안젤린은 물론 면식이 전혀 없었다.

벨그리프는 가지고 온 작은 빗자루로 묘와 주변을 재빨리 청소하면서 부모를 추억했다. 아버지는 과묵하지만 성실한 사람이었다. 어머니는 곧잘 웃어줬던 기억이 있다. 벨그리프의 적발은 어머니에게 물려받았지만 살짝 곱슬거리는 모질은 아버지에게 이어받은 특징이다.

어머니를 묻고 집으로 돌아왔을 때 집 안이 몹시 넓게 느껴졌었다. 이제 이곳에서 자신은 외톨이라고 생각했을 때의 심정은 지금도 떠올릴 수 있다. 하지만 부모의 얼굴은 기억 속에서 점점 희미해졌다. 아버지의 얼굴은 떠올리지 못한다. 최근에는 어머니의 타오르는 듯한 머리카락 색깔과 아버지의 덥수룩한 턱수염만 또렷하게 기억이 난다. 벨그리프가 턱수염을 기르고 있는 까닭도 어쩌면 부모의 모습을 자신에게 남기고 싶은 무의식의 발로가 아니었을까.

묘석의 이끼를 긁어 떼어 내면서 안젤린이 말했다.

"할아버지도 혹시 모험가를 동경했을까……?"

벨그리프는 쓴웃음 짓고 고개를 가로저었다.

"할아버지는 그런 내색을 보인 적이 없구나. 아마 톨네라에서 나간 경험도 없었을 거야."

"그랬구나……. 톨네라 토박이였네?"

안젤린이 말했다.

"할아버지는 맞아. 하지만 할머니는 톨네라에서 자란 사람이 아니었단다. 원래는 행상인의 딸이었거든……. 내가 어렸을 때는 잠들기 전에 이곳저곳 여행을 다닌 이야기를 자주 들려주셨지."

"헤이릴의 관문 이야기라든가……?"

"오, 용케 기억하는구나."

안젤린이 어릴 적 벨그리프에게 들은 이야기 중에는 그가 할머니에게서 전해 들었던 이야기도 있었다. 다수가 행상인 시절 여행을 다닌 이야기라서 톨네라밖에 알지 못했던 소년은 정신없이 귀를 기울이고는 했다.

톨네라 마을이라는 작은 세계 바깥의 땅이 있다는 사실, 또한 저러한 바깥세상을 어머니라는 가까운 사람이 겪어서 알고 있었다는 사실은 벨그리프의 모험가에 대한 동경심을 자극했다. 단지 동경에서 그치지 않고 실제 마을을 떠났다는 걸 어머니가 안다면 후회하지 않았으려나.

톨네라의 공동묘지는 마을 북쪽에 있다. 남쪽을 향해 트인 곳이라 햇볕이 잘 들고 조용하지만 어두운 분위기는 아니다. 옆에서 흐르는 작은 시내는 큰 강의 물줄기로 합류한다.

선조의 영령을 공경하는 톨네라에서 묘지는 꺼림칙한 곳이 아니었다. 잠들어 있는 망자는 친근했던 이웃 사람이자 존경받아 마땅한 존재이다. 따라서 사람들끼리 딱히 규칙을 정한 게 아님에도 항상 누군가가 청소 등 관리에 신경을 썼다.

포근한 날이었다. 숲의 습격 이후로 시간이 조금 지나서 밭과 가옥들의 복구도 꽤 진척이 됐다. 보르도에서 보내준 구호물자 및 재건을 위한 인원들 덕에 마을의 생활도 다시 예전처럼 돌아오고 있다.

멀리 산 정상부에서 눈보라가 일어나고, 또 천천히 형태를 바꾸며 푸른 하늘 아래에서 빛난다. 봄 끝자락의 햇볕은 따뜻하고 바람도 포근하기에 낮잠이라도 자고 싶은 화창한 날씨다.

벨그리프는 안젤린을 데리고 묘지에 왔다. 한동안 마을 일이 바빠서 틈이 안 났었던지라 오랜만이다.

안젤린이 끙, 기지개를 켠다.

"날씨 좋아……."

"그러게나 말이다."

묘지의 입구 부근에 있는 티에라 나무가 시원한 나무 그늘을 바닥에 드리워주고 있다. 봄에 움텄던 잎사귀도 아주 무성하게 자라나서 햇빛을 잔뜩 받아 짙은 녹색을 띠었다.

안젤린이 벨그리프의 팔을 껴안았다.

"단둘은 오랜만이야……."

"하하하, 그렇구나. 가족 성묘니까 말이지."

묘석도 새로운 것과 오래된 것이 뒤섞여 있다. 그 사이를 누비고 안쪽으로 들어가자 역시나 무척 오래된 묘석이 늘어서 있었다. 한때는 사각이었을 형태가 비바람에 줄곧 노출된 까닭인지 모서리가 떨어져 나가 둥글게 다듬어졌다. 새겨 둔 이름도 희미해져서 지그시 들여다봐야 겨우 알아볼 수 있는 상태다. 그늘이 지는 부근에는 얇게 이끼도 자라났다.

"할아버지, 할머니. 잘 지냈어……?"

안젤린은 쪼그려 앉아 묘석에 말을 건넸다. 물론 대답은 없다.

벨그리프의 부모가 죽은 시기는 벨그리프가 아직 어린아이였던 무렵이

# 모험가가 되고 싶다며 도시로 떠났던 딸이 S랭크가 되었다 6

MY DAUGHTER GREW UP TO "RANK S" ADVENTURER.

모지 카키야
MOJIKAKIYA

toi8
ILLUSTRATION

## 특별 단편

## 성묘

* 모험가가 되고 싶다며 도시로 떠났던 딸이 S랭크가 되었다 6권을 완독하고 나서 읽어주세요.

모험가가 되고 싶다며 도시로 떠났던 딸이 S랭크가 되었다
6권 발매 기념 특전 소책자
[NOT FOR SALE]


L BOOKS

어루만졌다.

“에헤헤……. 자, 저쪽 봐!”

“어? 뭐냐, 뭐냐.”

채근하는 대로 뒤쪽을 보고 앉은 벨그리프는 묶어 놓았던 머리카락이 풀리는 것을 느꼈다. 안젤린의 가느다란 손가락이 적발을 빗기고는 나누어서 땋는다. 본래 길었던 머리카락이 한동안 자르지 않은 까닭에 제법 자랐던 터라 땋기에도 충분한 길이였다.

벨그리프는 난처해서 웃기만 했다.

“글쎄, 아빠는 안 어울린다니까…….”

“괜찮아!”

안젤린은 콧노래를 흥얼거리며 벨그리프의 머리를 땋았고, 벨그리프도 결국 딸아이의 손길을 가만히 받아줬다.

도무지 딸아이는 이길 수가 없다 싶었다.

○

뚫어져라 살짝 앞쪽을 주시하던 샤를로테가 손을 조금 움직이자 시선이 닿아 있었을 장소에서 작게 불꽃이 피어올랐다. 멀리서 지켜보던 젊은이들이 환성을 지른다. 그래서 집중력이 떨어졌는지 샤를로테가 숨을 내쉬고는 힘을 빼내자 피어올랐던 불꽃은 시들시들 사라졌다. 카심이 껄껄 웃고는 턱수염을 쓰다듬는다.

“괜찮네, 많이 좋아졌어.”

"정말?"

샤를로테는 좀처럼 실감이 안 된다는 모습으로 손을 쥐었다가 폈다가 했다.

"잔뜩 명상하고 집중하고……. 그래도 아직 저렇게 작은 불꽃이 전부인데."

불만에 찬 표정의 샤를로테를 보고 카심은 웃음 지으면서 머리를 톡톡 두드렸다.

"어이구, 삐치지 마라. 넌 마력량이 많잖냐. 제어를 제대로 하는 게 더욱 중요하다고. 괜히 무리하면 집 한 채가 싹 날아갈걸."

"정말 괜찮은 걸까……. 사미지나의 반지에는 아무리 마력을 주입해도 괜찮았었는데……."

"아, 마왕의 결정을 쓴 녀석 말이냐? 그런 건 마력을 주입해서 열쇠가 되는 영창을 읊조리면 어떻게든 되는 물건이잖아. 분명히 말해 두겠는데 비슷한 마도구에다가 네가 온 힘으로 마력을 주입하면 아마 망가질 거다. 그 반지가 너를 집어삼키려고 했던 이유도 마력을 과하게 주입했기 때문 아니야?"

부풀어 오른 보석이 팔을 감쌌을 때의 감촉을 떠올리고 샤를로테는 몸서리쳤다. 확실히 그때는 분노와 광기에 눈이 멀어서 가지고 있는 모든 마력을 반지에 들이부었던 것 같다. 자신을 집어삼키려고 했던 이유도 아마 마력의 과다 주입에 따른 폭주였다고, 지금 돌이켜보면 그리 생각이 든다.

카심은 중절모자를 고쳐 쓰면서 말했다.

“뭐, 나랑 그라함 영감이 같이 가르칠 테니까 안심해라. 아~무것도 걱정할 필요가 없어.”

“응……. 고마워, 아저씨.”

샤를로테는 미소 짓고는 머리에 쓴 커다란 밀짚모자를 두 손으로 붙잡았다. 옆에서 지켜보던 밀리엄이 재미있다는 표정을 짓고 있었다.

“굉장하네~. 이대로 제어하는 솜씨만 잘 붙으면 대마법도 쓸 수 있겠어~.”

“그야 쓰고말고. 뭐, 어쨌든 지금은 조바심치지 않는 게 가장 중요하군.”

“음~ 나도 따라잡히지 않게 열심히 해야겠다냥~.”

밀리엄은 혼자 중얼거리고는 자신의 손가락을 바라봤다.

한편 벡은 조금 떨어져 있는 곳에서 그라함과 대련을 하는 중이었다. 열풍이 휘몰아치는 듯 보이면서 지면에 할퀸 상처와 비슷한 자국이 다수 발생했다.

그러나 어디까지나 두 사람의 근처뿐이다. 벡의 주위를 투명한 입체 마법진이 무시무시한 기세로 공전하고 있는 듯했다. 다만 상대하는 그라함은 별다른 표정 변화도 없이 아주 살짝만 몸을 움직이는데도 전혀 적중되지 않았다.

벡이 살짝 괴로워하며 얼굴을 비뚤어뜨렸다. 온통 하얬던 머리카락의 끝부분이 살짝 거뭇하게 물든다. 그라함은 손을 앞으로 내밀었다.

"그만."

즉각 바람이 수그러졌다. 입체 마법진이 사라졌나 보다. 동시에 벡은 무릎을 꿇고 커다랗게 어깨를 들썩거리며 숨을 몰아쉬었다. 머리카락은 곧장 하얗게 돌아왔다.

"……제길."

"나쁘지 않다. 이제는 제법 오래 버티는군."

그라함은 조금도 웃지 않았지만, 격려하듯이 부드러운 손길로 벡의 어깨를 두드려줬다.

떨어져서 보고 있었던 어린아이들 무리 중 미토가 달려와서 벡의 옷자락을 잡아당겼다.

"벡 군……."

"어, 어어……."

벡은 살짝 눈살을 찌푸리고 입을 어물어물했다. 벡은 미토를 대할 때마다 조금 거북해하는 눈치였다. 미토 본인 때문이 아닌 마왕이라는 진짜 정체가 마음에 자꾸 걸리는 탓에 아직껏 경계심을 내려놓지 못하는 모습이다. 그러나 미토는 오히려 벡을 잘 따르고 있기 때문에 아무래도 상대하기를 어려워하는 듯싶었다.

그때 마을 바깥으로 활 연습을 나갔던 아넷사가 몇 명의 젊은이들과 함께 돌아왔다. 밀리엄이 「오~」 손을 들어 올렸다.

"아네, 어서 와~. 어때? 솜씨는."

"나쁘지 않아. 원래 가볍게 사냥 정도는 다닌 녀석도 있고, 몸 쓰는 방법은 다들 벨 아저씨한테 기초를 배웠다잖아? 솔직히 별로 가르칠 게 없던데.”

“후훗~. 『적귀』식 교육법이 효과를 거뒀다냥~. 톨네라, 무서운 마을.”

“진짜 말이야.”

아넷사는 웃고는 활을 다시 멨다. 연습을 나갔던 젊은이들도 칭찬받아서 기뻤는지 살짝 쑥스러워하며 머리를 긁적였다.

그 뒤쪽 방향에서 달그락달그락 소리를 내며 짐마차가 다가왔다. 아마도 행상인 같다. 아이들이 흥분한 모습으로 와아, 짐마차에 달려갔다. 말을 끌던 행상인이 놀라며 웃었다.

“이런, 어이쿠. 기다려들 다오. 금방 짐을 풀어놓을 테니까.”

곧이어 광장 한쪽에 자리를 잡은 뒤 짐을 내려서 펼친다. 호위로 고용되었을 젊은 모험가 3인조도 함께 거들었다.

“오, 행상인가. 형씨, 뭘 가지고 왔나?”

카심이 수염을 쓰다듬으면서 다가들자 행상인은 짐을 풀면서 웃었다.

“바다의 물고기가 많습니다. 이곳 주변에서는 구하기가 많이 힘들죠.”

“그야 힘들겠지. 그런데 괜찮나? 냉장 마법도 없어 보이는데.”

“하하, 아무렴 날것을 갖고 왔겠습니까. 소금 절임이랑 건어물이에요.”

그렇게 말한 뒤 나무 상자며 밀봉된 항아리를 열어서 안을 보여준다. 곧장 희미하게 감돌고 있던 부취 비슷한 냄새가 가득 넘쳐

흘렀다. 나무 상자에는 등을 갈라서 펼친 건어물, 항아리에는 소금에 절인 듯한 손바닥에 올라갈 크기의 요상한 무엇인가도 들어 있었다. 코를 찌르는 악취에 카심은 얼굴을 찌푸렸다.

"엄청 냄새가 독한데, 이게 뭐래? 썩은 거 아니야?"

"무슨 말씀이십니까, 이건 어란의 소금 절임이에요. 뭣하면 시식해보시겠습니까?"

"으음, 어떻게 할까……."

카심은 벅벅 머리를 긁더니 잠깐 고민하다가 이윽고 체념해서는 어깨를 으쓱였다.

"관둘래. 이런 건 벨한테 맡기는 게 나아."

"맛있는데요. 다 팔려도 저는 모릅니다?"

행상인은 장난스럽게 웃고는 뿔피리를 손에 들더니 크게 불었다. 행상의 신호이다.

깔개 위쪽에 늘어놓은 장난감에는 아이들이 몰려들었고, 그러자 호위를 맡은 모험가들이 허둥지둥 말리고 있다. 연습에 참가했던 젊은이들이나 아넷사와 밀리엄, 샤를로테가 무엇이 있을까 물건들을 이것저것 들여다보고 있다.

"샤르, 넌 생선을 잘 알지 않냐?"

"응. 있잖아, 아저씨. 이거 엘브렌의 물고기 맞아?"

"그래, 맞단다. 아가씨."

행상인이 대답했다.

"으음…… 이거, 어란 소금 절임은 되게 맛있는데."

"맛을 좀 아시는군!"

그라함과 카심은 나란히 서서 북적거리는 노점을 멀찍이 바라보고 있었다. 미토에게 끌려서 나온 벡이 귀찮아하며, 그럼에도 저항하는 시늉도 않고 상품의 앞을 왔다가 갔다가 한다.

"이야~ 행상인 좀 왔다고 이렇게 되나. 여기는 자극이 좀 적기는 하지."

"으음……."

그라함은 체중을 실은 발을 반대로 해서 팔짱을 꼈다.

"카심."

"응?"

"그대는 미토를 어떻게 보나?"

"……착한 아이라고 생각해. 다만, 뭐, 저렇게 큼지막한 마력 덩어리는 뭔가 기묘한 걸 불러들일 것 같아서 걱정은 되네."

"그런가……."

"역시 걱정되나 봐? 영감."

"물론이다……. 단순한 마력 덩어리라면 몰라도 미토의 몸 안쪽에서는 아직껏 마력이 생성되어 소용돌이치고 있잖은가. 어떤 계기로든 해방되는 사태가 혹여 벌어진다면 이곳의 주변 일대가 던전으로 화할 가능성도 있군."

"흐음……. 어떻게 해야 하나. 뭔가 적당하게 마력을 소비할 수 있는 방법이라도 마련하면 좋을 텐데."

"힘의 제어법을 가르치자는 생각은 하고 있네만……. 신체야 성장했다지만 내면은 아직 유아와 다르지 않네."

"하하, 가르치기도 어렵다는 뜻인가. 난처한데."

카심은 난감해하며 웃고는 중절모자를 고쳐 썼다. 그라함은 눈을 내리깔았다.

"……어쨌든 간에 정공법으로 어떻게 수습이 될 것 같지는 않군. 그대의 힘을 빌려야 할 때가 올 걸세. 그때는 잘 부탁하지."

"섭섭한 말 관둬, 당연하잖아. 나뿐 아니라 벨은 물론이고 안제랑 다른 아이들도 힘을 빌려줄 거야. 혼자 다 끌어안으면 못쓴다고, 영감. 그러다가 내가 고생을 엄청 했다니까."

그렇게 말한 뒤 웃는 카심에게 그라함은 살짝 미소 지어서 대답했다.

"오, 제 말 하면 온다더니."

맞은편에서 벨그리프와 안젤린이 다가왔다. 행상인의 뿔피리 소리를 들었나 보다.

"오, 역시 행상인가. 저녁 식사에 쓸 재료가 있으면 좋겠는데."

"생선 냄새가 나네……."

안젤린은 코를 킁킁거리고 있다.

가까이 다가온 벨그리프를 보고 카심은 웃음을 터뜨렸다.

"아하하하핫! 뭐야, 벨. 아주 귀여워졌군!"

"음? 어, 아니, 뭐……."

벨그리프는 난처한 표정을 짓고 세 가닥 땋기로 엮인 머리카락을 붙잡았다. 끝부분에는 리본까지 달려 있었다. 안젤린이 빙긋

웃었다.

“짝 맞춤이야. 어때?”

“어울려, 잘 어울려. 하하, 유쾌한 부녀라니까.”

“……자네도 묶어줄까.”

드물게도 삐친 표정을 짓는 벨그리프가 우스워서 카심은 재차 배를 부여잡고 웃었다.

그렇게 불쑥 주목의 시선이 모여들었고, 광장에는 다시 또 다른 활기가 가득 흘러넘쳤다.

## 75 바윗돌 많은 푸른 산자락을 바람이 어루만지며

바윗돌 많은 푸른 산자락을 바람이 어루만지며 살짝 움을 튼 연두색 풀을 흔들거렸다.

이곳 주변은 키 작은 식물만 잔뜩이고 사람의 신장을 넘어서는 나무는 손에 꼽히는 몇몇밖에 없다. 저지대와 비교해서 새잎이 움트는 속도도 살짝 느리고, 응달 부분에는 눈까지 살짝 남아 있었다. 야생 염소가 풀을 뜯어 먹고, 둥근 몸뚱이의 새가 뛰쳐나오더니 수풀로 날아들었다.

그 아래쪽에서 조금씩 무엇인가가 바닥을 기어오는 기척이 있다.

우선 다가든 것은 지면을 뒤덮은 풀이었다. 메마른 지면을 뒤덮고 울퉁불퉁한 바위를 뒤덮어서 싸락싸락 작은 소리를 내면서 천천히, 다만 확실하게 산자락을 타고 올라간다.

그런 다음은 또 위를 기어서 키 낮은 풀과 관목이 나타났다. 저것들은 잎사귀 달린 가지를 흔들거리며 뿌리를 다리처럼 써서 걸어왔다. 뿌리의 끝부분은 땅속에 있다. 기묘하게도 걸을 때마다 뿌리가 아무 저항도 없이 땅속으로 파고들었다. 그림자가 진 공간에는 축축한 이끼가 기어서 따라온다.

그 뒤쪽에서는 마침내 키가 큰 나무가 다가왔다. 비틀린 줄기를 앞뒤로 흔들고, 그때마다 하늘을 향해 쳐들어서 뻗친 가지와 잎사귀가 소리를 냈다. 나무는 고목이 많았지만 몇몇은 젊은 나무도 섞여 있었다. 키가 큰 나무와 작은 나무, 활엽수, 침엽수, 상록수, 열매가 달리거나 달리지 않은 것, 모두가 뒤섞여서 한 덩어리를 이루어 행진하는 모습이다.

마치 작은 숲이 통째로 이동하는 듯한 양상이었다. 하지만 저 깊숙한 녹색은 어쩐지 싸늘했기에 바깥의 방문자를 받아들여주는 관용을 가지지 않은 듯 보였다. 숲이 보유한 풍요로움을 어딘가로 쫓아낸 뒤 자비가 없는 잔혹함만이 부풀어 오른 분위기다. 또한 햇빛 아래에 있음에도 불구하고 음울하면서 거대한 그림자가 숲 전체를 둘러싸고 있었다.

저것들은 헤이젤의 서쪽, 오래된 숲에서 왔다.

오래된 숲의 서편은 바다와 면하고 있지만, 깎아지른 벼랑 때문에 바다를 통한 침입은 어려웠다. 다만 북편의 산맥은 서쪽 변두리까지는 뻗어 나가지 못했고, 오래된 숲의 북서는 엘프령과 연결되어 있었다. 물론 저러한 곳은 인간이 다닐 수 없는 터라 이어졌든 아니든 관계없다만.

다만 숲을 영역 삼아서 살아가는 엘프들은 별개였다.

일찍이 엘프령에서는 서쪽 숲 출신으로 새로운 땅을 바라며 해안을 따라 남하했던 씨족이 있었다. 그들은 오래된 숲 안쪽에 거처를 꾸리고 그곳에서 새로운 생활을 시작했다.

오래된 숲은 지배하려고 시도하는 자들 이외에는 관용을 베푼

다. 본래 자연과 더불어 생활을 영위하는 엘프들은 오래된 숲의 새로운 주민으로서 받아들여지는 듯 여겨졌다.

다만 안주한 지 십수 년이 지났을 무렵, 그들은 갑작스럽게 자취를 감췄다.

오래된 숲에는 온갖 생물들이 있는 만큼 선의도 악의도 뒤섞여서 혼돈이 가득했다. 풍요로운 삶이 있는 만큼 똑같이 죽음의 그림자도 짙은 곳이었다.

숲은 타자에 대한 관용과 자비의 측면이 많은 부분을 점하고 있었지만, 반대로 증오를 비대화시키는 측면도 있었다.

어느 날 무엇이 계기가 되어 벌어졌는가 분명하지 않으나 의사가 있는 생명에 대한 숲의 악의는 형태를 이루어서 엘프 마을에 들이닥쳤다. 이형의 괴물이라고 표현해야 할 만큼 비틀린 고목이 집집을 뭉개버렸고 엘프들을 집어삼켰다.

분명히 친한 이웃이었을 숲의 나무들에게 습격을 받은 엘프들은 속수무책이었다. 그렇게 하룻밤 새에 엘프의 마을은 사라져버렸다.

당시, 일찍이 엘프 마을을 멸했던 나무들이 지금 북쪽으로 뻗는 산맥을 횡단하고 있었다. 저 건너편에서 느껴지는 커다란 마력에 이끌렸기 때문이었다.

지금은 아직 한참이나 멀다. 하지만 저것들은 확실하게 뿌리를 뻗어 나간다. 공국령 북쪽의 변경, 산과 숲에 둘러싸인 작은 마을을 향하여.

○

안젤린이 집 안에서 두꺼운 책을 몇 권이나 갖고 나와서 마당 탁자에 펼쳐 놓았다.

하나같이 꽤 손때를 탄 책이다. 한 권은 도감의 형식으로 글자와 그림이 조합되어 쓰여 있었다. 다만 잉크가 세피아색으로 바래서 군데군데 위쪽에다가 새로 글자를 써넣은 흔적이 있다. 그뿐 아니라 여기저기에 추가 기록이며 밑줄 따위가 있었기에 거듭 숙독을 끝낸 서적임을 짐작할 수 있었다.

엷은 갈색의 머리카락을 짧게 자른 젊은 모험가가 책을 훑어보다가 탄성을 터뜨렸다.

"굉장한데……. 안젤린 씨는 이 책으로 공부했던 겁니까?"

안젤린은 자랑스럽게 고개를 끄덕였다.

"맞아……. 그래도 이것저것 글은 전부 아빠가 썼어."

"와아, 이렇게 자세하게……."

행상인의 호위로 따라왔던 젊은 모험가 3인조는 흥미진진하게 책장을 넘겼다.

이 책은 벨그리프가 신출내기 시절에 구입했던 도감이다. 마수의 생태 및 대처법, 특징과 채집 가능한 소재 따위가 상세하게 적혀 있었다.

매사에 신중한 성격이었던 벨그리프는 맨 처음에 검을 구입했고, 이후에 돈을 모은 뒤 이 도감을 구입했다. 그러고는 밤마다 숙독하고 이것저것 기록을 추가하면서 모조리 머릿속에다가 집어넣었다. 불과 2년 정도의 모험가 생활 중 실제로 상대하지 않은 마수의 지식까지 갖추고 있는 것은 이 책의 덕분이었다.

물론 안젤린도 이 책을 읽어서 열심히 공부했다. 열둘에 도시로 떠날 때 무거운 이 책을 짐에 넣어서 가지고 갔고 아버지와 똑같이 밤마다 숙독하고는 했다. 벨그리프가 써넣은 추가 설명 등 흔적은 책의 내용을 자세하게 이해하는 데 많은 도움이 됐고, 덕분에 신출내기 시절에 책의 지식을 많이 의지했었다. 그러나 지금 와서는 살짝 정보가 진부해지기도 한 터라 이번 귀성 때 본가로 갖고 돌아왔다. 올펜에 있는 안젤린의 방에는 새로운 도감이 비치되어 있다.

"이쪽은…… 검술서인가. 엄청 낡았네……."

다른 책은 검술 및 체술의 해설이 쓰여 있었다. 기초의 기초 부류에 속하는 책들, 그러나 책의 구조며 사용법 따위는 제법 정성스럽게 집필되었다. 역시 거듭거듭 숙독을 거친 흔적이 있었다.

이 검술서는 톨네라에 왔던 행상인에게서 벨그리프가 산 책이다. 스스로 시행착오만 거듭하던 고향의 단련 일과에서 이 책은 상당한 색채를 더해주었다. 물론 한쪽 다리가 의족인 벨그리프는 책의 내용을 고스란히 옮겨서 모방할 수는 없는 처지였지만, 그럼에도 자기 신체의 움직임을 연구하는 데 많은 도움이 되었음은 틀림없었다.

모험가 한 사람이 얼굴을 들어 올렸다. 조그마한 소녀다. 노란색 포니테일이 나풀나풀 흔들렸다.

"대단함다! 뭔가, 잠깐 읽기만 했는데도 강해진 기분임다!"

"그게 어디 말이나 된답니까……. 소라, 이렇게 우쭐거리다가 또 갑자기 돌격하는 행동은 제발 참아주시죠?"

짙은 청색 머리카락의 청년이 기막히다는 얼굴로 말했다. 소라라고 불린 포니테일 소녀는 뺨을 뾰록거렸다.

"무슨 섭섭한 말씀! 아무렴 제가 그렇게 무모한 짓을 하진 않습다, 카인 씨! 맞지 말임다? 제이크."

"아니, 좀 불안한데?"

"끄앙~."

이 3인조는 평소 올펜을 거점으로 활동한다고 했다. 나이는 안젤린 파티와 거의 비슷하다.

안젤린의 고향이 톨네라라는 사실은 본인이 시끄럽게 떠들고 다닌 까닭도 있어 올펜에서는 유명하다. 그래서 이번 행상인의 의뢰도 안젤린과 혹시 대화를 나눌 수 있을까 작은 기대를 품고 수락했다던가.

카인이 B랭크의 마법사이고 제이크와 소라는 C랭크의 검사다. 고위 랭크를 한 걸음 앞에 둔 실력자에게도 S랭크는 구름 위의 존재다. 그래서 올펜에서는 주위의 눈도 있었던 탓에 도저히 용기가 안 났고 말을 못 걸었다고 했다.

카인이 탄식했다.

“그나저나, 설마『팔라딘』까지 있었다니…….”

“진짜 굉장하지.『흑발의 여검사』에『적귀』, 그뿐 아니라『천개 파괴자』도 같이 있잖아. 인외마경이 따로 없다니까.”

그렇게 말한 뒤 제이크가 머리를 긁적거렸다.

“후후…….”

안젤린은 만족스럽게 고개를 끄덕였다. 자신이 칭찬받아서 기쁜 마음에 앞서 자신들 S랭크 모험가의 대열에 당연하다는 듯이 벨그리프의 이름이 이어진다는 게 기쁜가 보다.

드디어 아버지도 세간의 인정을 받을 때가 왔도다, 안젤린은 득의양양해서 웃음 지었다. 다만 세간의 인정을 받는다는 게 구체적으로 어떤 의미인지 안젤린도 아직껏 살짝 아리송한 처지였다만.

소라가 말했다.

“제가 말임다, 올펜에서『적귀』님이 대련하는 광경을 견학했슴다! 엄청나게 멋있었슴다! 현역 모험가도 아닌데『격멸』체보르그 씨에『백금』도르토스 씨와 아주 치열하게 맞붙었다는 게 감동이었슴다!”

“그렇지? 아빠는 대단하다는 말씀…….”

안젤린은 자랑스럽게 가슴을 폈다. 소라는 제법 흥분해서 손을 휙휙 흔들었다.

“안젤린 씨도 아버지에게 검을 배웠슴까?”

“맞아.”

“저도『적귀』님한테 배우면 강해질 수 있지 말임다?!”

"이, 이 녀석아. 또 자제할 줄을 모르고 덥석……."

당황해서 소라를 말리려 드는 제이크를 보고 안젤린은 쿡쿡 웃었다.

"괜찮을 거야……. 지금은 그라함 할배도 같이 있잖아. 파워 업, 하고 갈래?"

"지, 진짜냐……. 아니, 이왕이면 난 안젤린 씨한테 배우고 싶은데……."

안젤린은 눈살을 찌푸렸다.

"가르치는 건 아빠가 잘해. 나는 가르치는 거 서툴러……. 그래도 괜찮다면 별로 상관이야 없는데……."

"어, 괜찮겠어?!"

"관두는 게 좋아."

마당 너머에서 바구니를 안아 든 아넷사와 밀리엄이 걸어왔다. 집 뒤쪽 밭에서 벨그리프를 거들다가 돌아오는 길이다.

밀리엄이 쿡쿡 웃었다.

"안제는 진짜 서툴러서 무조건 실전 대련밖에 못 해주거든~? 엉망진창 두들겨 맞을걸~."

"전혀 문제없습니다!"

제이크는 어쩐지 기뻐하는 모습으로 안절부절못하고 들썩거렸다. 소라가 뾰로통하게 제이크를 찔러 댔다.

"히죽히죽, 표정 좀 단속하지 말입다."

"아, 아니거든!"

카인이 기막혀하며 한숨 쉬었다.

"대련에서 혹시 부상당하면 뭐라 변명할 겁니까……. 엄연히 의뢰를 받아 수행하는 와중이에요, 잊지 말아주십쇼?"

"아, 알고말고!"

밀리엄이 실실거리면서 안젤린을 쿡쿡 찔렀다.

"안제도 여간내기가 아니라니까~."

"……응? 뭐가?"

"애고. 뭐, 이럴 줄 알았어……."

"응?"

안젤린은 어리둥절한 표정으로 고개를 갸웃거렸다. 아넷사가 쿡쿡 웃었다.

"뭐, 넌 이런 녀석이잖아."

"쳇~ 재미없어라……. 뭐, 됐어."

밀리엄은 맥이 빠져서 바구니를 고쳐 들었다. 안쪽에는 커다란 깍지 콩이 잔뜩 들어 있다.

"이거, 벗겨 놓으랬어~."

"오, 오늘은 콩 요리……."

안젤린은 제이크와 소라, 카인을 쭉 쳐다봤다.

"도와줘……."

"어, 으음……. 콩 껍질을, 벗기라고요?"

"응. 데쳐서 금방 먹으면 무척 맛있어……."

S랭크 모험가의 묘한 소박함을 목격한 젊은 모험가들은 서로의

얼굴을 마주 바라봤다.

○

줄기부터 부러진 토마토 모종을 손가락에 잡아 빼내자 갈색의 잎벌레 같은 녀석이 딸려 나왔다. 벨그리프는 벌레를 붙잡아서 샤를로테에게 보여줬다.

"이게 거세미 벌레란다. 이 녀석이 줄기를 이렇게 부러뜨리지."

"뿌리 부분이 있었구나……. 무슨 곤충의 유충인 거야?"

"나방이지. 뭐, 이 녀석들도 살기 위해서 먹는 거지만, 우리도 먹기 위해서잖니? 어쩔 수 없어."

벨그리프는 그렇게 말한 뒤 벌레를 땅바닥에 던지고 짓밟았다. 샤를로테는 뭐라고 말을 못 하겠다는 표정으로 입을 우물우물했다.

"먹기 위해서, 살기 위해서……. 도대체 뭘까? 벌레를 밟아 죽이자니까 이상한 기분이 들어……. 마수는 퇴치해도 아무 생각이 안 드는데, 고기가 생선을 먹을 때도 아무런 저항이 안 느껴지는데……."

"그런 부분이 사람 마음의 신기한 구석일 테지……. 양쪽 다 먹기 위해서, 살기 위해서라는 점은 다르지 않겠지만 말이다."

"응……. 이렇게 안 잡아주면 채소가 못 자라나는걸."

"그래. 여러 생물의 삶과 죽음으로 이 세계가 돌아가고 있으니까……. 괜히 골몰히 고민해도 답은 안 나오겠지만, 이런 측은지심도 어쩌면 소중하게 여겨야 하지 않을까 싶어."

벨그리프는 옆에 놓아둔 모종을 손에 들었다.

"자, 우선은 일을 다 마치도록 하자. 부러진 묘목을 뽑아서 구멍을 파주겠니?"

"응!"

샤를로테는 밀짚모자를 고쳐 쓰고는 작은 삽을 쥐었다. 소녀는 알비노인지라 과하게 강한 햇볕은 감당하기 힘든 입장이었지만, 그럼에도 열심히 매일같이 밭에 나와서 거들어줬다.

벨그리프는 미소 지었다. 여름의 한창때에 접어들면 대지의 배꼽을 목적지로 여행이 시작될 것이다. 그동안 샤를로테와 벡은 톨네라의 집에 있어야 한다. 소녀가 열심히 밭일을 보고 배우려 하는 까닭은 짐작컨대 벨그리프와 다른 사람들이 없는 동안에 이곳을 지키고자 하는 의지의 표출이 아닐까.

이곳저곳에서 여름 채소의 옮겨심기가 시작됐다.

모종은 따로 이랑을 만들거나 상자에 흙을 담아서 길러 낸다. 그리고 얼마간 성장을 이루면 밭에 옮겨심기를 한다. 기본적으로 한랭 기후에 속한 톨네라에서는 이렇듯 모종을 따로 키워주지 않으면 채소의 수확 시기가 지체되고 만다.

생야채로 소비되는 여름 채소는 일단 상품으로 판매하지는 않는다. 기본적으로는 자급용이다. 가장 가까운 로디나도 농촌이고 야채는 자급하고 있다. 신선한 채소가 팔릴 만한 곳이라면 보르도겠지만, 그곳은 거리가 멀기 때문에 여름 시기에는 틀림없이 상해버린다. 따라서 행상인도 매입을 꺼렸다. 다만 여행 중 자신들이 먹을 분량이라면 사들이는 경우도 있다만.

그런고로 톨네라에서는 어느 집이든 자기 밭을 가지고 있다. 밀처럼 주식으로 먹는 작물은 공동으로 경작하지만, 채소는 자기 집에서 길러야 한다.

벨그리프도 해마다 조금씩 밭을 넓히는 와중에 남는 분량은 썰어서 푹 끓인 뒤 며칠간 나눠 먹는다거나 바싹바싹 말려서 보존하는 등 혼자서는 미처 소비하지 못하는 양의 채소 처리에 고심했었다만, 요즘 들어서는 사람이 늘어난지라 딱히 걱정이 없다. 오히려 부족해지면 어쩌나 생각이 들 지경이라 따라서 밭일을 할 때도 의욕이 솟았다.

거세미 벌레에게 파 먹혀서 부러진 모종을 다시 심은 뒤 일찍 자라나는 유채의 꽃대를 뜯어주던 때에 미토가 다가왔다. 벡의 손을 붙잡고 있다. 벡은 은근히 떨떠름한 표정을 짓고 있었다.

"아빠……."

미토가 말했다.

"응? 무슨 일이니? 할부지랑 같이 있던 게 아니었어?"

"할아범은 갓난아이가 울음을 터뜨려서 어머니가 있는 곳으로 갔어."

벡이 대답했다.

"그런 건가……. 그럼 밭일을 좀 도와주겠니?"

"같이 일할래. 벡 군도 도와줄 거야."

"잡아당기지 마라……."

"미토, 여기로 와! 같이 유채 꽃대를 따주자."

"응."

미토는 손을 놓고 아장아장 빠른 걸음으로 다리를 움직였다. 벡이 눈살을 찌푸린다.

"넘어진다, 조심해라."

"괜찮아."

벨그리프는 미소 지었다.

"너도 꽤 좋은 형아가 됐구나."

"그런 거 아니라고……."

벡은 난처해하는 표정을 짓더니 뺨을 긁적였다.

"저런 녀석이 마왕이란 말이지……. 아무래도 나는 아직도 불안을 지울 수 없군."

"너무 걱정하지 말렴. 그런 문제는 우리한테 맡겨 놓으면 된단다."

"어린애 취급하지 말라니까……. 말해 두겠는데 난 댁보다 더한 수라장을 헤치고 나온 경험이 있단 말이다."

"그런 부분이 아직 어린아이란 뜻인데."

벨그리프는 웃음 짓고는 벡의 머리카락을 덥석덥석 거칠게 주물렀다. 벡은 살짝 불만을 표시하다가 체념한 듯 샤를로테와 미토를 향해 걸어갔다.

빙그르 밭을 둘러본다.

수확한 콩은 아넷사와 밀리엄에게 맡겼고, 이가 빠지게 된 이랑의 모종은 다시 심었다. 유채의 꽃대는 샤를로테와 아이들이 뜯어주고 있다. 태양은 하늘 꼭대기와 가깝겠다, 슬슬 점심 식사 준비를 해야 할 시간이다.

빵을 구워서 콩과 유채를 삶고 순무로 수프를 만들자. 식단을 떠올리던 중에 집 방향에서 누군가가 다가왔다. 상대의 얼굴을 보고 벨그리프는 무의식중에 「오오」 소리를 냈다.

“이런, 귀한 손님이.”

“오랜만이에요, 벨그리프 님. 건강하게 잘 지내셨……. 후후, 얼마 전에 막 뵈었던 참이었죠.”

보르도 가문의 삼녀, 셀렌 보르도가 미소 지었다. 벨그리프는 목에 걸쳐 둔 수건으로 손의 진흙을 닦았다.

“잘 와주셨습니다. 이런 차림새인지라 민망합니다…….”

“아뇨, 아녜요. 한창 일하시는 데 괜히 방해나 하고…….”

셀렌은 힐끔 밭 방향을 봤다.

“셀렌 님!”

샤를로테가 허둥지둥 달려와서 밀짚모자를 벗고 긴장한 표정으로 꾸벅 머리를 수그렸다. 시골 아가씨 같은 복장은 흙이 묻어서 지저분했고 뺨에도 문질렀던 자국대로 진흙이 붙어 있었다.

“저기, 저기요…….”

셀렌은 생긋 웃었다.

“열심히 살고 있었군요, 샤르.”

“아으…….”

샤를로테는 고개 숙인 채 머뭇머뭇 손을 비비적댔다. 셀렌은 샤릎로테에게 가까이 다가가서 부드럽게 머리를 쓰다듬어줬다. 벨그리프는 살며시 웃고는 턱수염을 손가락으로 비비 꼬았다.

"마침 저희도 집에 돌아가려는데 같이 가시죠. 이런 데 세워 놓아도 될 분이 아니시고……."

"아, 재촉을 하는 모양이 돼서 죄송합니다……. 뭔가 옮길 물건은 없을까요?"

"아이고, 아닙니다. 괜찮아요."

벨그리프는 민망해서 손을 내저었다. 그러나 셀렌은 척척 빈 바구니를 몇 개 겹쳐서 안아 들었다. 곧이어 장난스럽게 웃음 짓는다.

"이래 보여도 밭일은 꽤 자주 한답니다?"

그러고 보니 보르도 가문의 자매는 지방 시찰을 다닐 때 농민들과 함께 작업을 곧잘 한다는 말을 들었었다.

역시 못 당하겠구나, 벨그리프는 쓴웃음 짓고 농기구를 정리해서 들었다.

"그런데 설마 혼자서 방문하지는 않으셨겠지요?"

"네, 물론이죠. 또 납치당하면 곤란하니까요."

그렇게 말한 뒤 셀렌은 쿡쿡 웃었다. 강한 아가씨다. 벨그리프도 뒤따라 웃음 지었다.

아무튼 간에 셀렌의 호위가 따라왔다면 사람도 제법 많겠다. 또 떠들썩해질 것 같다는 생각을 하며 앞마당 쪽을 둘러보던 때「스승님~!」기운찬 목소리가 들렸다. 사샤가 날듯이 뛰어와서는 벨그리프의 손을 붙들었다.

"격조했습니다! 별 탈 없이 건재하셔서 기쁩니다!"

"어, 어어, 사샤 님……? 격조는요, 무슨. 저번에 실례했던 이후 날짜가 별로……."

호위라기에 누군가 싶었더니 바로 사샤였구나. 확실히 이 아가씨와 함께라면 열 명의 병사보다 더욱 든든하겠다.

기세에 압도되어 벨그리프는 눈을 끔뻑끔뻑했다. 그러고는 마주 바라보면서 쓴웃음을 짓는다.

"사샤 님께서 함께 오셨군요. 아주 든든한 호위입니다."

"그럼요. 덕분에 마음 편안하게 찾아뵐 수 있었답니다."

셀렌은 쓴웃음 지으면서 손에 든 바구니를 들어 보였다.

"이거, 어디에 두면 될까요?"

"아, 이쪽에……. 샤르, 안내해드리려무나."

"응. 셀렌 님, 이쪽이에요."

샤를로테는 희색이 가득해서 셀렌과 함께 창고가 있는 쪽으로 걸어갔다.

그렇게 도구를 정리한 뒤 손을 씻고서 새삼 인사말을 주고받았다. 다만 귀향할 때 보르도 가문에 들른 이후로 별로 긴 날짜가 지나지는 않았다. 따라서 오랜만이라고 말하기에도 뭔가 우습다는 기분이 들었다.

기분 좋아지는 봄 날씨였던지라 앞마당에 탁자와 의자를 꺼내서 둘러앉았다. 안젤린이 찻주전자를 들어 올렸다.

"손님이 잔뜩……. 셀렌, 차 더 마실래?"

“앗, 안젤린 님. 괜찮아요, 그냥 두세요……. 갑자기 밀려와서 무슨 대접을 받겠어요.”

“괜찮아, 괜히 사양하지 마……. 사샤를 본받는 게 좋아.”

사샤는 맛있게 차를 홀짝이는데 벌써 세 번째 잔이었다. 셀렌이 어이없다는 표정을 지었다.

“어휴, 작은언니도 참!”

“뭐냐, 셀렌. 이렇게 직접 권해주시는데 쓸데없이 사양하는 게 더욱 실례가 되지.”

“자, 셀렌.”

“으, 으으……. 그러면, 잘 마시겠습니다.”

셀렌은 살짝 분해하며 컵을 내밀어서 따라주는 차를 받았다.

젊은 모험가들은 호위를 맡은 행상인의 곁으로 돌아갔나 보다. 카심은 또 어슬렁어슬렁 어딘가로 나갔을 테고, 그라함은 아직 집으로 돌아오지 않았다.

찻잔을 놓아두고 사샤가 미토를 빤히 바라봤다.

“그나저나, 저 아이는 누굽니까? 저번에 찾아뵈었을 때는 없었던 것 같습니다만.”

벨그리프가 뭔가 말하기 전에「내 동생……」대답하며 안젤린이 가슴을 쭉 폈다.

“어, 동생분이 계셨습니까? 음, 확실히 닮긴 닮았는데…….”

사샤가 납득해서는 미토를 뜯어본다. 셀렌은 쿡쿡 웃으면서 손을 뻗더니 미토의 머리를 덥석덥석 쓰다듬었다. 미토는 어리둥절하는 표정으로 두 사람을 마주 바라봤다.

어떻게 소개해야 할까 아직껏 결정을 못하고 있던 벨그리프도 저 말에는 무심코 웃고 말았다. 확실히 틀린 부분은 전혀 없었다. 고지식한 구석이 있는 벨그리프는 마왕 관련의 설명을 어떻게 전달해야 하나 고민부터 했다만, 그런 사정은 사실 사소한 일에 불과할지도 모르겠다는 생각이 든다.

벨그리프는 새삼 셀렌과 사샤를 돌아보면서 물었다.

"아무튼, 이번에는 어떻게 찾아오셨습니까?"

"네, 드디어 보르도도 안정이 되는 참이라서 앞서 예정을 세워놓았던 가도 정비의 건 때문에 찾아뵈었어요. 공사 착수를 위해 구체적인 계획을 세우려고요."

"이번에는 이미 측량사들을 함께 데려왔습니다. 톨네라 방면과 로디나 방면에서 상호 간에 공사를 개시해서 공기를 단축시키자는 발안입니다."

"오호라……."

"사실은 언니가 직접 올 예정이었는데요, 에린의 광산에서 조금 문제가 발생하는 바람에 그쪽으로 먼저 조치를 마련해야 했던 사정이……."

"진심으로 분해하시더군요, 하하핫!"

에린은 보르도령 동쪽에 있는 광산 도시다. 보르도 경제의 주축 중 하나라는 이유도 있어 문제가 발생한 이상 헬베티카도 직접 찾아가봐야 했을 것이다. 분해하는 얼굴이 눈에 떠오르는 기분이군.

벨그리프는 웃음 짓고는 턱수염을 쓸어 만졌다.

아넷사가 고개를 갸웃거린다.

"측량사분들은 어디 갔어요?"

"아, 곧장 마을의 길을 살펴보고 있답니다."

"전문가는 일 처리가 빠르구나~."

밀리엄이 웃었다.

"아무튼, 촌장님께 인사드리러 가고 싶은데요. 벨그리프 님께서 같이 동석해주시면 대화가 수월해질 것 같아서 미리 알리지도 못한 채 찾아뵈었어요……."

"아하, 그런 사정이었습니까. 별것 아닙니다, 쉬운 용건이에요."

"다행이다……. 그러면 어서."

곧장 일어서려는 셀렌을 안젤린이 제지했다.

"먼저 점심밥……. 배가 고프면 싸움 나잖아."

"싸움을 못 한다."

아넷사가 말을 정정해줬다.

"감사히 말씀을 받아들이자, 셀렌. 어차피 아침에 로디나를 떠난 이후로 아무것도 못 먹었잖아."

"아니요, 먼저 인사를 하러 가야죠. 측량사분들은 이미 업무를 시작하셨는걸요. 저희만 편안하게 쉴 수는 없어요."

"그렇게 신경 안 써도 될 텐데."

안젤린이 말했다.

"아녜요, 이유가 있답니다. 이방인이 마을 바깥에서 자꾸 기웃거린다는 말이라도 나오면 대화가 복잡해지는."

그렇게 말하던 도중 셀렌의 배에서 꼬르륵 소리가 났다. 사샤가 소리 높여서 웃는다. 셀렌은 새빨개져서는 두 손으로 배를 감싸 쥐었다.

"아, 아니에요, 아니네요. 그냥, 갑자기……."

"하하, 앉으십시오, 셀렌 님. 촌장의 집도 지금은 점심때잖습니까. 먼저 식사를 마친 뒤 방문해야 대화도 여유롭게 나눌 수 있을 겁니다. 게다가 보르도 가문의 마차는 다들 보았을 테니까요, 아무도 불평을 늘어놓지는 않습니다."

"죄, 죄송합니다……. 그럼 말씀을 감사히 받아들여도 될까요?"

"후후, 잔뜩 먹어야겠네……?"

안젤린은 생글생글 웃고는 셀렌의 머리를 쓰다듬었다. 셀렌은 「아으」 부끄러워하며 고개 숙이고 우물쭈물했다. 벨그리프는 웃음 짓고는 일어섰다.

"자, 준비를 하자. 사람이 많으니까 잔뜩 만들어야겠구나."

"셀렌이 잔뜩 먹을 테니까~."

밀리엄이 웃었다.

"에잇! 그만 좀 놀리세요!"

셀렌은 뺨을 뾰록거렸다.

너나없이 유쾌하게 웃는다. 어디, 점심을 차려볼까. 주위가 수런수런 금세 떠들썩해졌다.

# 76 자리에서 일어나 머리 숙이는

"그럼 협의한 대로 부탁드릴게요."

"예이, 모쪼록 전부 잘 처리하겠습니다."

자리에서 일어나 머리 숙이는 셀렌에게 촌장 호프만도 허둥지둥 인사 올린다. 곰처럼 큰 몸뚱이가 굽신굽신 구부러지는 꼴이 어쩐지 우스웠다. 벨그리프는 쿡쿡 웃었다.

"촌장, 왜 이리 무서워하나? 좋은 분이시네."

"아, 아니. 딱히 무서워하는 게 아니네만……."

호프만은 머리를 벅벅 긁었다. 같이 자리에 참석했던 케리가 껄껄 웃는다.

"역시나 자넨 윗사람한테 많이 약하군! 뭐, 어쩔 수 없지."

"으음……."

호프만은 침은했다. 셀렌이 쿡쿡 웃고 있었다.

우선 이번 내방에서 톨네라 부근의 측량까지는 어떻게든 끝내고 싶은 생각인 듯싶다. 그 때문에 짧게 잡아도 1주일가량 톨네라에서 머무르게 될 것 같다는 말이 나왔다.

저번 가을 수확제에 참가했을 때부터 보르도 가문 세 자매는 톨네라에서도 인상이 좋아졌다. 영주라는 신분에서 오는 경외를 제외하더라도 단정한 용모, 당당하면서 거들먹거리지 않는 부드러운 말투는 마을 사람들이 경의를 갖게 만들기에 충분한 요소들이었다.

우선 톨네라에서 머무르는 동안은 여유가 있는 케리의 집에 기거하기로 이야기가 마무리됐다.

"좋아, 그러면 잠깐 집을 치워 놓으라고 말하고 오지."

그렇게 말한 뒤 케리가 성큼성큼 걸어갔다. 그 뒷모습을 보면서 근질근질하는 모습이었던 사샤가 당장에라도 달려 나가려는 듯이 걸음을 내밟았다.

"그러면 저도, 짐을 케리 님 댁에 옮겨 놓도록 말하고 오겠습니다. 먼저 실례를!"

그렇게 말한 뒤 실제로 휙 달려가버렸다. 셀렌은 탄식했다.

"어휴, 작은언니도 참……."

"뭐, 괜찮지 않겠습니까. 저런 솔직함이 사샤 님의 장점이지요."

"그렇게 말씀해주시니까 감사하네요."

셀렌은 난처해하며 미소 지었다.

점심 식사 때 돌아왔던 그라함과 만난 사샤는 의식이 살짝 날아갈 만큼 감동해서 당장에 어서 한 수 가르침을 베풀어주십사 떠들다가 일단은 공무를 위해 온 입장인지라 셀렌에게 혼난 뒤 마지못해 호프만의 집까지 동행했었다. 물론 상의를 진행하는 와중에도 줄곧 안절부절못했음은 말할 필요도 없겠다. 냉큼 자리를 뜨는 행동도 빨리 그라함과 검을 겨뤄보고 싶다는 바람의 표출일 테지.

벨그리프는 셀렌과 나란히 걸어가면서 이것저것 대화 나눴다. 남부를 목적지로 여행에 나설 계획이라는 말을 듣고는 셀렌은 놀라서 눈을 깜빡거렸다.

"그렇게 되면…… 상당히 긴 여행이 되겠네요."

"예. 그런지라 공사 과정에서 입회가 가능할지는 좀."

"별 상관이야 없습니다만……. 굉장하세요, 저는 도저히 상상도 안 되네요."

"하하, 솔직히 저도 비슷합니다. 불과 얼마 전까지는 톨네라에서 전혀 나갔던 적이 없었잖습니까."

벨그리프는 가만히 답한 뒤 웃었다. 참 신기하다고 지금도 생각한다.

"보르도는 많이 안정이 되었다니 다행입니다."

"네, 다들 열심히 힘내주셨어요."

"다만 헬베티카 님께서는 여전히 바쁘시고요."

"그러게요……. 이번에도 오고 싶어 하셨는데 말이죠……."

"유감입니다. 지금쯤 에린에 계시겠군요."

"네. 광석 거래에서 조금 분쟁이 있었나 봐요. 에린을 담당한 분도 일 처리를 잘해주시기는 한데, 이번에는 언니가 직접 나서야 상황이 수습될 수 있는 상황이었어요……. 얼마 전에는 헤이젤, 이번에는 에린. 서쪽에 동쪽에, 조금 가엾다는 생각이 들어요."

"그래도 선뜻 움직여서 살펴주신다는 게 부러울 따름입니다. 덕분에 사람들도 모두 보르도 가문의 여러분들을 존경하는 게지요……. 헤이젤에서도 문제가 있었답니까?"

보르도 서쪽의 도시 헤이젤은 일찍이 마르타 백작이 다스렸던 지역이다. 마르타 백작이 모반을 꾀했던 탓에 보르도의 도시 전체가 큰 소동에 휩쓸렸던 위기는 아직 벨그리프의 기억에 또렷하게 남아 있다. 또 무엇인가 불온한 동향이 포착되었을까 싶어 벨그리프가 걱정스러운 표정을 짓자 셀렌은 살짝 웃어 보였다.

"후후, 딱히 모반을 꾸미는 사람이 발각된 건 아니랍니다?"

꿰뚫어 보는 듯한 셀렌의 발언에 벨그리프는 쓴웃음을 지었다. 셀렌은 킥 웃고는 안경을 밀어 올렸다.

"헤이젤의 근처에 오래된 숲이라는 이름처럼 아주 오래된 숲이 있는데요……. 그곳은 옛날부터 온갖 소문이 나돌았죠."

"소문, 말입니까?"

"네. 대부분은 낭설인데요, 어쨌든 솔로몬의 시대보다 오래전부터 있던 숲이잖아요? 전부 다 엉터리로 여기고 모르는 척하기도 조금……."

"흐음."

"숲에 거대한 그림자가 나타나서 움직였다는 보고였어요. 그날 밤 야경을 선 병사들이 전원 목격했다는 데다가 주민들도 묘한 땅울림 같은 소리를 들었다는 사람이 많고……. 사태가 사태인 만큼 언니도 걱정이 돼서 방문했었는데 특별히 문제는 없었다나 봐요."

"그랬습니까……."

벨그리프는 상념에 잠기며 눈매가 가늘어졌다.

깊은 숲이나 산속에는 인간이 상상도 하지 못하는 무엇인가가 잠들어 있는 경우가 있다. 그것은 마수일 수도 있고 다른 무엇인가일 수도 있지만, 아무튼 인간의 상식을 뛰어넘는 무엇임은 분명하다. 아무런 일도 없었다는 것은 기뻐해야 할 테지만, 정말 아무런 일도 안 일어나고 끝이 나려는가? 인간이 아닌 존재와 싸우는 데 익숙해졌어도, 아니, 오히려 익숙해졌기에 더더욱 정체를 알지 못하는 존재에 대한 공포가 더욱 커진다. 검과 마법이라고 만능은 아니잖은가. 싸워서 이길 수 있는 상대라면 차라리 괜찮을 텐데. 상념을 이어 나가다가 벨그리프는 살짝 머리를 흔들었다. 매사에 걱정이 많아 큰일이다.

그러나 자신의 나쁜 예감은 들어맞는 경우가 많았다. 군걱정이라면 다행이라는 생각은 물론 들지만, 나쁜 예감은 지울 수 없었다. 이런 부분의 좋은 감은 괜찮은 것인지 나쁜 것인지 잘 모르겠다 싶어서 벨그리프는 탄식했다.

셀렌이 의아해하며 고개를 갸웃거렸다.

"벨그리프 님, 무슨 일 있으세요?"

"아뇨, 아무것도 아닙니다."

벨그리프는 미소 지으며 얼버무렸다.

집에 돌아왔더니 앞마당이 떠들썩했다.

검을 검집째 들어 올리고 사샤가 질풍 같은 발놀림으로 재빨리 그라함에게 달려든다. 저절로 눈이 휘둥그레지는 기량이다. 그러나 그라함은 표정 한 번도 바뀌지 않고 살짝만 몸을 움직여서 공격을 회피했다. 곧이어 아무렇지도 않게 다리를 후렸다.

"와앗."

사샤는 앞쪽으로 기울어져서 구를 뻔하다가 급하게 낙법을 쳤다.

"의식만 앞으로 치고 나오는군……. 조금 더 몸과 감각을 일체화하게. 조바심을 내면 안 되네."

"네, 네엣!"

사샤는 거친 숨을 가다듬으며, 그러나 왠지 기뻐하며 검을 고쳐 쥐고는 다시 덤벼들었다. 하지만 그라함은 이번에도 역시 가볍게 회피한 뒤 사샤의 기세를 이용해서 아주 작은 동작으로 냅다 던져 버렸다.

사샤 보르도가 마치 어린아이 같아 보인다. 물론 안젤린과 거의 호각인 마르그리트마저도 그라함 앞에서는 속수무책이었던 만큼 당연하다면 당연할지도 모르겠다만.

셀렌이 조마조마한 모습으로 시선을 오른쪽, 왼쪽 갈팡질팡하고 있다.

"저기, 저기요. 가만 놔둬도, 괜찮을까요?"

"괜찮습니다. 사샤 님도 지쳤을 뿐 다치지는 않았습니다."

그때 미토와 손을 붙잡고 안젤린이 다가왔다. 미토는 여전히 표정 변화가 희미하지만, 어딘가 만족스러워하는 기색이 느껴졌다.

"어서 와, 아빠."

"어서 오세요."

"그래, 다녀왔다. 꽤 떠들썩해졌구나."

벨그리프는 주위를 둘러봤다. 카심도 나무 그늘에서 대련을 웃으며 보고 있었고, 언제 또 돌아왔는지 젊은 모험가 3인조도 뚫어져라 그라함의 움직임을 쳐다보고 있다. 마을 젊은이들도 몇 명인가 와 있었다. 어린아이들과 한데 모여서 떠들어 댄다. 목수들도 손을 멈추고 건설 도중인 집 지붕에서 마당 쪽을 구경하고 있다.

안젤린이 쿡쿡 웃었다.

"사샤가 엄청 의욕적이야……."

"그래. 그나저나 그라함은 대단하구나……. 안제, 넌 그라함에게 이길 수 있겠니?"

"못 이겨……. 아빠도 엄청 강하지만 할배는 너무나 강해."

"아니, 아빠를 같은 대열에 올리면 난감하다만……."

"할부지, 강해?"

"응. 미토도 검 배울래……?"

"배우고 싶어……."

안젤린은 헤죽 웃었다.

"좋아. 그러면 누나가 가르쳐줄게……."

"만세. 응. 열심히 할게."

미토는 팔을 붕붕 흔들었다. 비록 표정은 별 변화가 없다지만 은근히 기뻐 보였다. 이제는 진짜 남매 같구나. 벨그리프는 흐뭇한 마음으로 두 아이를 바라봤다.

이렇게 말이 오가고 있는 눈앞에서 결국 사샤가 무릎 꿇었다. 어깨가 살짝 들썩거리며 가쁜 호흡을 반복하다가 안간힘을 다하여 의식적으로 커다랗게 숨을 내뱉고 들이마시면서 몸을 추슬렀다.

"헉, 허억……. 쿨럭……. 가, 감사했습니다……!"

"음……. 그대는 우선 마음부터 다스릴 줄 알아야겠군. 의욕만 앞서서 본래의 검을 휘두르지 못하는 느낌이었네."

"하, 하하. 『팔라딘』 그라함 님과 대련한다는 게 기뻤던지라……. 후유……. 흡……. 다음에는 검을 손에 쥐어주실 수 있도록 정진하겠습니다!"

그라함은 결국 도수공권으로 사샤를 압도하기에 이르렀다. AAA 수준의 모험가마저 이런 처지인가, 벨그리프는 새삼 저 노엘프의 실력을 실감했다.

벨그리프는 빠른 걸음으로 집에 들어가서 잔에다가 물을 담고는 사샤에게 가져다줬다.

"고생 많았습니다, 사샤 님. 목마를 텐데 드시지요."

"아, 스승님. 이렇게 감사할 데가……."

사샤는 물을 단숨에 들이켜고는 커다랗게 숨을 내쉬었다.

"그라함 님은 역시나 격이 다르십니다……. 스승님께서도 강한 분이시지만 과연 전설이라 불리는 분은……."

"아니요, 제가 저 친구와 이름을 나란히 할 수는……. 그리고 스승님이라는 말씀도 조금."

"벨……. 낚싯대를 쓰고 싶네만."

"음? 아, 낚싯대라면 창고에 있네. 뭔가, 낚시를 하러 가려고?"

"그래……. 아이들이 강에 가고 싶어 하더군……. 조만간 직접 낚싯대를 만들 생각이기는 하네만."

"그런가, 뭐, 오늘은 창고에 있는 녀석을 써주게나."

"고맙군."

그렇게 말을 나누는 사이에 아이들이 우르르 주변으로 몰려들었다. 그라함은 달라붙는 아이들을 안아 들고는 난처해하며 눈살을 찌푸리고 있다.

"머리카락을 잡아당기면 안 된다고 말했건만……."

대결의 자리에서는 압도적인 무력을 가지고 있는 실력자인데도 왠지 완전히 모두의 할아버지가 되어버렸군, 벨그리프는 웃음 지었다. 이 전설의 모험가는 지금 와서는 검의 길을 이러저러하기보다도 사람들과의 교류를 더욱 소중하게 여기는지도 모르겠다는 생각이 들었다.

황색의 포니테일을 흔들거리면서 소라가 달려왔다. 흥분했는지 뺨이 발갛게 물들어 있다.

"굉장함다, 굉장함다! 저 진짜 감동했습다! 그라함 씨는 물론이고 사샤 님도 강하심다!"

사샤는 드디어 숨을 가다듬고는 일어섰다.

"아니, 뭘, 나는 아직 멀었지……. 더 단련이 필요하군."

"으앗, 엄청난 향상심임다……. 저기, 그라함 씨? 괜찮으면 제게도 한 수를……."

"이, 이봐, 소라. 웬 엉뚱한 소리야! 실례잖아!"

뒤쪽에서 온 제이크가 당황하며 소라를 말린다. 소라는 입을 삐죽거렸다.

"그래도, 이런 기회가 언제 또 있을지 모르잖슴까!"

"음, 옳은 말이지. 무슨 일이든 공부니까."

사샤는 팔짱을 끼고 고개를 끄덕였다. 소라는 의기양양해선 웃었다.

"역시 사샤 님임다! 그라함 씨, 그런고로 괜찮으심까?"

"상관없네만……. 나중이어도 괜찮겠나? 지금은 아이들을 강에 데려가야 해서 말일세……."

두 팔에 한 명씩, 한 명을 어깨에 태우고, 다리에도 아이가 달라붙어 있는 상태의 그라함을 보고 소라는 어색하게 웃어 보였다.

"이, 인기가 많으심다……. 알겠슴다."

"으음, 아이들이 잔뜩 달라붙어도 싫은 표정을 한 번 안 하시고……. 스승님도 그라함 님도, 역시 고결한 정신의 소유자여야 훌륭한 검법이 깃들 수 있는 것인가……?"

사샤는 중얼중얼 뭔가 혼잣말을 하고 있다. 어째서 매사에 그라함과 자신을 나란히 올려놓고 싶어 하는가. 벨그리프는 난감한 심정으로 입을 구부리고 수염을 비비 꼬았다.

해는 서쪽으로 기울어지고 있고, 어쩐지 햇살도 누그러진 느낌이다. 따스한지라 점심 식사 후 나른함도 거들어서 문득 졸음이 오는 화창한 날씨였다.

창고에서 낚싯대를 꺼내 가지고 온 그라함이 카인과 뭔가 이야기를 나누던 카심에게 말을 건넸다.

"강에 가네만."
"나도 따라오라고?"
"나 혼자서는 손이 모자라군."
"영감은 인기가 참 많다니까."
카심은 껄껄 웃다가 중절모자를 고쳐 쓰고는 일어섰다.
"좋아, 가볼까~. 너도 가자고. 어차피 한가하잖나?"
"이, 일단 의뢰를 수행 중입니다만……."
카인은 허둥지둥했다.
"이제 와서 뭔 소리래. 게다가 여기에서 호위가 뭐가 필요하겠어. 그 행상인 형씨도 하루 온종일 너희가 붙어서 따라다니면 난감할걸."
"그야, 뭐……. 아, 알겠습니다."
카인도 따라 일어섰다. 제이크가 어이없다는 표정을 짓고 있었다.
"너 말이다……. 우리한테는 이래저래 잔소리하더니……."
"어, 어쩔 수 없잖습니까! 『천개 파괴자』와 지식을 교류할 수 있는 이렇게 귀한 기회가 언제 또 있다고요!"
"쳇, 입만 살아서는."
"벨, 낚싯대 더 있어?"
"하나뿐이군."
"어이쿠, 그래. 어쩔 수 없지. 게라도 찾아볼까."
그렇게 그라함, 카심, 카인에 아이들 집단까지 강을 향하여 나갔다. 젊은이들도 삼삼오오 흩어졌고 목수들도 작업을 재개, 나무

망치 소리가 날카롭게 울려 퍼졌다. 사샤와 셀렌은 케리의 집으로 갔다.

벨그리프는 커다랗게 하품을 했다. 슬슬 빨래를 걷어도 괜찮을 무렵이겠군.

○

“손 잡는 방법은 이렇게…….”

“이렇게.”

“조금 더 힘 빼내고.”

“힘…….”

안젤린의 맞은편에 선 미토가 목검을 이리저리 고쳐서 쥐어보고 있다. 그러면 안젤린이 하나하나 알려줘서 세세한 부분을 수정해준다. 미토는 아무 저항도 없이 순순하게 지시를 따라 하나하나 파지법을 고쳤다.

얼굴을 움직이며 여러 각도에서 확인한 안젤린은 만족스럽게 고개를 끄덕였다. 곧이어 자신의 목검을 미토의 앞쪽에 대고 옆으로 들어 올렸다.

“때려.”

“에잇.”

미토가 검을 휘둘렀다. 메마른 나무 부딪치는 소리가 나면서 자루를 쥔 안젤린의 손이 찌릿찌릿 떨렸다.

"느낌 좋은데……."

"느낌 좋아?"

"응. 한 번 더."

"얍."

이번에는 몸의 축이 흔들려서인지 힘이 좀 약했다.

"그러면 안 돼……. 이렇게……."

"이렇게?"

"아냐, 이렇게."

또 파지법부터 다시 시작이다. 하지만 가르쳐주는 게 기쁜 덕인지 안젤린은 조금도 싫은 표정을 안 짓고 끈기 있게 설명을 계속했다. 미토도 역시 싫어하는 표정을 한 번 짓지 않는다.

옆쪽에서 제이크와 소라가 어깨너머로 똑같이 몸을 움직이고 있다. 쥐었다가 고쳐서 잡고 휘둘러본다. 몇 번인가 따라 해봐도 좀처럼 이해가 되는 표정을 짓지 못했다.

"이, 이렇게인가?"

"아닙니다, 이렇게입니다."

하지만 양쪽 다 이미 검사로서 자신의 검식을 가지고 있기 때문에 좀처럼 잘 풀리지를 않는 듯했다.

모험가는 병사들과 다르다. 교련소나 교범도 있긴 있다지만, 기본적으로는 실전에서 배워 익히는 경우가 많고 군대처럼 정형화된 검식을 습득하는 사례는 드물었다. 애당초 무기의 형태 및 크기, 무게 따위로 전투 방법이 달라지지 않던가. 모두들 전투 속에서 자신에게 맞는 방식을 찾아내고, 또한 실전에서 더욱 성장시켜 나간다.

따라서 이렇게 새삼 검을 배우려는 과정은 숙련된 인물일수록 어려웠다. 이미 습득한 검이 새로운 가르침의 진입을 거부하는 경우도 있고, 상황에 따라서는 자신이 얻었던 것 일체를 모두 버려야만 할 가능성마저 있기 때문이다. 그런 점에서 미토처럼 검을 쥐어본 적도 없는 초보자가 오히려 가르치는 사람도 가르침을 받는 사람도 더욱 편하다.

제이크와 소라가 악전고투하던 때에 집안일을 일단락한 뒤 벨그리프가 집 바깥으로 나왔다.

"오, 다들 열심이군."

"아, 벨그리프 씨."

"뭔가 좀, 어깨너머로 따라 해보는데요. 도무지……."

벨그리프는 웃음 짓고는 턱수염을 쓸어 만졌다.

"너무 무리해서 새로운 방식으로 바꾸려 들지 않아도 되네. 두 사람은 현역이니까 괜히 움직임이 어색해지면 의뢰 때 고생할 거야."

"그야 그렇기는 합다만……."

"그래도 강해지고 싶단 말이죠."

"흠."

벨그리프는 잠시 생각한 뒤 창고에서 목검을 들고 나왔다. 그리고 제이크에게 한 자루를 건넨다.

"평소의 자세대로 공격해보게."

"네, 네엣!"

제이크는 긴장한 낯빛으로 검을 겨누고는 단걸음에 치고 들어왔다. 벨그리프가 첫 공격을 막아 내자 제2격, 제3격, 잇따라 검을 휘두른다. 단박에 몰아치는 타입의 검법 같았다.

벨그리프는 잠시 방어만 하다 이윽고 의족을 축 삼아 빙그르 돌아서 흘려보냈다. 제이크는 자신이 휘둘렀던 검의 기세에 휩쓸려서 곧장 전방으로 데굴 굴렀다.

당황하여 일어서는 제이크를 보고 벨그리프는 쿡쿡 웃었다.

"너무 공격에 공격만 생각하니까 이렇게 되지."

"으으, 화, 확실히……."

"첫 공격은 괜찮았어. 다만 다음번 검부터 몸의 축이 흔들리더군. 검의 무게가 전혀 다르던데."

"그, 그랬습니까? 전 아예 몰랐습니다……."

"자네 같은 검법은 일격, 일격이 묵직하지 못하면 점점 밀려나다가 낭패를 당할 거야. 우선은 어떤 자세에도 몸의 축을 활용해서 검을 휘두를 수 있도록 단련하겠군. 혹시 평소에 별로 훈련을 안 하는 게 아닌가?"

"음……."

정곡을 찔렸는지 제이크는 겸연쩍어하며 머리를 긁적였다. 벨그리프는 쓴웃음을 지었다.

"멋없는 짓이라는 생각이 들 수는 있겠지만 기초는 중요하다네. 살아남기 위해서라도 저런 부분은 소홀히 하면 안 된다는 것이 내

생각이야."

"맞는 말씀입니다……. 노력하겠습니다."

제이크는 살짝 빨개져서는 부끄러워하며 머리 숙였다. 옆에서 보던 소라가 안달 난다는 듯이 다리를 동동 굴렀다. 그러고는 제이크의 손에서 목검을 빼앗아 들었다.

"제이크만 알려주시고 치사함다! 저도!"

"그래, 괜찮네."

그렇게 이번에는 소라를 상대해준다. 조그마한 체구인 까닭인지 신속함과 찌르기를 중시한 검이었다. 벨그리프를 농락하려는 듯이 지면을 달리며 사각에서 찌르기를 날린다. 다만 벨그리프는 일직선으로 날아든 검을 본인의 검으로 감아 빼앗아서 아무렇지도 않게 날려버렸다.

"와앗."

"조금 아귀힘이 약한데."

"히, 힘은 꽤 줬는데……."

소라는 입을 뻐끔뻐끔하고 있다. 벨그리프는 목검으로 어깨를 톡톡 두드리고 웃었다.

"덥석 달려들었지? 너무 뻔하게 내다보이는 빈틈은 경계하는 게 좋겠군. 그리고 자네도 역시 팔만 가지고 검을 휘두르던데. 속도를 중시하는 것도 좋지만, 이런 방식이면 표피가 단단한 부류나 감각을 가지고 있는 부류의 마수한테는 통용되지 않아."

"그, 그렇지 말임다……. 다만, 전 몸이 조그마니까, 어떻게 하면 좋을지…….”

“찌르기를 주체로 쓰겠다면 다리와 스텝이 중요하겠지? 쭉 파고든 만큼 지르는 힘도 늘어나니까. 그게 어렵다면 몸의 탄력을 잘 이용하는 것이 좋겠군. 팔만 가지고 냅다 찔러 댔다가는 자칫 팔꿈치 관절이 상할 수 있어. 어느 쪽이든 몸 전체를 사용하는 방법이 좋을 거야.”

“스텝과 몸의 탄력…… 말입까?”

“그래. 나는 찌르기는 잘 안 써서 자세히 말을 못 해주겠지만……. 창을 무기로 쓰는 사람이 있다면 요령을 물어보도록 해.”

“그러고 보니 올펜에서 벨그리프 씨와 도르토스 씨의 대련을 견학했습다! 그런 방식의 찌르기를 의식하면 되겠습까?”

도르토스의 격렬한 창술을 떠올리고 벨그리프는 뺨을 긁적였다.

“그런 수준에 도달하려면 상당히 많이 힘들겠지만 말이야……. 다만 본보기로는 최고일 테지.”

“아하……. 검사라서 자꾸 검만 생각했습다만, 창을 본보기로 삼아도 되겠습다! 감사합니다, 좋은 공부가 되었습다!”

“하하, 도움이 되었다니 다행이군.”

벨그리프는 목검을 받아 들고는 또 무엇인가 일을 하러 가려는지 집의 뒤편으로 걸어갔다.

그 뒷모습을 배웅하면서 두 사람은 살짝 멍한 기분으로 우두커니 서 있다가 서로 얼굴을 마주 바라봤다.

“……가르치는 게 능숙하심다~.”

"그러게……. 훈련, 제대로 해야겠다."

"나도 연습해야지……. 몸 전체를 써야 하는구나……."

"굉장하지?"

"뜨아앗?!"

소리도 없이 등 뒤에 나타난 안젤린 때문에 두 사람은 무심결에 소리 질렀다.

안젤린은 히죽히죽 웃으면서 가슴을 쭉 폈다.

"울 아빠야……."

"그, 그렇군요……. 뭐랄까, 안젤린 씨가 강한 이유를 알게 된 기분입니다."

"동감임다. 납득임다."

"흐흥……."

안젤린은 자기 일처럼 만족한 기색이다. 그 뒤쪽으로 미토가 다가와서 옷자락을 잡아당겼다.

"나만 놔두고 갔어."

"응, 미안……."

살짝 불만을 표시하는 미토를 보고 안젤린은 뺨을 긁적거렸다. 제이크와 소라는 쿡쿡 웃었다.

서편으로 기울어진 해가 더욱 낮아지고 서쪽 산에 걸리면서 주변이 그림자를 드리웠다. 목수들도 도구를 정리한 뒤 돌아갈 준비를 하고 있다.

소라가 커다랗게 기지개를 켰다.

"그럼 저희는 이만 가보겠습니다. 동생분 연습, 힘내십쇼."

"실례 많았습니다. 저기, 또 와도 될까요?"

"응."

두 사람은 기뻐하며 인사를 하고 걸어갔다.

교대하듯이 점심 무렵부터 줄곧 나가 있었던 아넷사, 밀리엄, 벡, 샤를로테까지 네 명의 일행이 돌아왔다. 이미 머리를 자르고 가죽을 벗긴 들토끼며 산새 따위를 여럿 손에 들고 있었다. 안젤린은「오~」손을 들어 올렸다.

"어서 와……. 잔뜩 잡았구나."

"응, 되게 많아. 오늘 저녁은 호화로울 거야."

"언니, 나도 말이야! 한 마리 마법으로 잡았어!"

"와, 잘했어. 기특하다, 기특해, 샤르."

"에헤헤……."

"벨 아저씨랑 다른 분들은? 안에 계셔?"

"아빠는 안에……. 할배랑 카심 아저씨는 강."

"와아, 그러면 분명 물고기도 잡아 오겠네. 오늘 밤은 진수성찬이야."

"그러게. 양이 많을 것 같은데, 사샤랑 셀렌도 불러올까?"

"괜찮네……."

"어떻게 하든 배고파라~. 빨리 밥부터 짓자~."

"미리……. 너 점심도 잔뜩 먹지 않았어?"

"어떡해, 톨네라는 밥이 맛있어서 자꾸 먹게 되는걸. 맛있는 밥이 잘못한 거야."

"떠들지 말고 빨리 준비나 해라. 해 떨어진다."

벡은 가만히 말한 뒤 집 안으로 들어갔다. 소녀들은 얼굴을 마주 바라봤다.

"……둥글어졌네, 저 녀석."

"의외로 집안일을 잘하고 말야."

"벡한테 질 수는 없어! 열심히 할래!"

샤를로테가 허둥지둥 집 안으로 달려 들어갔다. 아넷사와 밀리엄이 웃으며 어깨를 으쓱이더니 뒤를 따라간다. 안젤린은 쿡쿡 웃다가 미토의 손을 붙잡아 집에 들어갔다. 산 방향에서 날카로운 새소리가 들렸다.

## 77 이른 아침의 집 안은 마치 물속 바닥처럼

이른 아침의 집 안은 마치 물속 바닥처럼 조용하다. 오직 잠든 사람의 숨소리만 여기저기에서 들려오기에 저런 소리가 오히려 조용함을 강조하는 것 같았다.

아직 날이 밝아지려면 시간이 조금 남았다. 동쪽 산의 능선이 밝아지고 엷은 구름이 걸린 하늘은 희끗희끗하지만, 그래도 아직 태양은 얼굴을 내밀지 않았다. 다만 집 안까지 신비로운 박명이 비쳐 들기에 연보랏빛의 베일을 한 장 사이에 둔 것처럼 보였다.

벨그리프가 몸을 일으켰을 때 안젤린이 이미 일어나서 바스락 바스락 몸단장을 하고 있었다. 벨그리프가 일어나는 것을 보고는 헤죽 웃는다.

"내가 이겼어, 아빠."

"그래, 빨리 일어나는구나……."

벨그리프는 눈가를 손가락으로 문지르고 어깨와 목을 돌려서 풀어줬다. 그러고는 평소처럼 의족을 주의 깊게 착용한 뒤 일어선다.

점점 낮이 길어지고, 아침도 저녁도 밝은 시간이 늘어나고 있다. 이른 아침에도 쌀쌀함이 살짝 느껴지는 정도고, 굳은 몸으로 힘겹게 침상에서 기어 나와야 하는 추위는 더 이상 없다. 그러나 외풍이 드는 탓일까. 가끔은 싸늘한 공기가 피부를 쓸어 만지고 갔다.

안젤린이 방 안을 둘러보더니 고개를 갸웃거렸다.

"……미토는?"

"음?"

벨그리프도 외투를 걸치면서 주변을 둘러봤다. 모두들 난로 주위를 중심으로 제각각 다른 장소에서 잠들어 있다만, 분명 미토가 보이지를 않는다. 벨그리프는 눈살을 찌푸렸다.

"밖에 나갔나……."

"밖이라네."

갑자기 다른 목소리가 들려서 부녀는 놀라 그쪽을 봤다. 벽에 기대어 잠들어 있는 듯 보였던 그라함이 한쪽 눈을 뜨고 있었다.

"방금 막 나가더군. 멀리 가지는 않았을 게야."

"그런가……. 새벽이라도 보고 싶었을까."

안젤린이 콕콕 등을 찔렀다.

"머리, 땋아줘."

"그래. 알겠다, 알겠어."

이것도 매일 아침의 일과처럼 자리 잡았다. 잠든 새 꾸깃꾸깃 헝클어진 머리카락을 빗질한 뒤 커다랗게 세 가닥 땋기로 묶어준다. 이제는 아주 능숙하게 땋을 수 있어서 별로 시간도 안 걸렸다. 앞머리에는 벨그리프가 사다 준 은제 머리 장식을 달았다.

머리 땋기가 끝나자 안젤린이 기쁜 모습으로 일어났다.

"아빠도 땋을래? 후후……."

"아니, 괜찮단다."

이제는 진짜 좀 머리를 잘라야겠군. 저런 생각을 진지하게 떠올리게 된다.

"좋아, 우리도 가자, 아빠."

몸단장을 끝낸 안젤린이 저렇게 말한 뒤 외투의 옷자락을 잡아당겼다. 벨그리프는 고개를 끄덕이고 느릿한 발걸음으로 집을 나섰다.

바깥으로 나오자 집 안와 다르게 맑고 차가운 공기가 부녀를 둘러쌌다. 희끗희끗한 박명이 주변을 감싸 안고 있었다. 여기저기 꽃과 풀은 아침 이슬을 머금고 가만히 앉아 있지만, 색채가 충분치 않아 회색이었다.

산 너머의 하늘은 아침노을로 새빨갛게 물들었다. 거기에서 황금색 빛이 방사형으로 뿜어 나오고 있고, 엷은 구름의 너머는 희미하게 파란빛을 띠는 듯 보이기도 했다. 그러나 하늘의 꼭대기 쪽은 아직껏 밤의 박명이 남아 있었고 별도 몇몇이 빛나고 있다.

집 앞의 울타리에 앉아서 미토가 멍하니 하늘을 쳐다보고 있었다. 안젤린이 가까이 달려간다.

"미토."

"응."

미토는 고개 돌렸다.

"누나."

"어휴……. 없어져서 깜짝 놀랐어."

"하늘, 예뻐."

"그러게."

안젤린은 미토의 옆쪽 울타리에 기대서 같이 동쪽의 하늘을 올려다봤다.

잠깐 짧은 사이에 이미 하늘은 제 옷차림을 바꿔 입었다. 타오르는 듯한 적색이 점점 금빛에 밀려나는 것 같았다. 조금 더 지나면 태양이 얼굴을 내밀겠다. 멀리서 닭 울음소리가 들린다.

벨그리프는 수염을 쓸어 만지면서 두 사람에게 다가갔다.

"안 나갈 테냐?"

"해님 나오면, 갈래."

"응."

미토의 말에 안젤린도 고개를 끄덕거렸다.

"그런가."

벨그리프는 웃고는 울타리에 몸을 기댔다.

세 사람이 나란히 동쪽 방향을 바라본다. 차츰 물이 솟아나는 것처럼 빛 덩어리가 배어 나오는가 싶더니 주변 일대가 한층 더 밝아졌다. 따끔, 눈 안쪽이 아파와서 저절로 눈을 가늘게 감고 싶어진다.

톨네라에 돌아온 이후 어쩐지 답답했던 가슴이 뚫린 기분이라고 벨그리프는 생각했다. 그러나 아직 과거의 청산은 끝나지 않았다. 다만 최근에 겪게 된 평온한 생활은 몹시도 사랑스럽게 여겨졌다.

힐끔 곁눈질로 안젤린과 미토를 돌아본다. 두 사람 모두 기뻐하는 모습으로 떠오르는 아침 해를 바라보고 있었다. 이런 시간이 앞으로도 줄곧 이어지면 좋겠다. 그러나 저런 바람은 자신의 욕심이지 싶어서 벨그리프는 머리를 긁적였다.

타오르는 듯한 태양이 얼굴을 내밀면서 회색이었던 세계가 단박에 숨을 되찾아 갔다. 주변에는 색채가 가득 흘러넘치고, 발밑에서 뒤로 그림자가 뻗어 나가고, 아침 이슬에 젖은 녹색이 아침 해를 반사하여 하얗게 빛난다.

"……자."

갈까, 말하려던 때에 뒤쪽의 집 문이 열리는 소리가 났다. 고개 돌렸더니 아넷사, 밀리엄, 샤를로테가 나왔다. 샤를로테가 가까이 달려와서 벨그리프에게 뛰어들었다.

"어휴, 깨워달라고 부탁했는데!"

"하하, 미안하다, 미안해. 그래도 못 일어나는데 억지로 일어날 필요는 없지 않겠니?"

"그치만 나도 빨리 일어나는 버릇을 들이고 싶은걸! 응? 아네!"

"응, 습관이 들 때까지는 조금 고생을 해야지."

"그래그래. 빨리 일어나는 것도 연습이야……. 흐아앙."

밀리엄은 거하게 하품을 했다. 안젤린이 쿡쿡 웃는다.

"그럼 다 같이 가자……."

"어제 함정을 설치했어요. 보러 가실래요? 벨 아저씨."

"그래, 들었던 기억이 나네. 마을 주위를 둘러본 다음 가볼까."

미토가 두 손을 뻗어서 몸을 움직거렸다.

"아빠, 목말."

"응."

벨그리프는 미토를 안아 들어서 어깨에 태워줬다. 미토는 만족스럽게 두 손으로 벨그리프의 머리카락을 덥석덥석 주물렀다. 안젤린이 뚱하게 입을 삐죽거렸다.

"특등석……. 뭐, 됐어. 양보해줄게. 나는 누나야."

그렇게 말은 하면서도 안젤린은 살짝 불만을 표시하며 벨그리프를 쳐다봤다.

"……아빠."

"불렀니?"

"나중에 나도 목말 태워줘."

"……뭐, 알겠다."

샤를로테가 깡충깡충 뛴다.

"나도!"

"아네도 태워달래지~?"

"나는 괜찮아!"

벨그리프는 웃으면서 톡톡 의족으로 지면을 두드렸다.

"자, 가볼까."

말을 나누는 동안에도 주위는 점점 더 밝아졌다. 또 하루가 시작된다.

○

온통 신록으로 채색된 숲속, 싹을 튼 봄의 새싹을 먹고 있었던 사슴이 불현듯 얼굴을 쳐들더니 지면을 박차고 달음박질쳤다. 새와 작은 짐승들도 같은 방향으로 움직인다. 무엇인가로부터 도망치는 것 같았다.

동물들이 오는 방향에서는 메마른 작은 가지를 부러뜨리는 소리, 파릇파릇한 잎이 맞부딪치거나 바람에 흔들리면서 내는 소리가 들려왔다. 또한 조금씩 커지고 있다. 무엇인가가 이쪽으로 가까워지고 있는 증거다.

나무 사이를 누비며 달려 나가는 암사슴을 바짝 뒤따라서 짙은 회색의 체모를 가진 늑대가 달려왔다. 평범한 늑대보다 몸이 커다랗고 눈은 번뜩번뜩한 악의로 가득 차 있었다. 그레이 하운드라는 마물이다.

늑대는 암사슴에게 덮쳐들었다. 예리한 어금니가 사슴의 피부를 찢어발기고 핏방울을 흩뿌렸다. 곧이어 숨이 끊어진 사슴을 난폭하게 뜯어 먹는다.

숲의 나무을 잎이 막 움을 튼 신록에서 점점 더 세월이 흐른 노목처럼 짙은 녹색으로 바뀌어 간다. 나무들은 고통에 신음하듯 가지를 흔들거렸다.

그 사이로 비틀리고 옹이 가득한 나무가 다가왔다. 뿌리를 다리처럼 움직이며 그곳에 본래 있었던 나무를 밀어내면서 전진한다. 노목에 달라붙은 이끼 및 지의류(地衣類)가 본래의 숲에 있었던 나무를 타고 기어올라서 금세 싹 뒤덮어버렸다. 수상성(樹上性) 이끼류가 가지에서 늘어짐에 따라 가지들 사이에서 비쳐 들었던 부드러운 햇빛을 차단해버렸다.

나무들 전진하는 음울한 소리에 섞여서 낮은 땅울림 같은 소리가 내내 울리고 있다. 다만 귀를 잘 기울여서 들어보면 저것은 신음 소리라는 사실을 모두가 분명하게 깨달았을 것이다. 마치 땅속에 산 채로 파묻혀버린 자들이 그럼에도 아직껏 죽음을 허락받지 못한 채 오로지 고통의 목소리만 줄곧 내지르는 듯한 목소리였다.

**—으어, 으아, 으으, 으으어아이어으아아……. 어으어어아아아아…….**

분노, 비창, 원념, 증오, 저러한 감정이 한데 뒤섞여 가만히 듣기만 해도 기분이 나빠지는 소리였다.

오래된 숲에서 산을 넘어 찾아온 나무들은 확실하게 북쪽으로 뿌리를 뻗어 나아갔다. 그 위에는 마치 고대의 용을 연상케 하는 거대한 그림자가 뒤덮고 있었다.

**—나는…… 해, 방…… 되어, 야…… 한다…….**

신음성에 섞여서 희미하게 저런 말소리가 들렸다. 늠름하게, 숲을 살랑거리는 바람과 같은 목소리였다.

○

이제 곧 보존용 양파를 수확해야 할 무렵이다. 신선하고 부드러운 양파는 달고 맛있지만 껍질이 너무 부드러워서 보존성이 좋지가 않다. 바깥쪽 껍질이 싹 말라서 딱딱해지는 즈음에 수확해서 말리면 겨울을 나는 동안에도 먹을 수 있다.

미토를 목말 태운 벨그리프가 케리를 비롯한 농부들과 함께 양파밭을 걷고 있었다.

양파도 자주 먹는 야채다. 한 세월 옛날에는 공동의 밭에서 경작하지 않고 각각의 가정에서 키우는 데 그쳤지만, 흉작이 드는 해라든가 몸이 상해서 밭일을 못 나가는 사람들을 위해 이렇듯 공동의 밭에서 크게 농사를 지어 보관하게 되었다.

양파뿐 아니라 장기간 보존 가능한 야채는 조금씩이나마 공동의 밭에서 경작하는 경우가 늘어나고 있다. 저러한 공동 작업에서 노인들은 옛 지혜와 기술을 전달하고, 젊은이들은 열심히 배워 자신의 역량을 향상시킨다.

"여기 주변은 다음 주에는 수확해버릴까."

"그렇군. 수확한 뒤 한동안 말려야 하고."

"올해는 속이 들어차는 데 시간이 꽤 걸렸지……. 보리 건이랑 겹쳐버리겠어."

"어쩔 수 없잖나, 자연이 하는 일인데."

"뭐, 그야 그렇긴 하지."

"자아, 또 바쁜 시기가 오겠군."

"도와줄, 거야."

벨그리프의 어깨 위에서 미토가 의욕 가득해서는 두 팔을 흔들었다. 농부들은 유쾌하게 웃음을 터뜨렸다.

"진짜 귀엽게 구는구나, 이 녀석아!"

"그래, 벨, 전에 말했던 루멜 나무 말인데."

"아, 어찌할 텐가? 한번 묘목을 캐러 가보겠나?"

마을의 신규 산업으로 약초로 쓰이는 루멜 나무를 심자는 계획을 세웠었다. 개척지는 이미 경작을 마친 뒤 비료로 쓰기 위한 곡식 부스러기를 뿌려 놓았기에 실제 묘목을 심으려면 내년부터이다. 보리 새잎을 고스란히 갈아 넣고, 또한 낙엽과 가축의 분뇨를 썩힌 퇴비를 듬뿍 넣어준다. 본래가 비옥한 톨네라의 대지는 이렇게 함으로써 더욱 아낌없는 자연의 선물을 베풀어줬다.

케리는 팔짱을 끼고 고개를 끄덕였다.

"그러게. 숲이랑 조금 환경이 다르겠다, 이쪽의 흙에서 잘 자라는가 살짝 시험해보고 싶군. 몇몇은 화분에 심고 뿌리만 잘 내리면 옮겨심기를 해도 되겠지."

"마침 딱 묘목으로 쓸 만한 나무가 많으면 좋겠군."

"그게 아니면 꺾꽂이로 숫자를 늘릴 수밖에 없지."

"그 방법도 포함해서 일단 이것저것 시험해보자고."

"장소는 알고 있는가? 한두 그루 갖고는 못 써먹는다고?"

벨그리프는 고개를 끄덕였다.

"괜찮다네. 조금 깊숙한 곳이라서 가는 데 대략 한 시간은 걸리겠지만……."

"뭐, 그 정도는 어쩔 수 없지."

"게다가 숲 안쪽이어도『적귀』나리가 함께라면 걱정 없잖나!"

그렇게 말한 뒤 농부들이 웃었다.

"아빠, 빨간 귀신!"

미토가 기뻐하며 벨그리프의 머리를 톡톡 두드렸다. 그 광경을 보고 농부들의 웃음소리가 커진다.

"아무렴. 미토, 네 아버지는 대단한 사람이란다!"

"하하핫."

벨그리프는 쓴웃음 짓고 뺨을 긁적였다.

"놀리지들 말아주게나……. 그래, 어찌할 텐가? 당장 출발할까?"

"글쎄. 뭐, 이것저것 준비를 해야 하니까 점심을 먹은 뒤 오후부터 가세나. 광장에서 집합하면 될 테지?"

아무도 다른 의견을 내놓지 않았기에 일단은 잠시 해산이 결정됐다. 점심 식사의 준비를 시작하기에도 마침 적당한 시간이다. 물론 벨그리프의 경우는 이미 누군가가 채비를 시작했을지도 모르겠다만.

집에 돌아왔더니 나무망치 휘두르는 소리가 울려 퍼지는 앞마당에서 안젤린과 사샤가 검을 검집째 쥐고 대련하는 와중이었다.

지켜보자니 몇 합 검을 부딪친 뒤에 안젤린의 검이 사샤의 검을 쳐서 날려버렸다. 사샤는 허둥지둥 뒤로 뛰어서 물러났지만, 안젤린은 놓치지 않고 한 걸음을 깊이 내디뎌서 목에 검을 들이밀었다. 그러고는 흥, 콧소리를 낸다.

"……움직임이 직선적이야."

"으음……. 조금은 따라잡았다고 생각했습니다만……. 역시 안제님이십니다……."

"그래도 예전보다 느낌이 많이 좋아졌어……. 아, 어서 와, 아빠!"

사샤와 대련 중이었는데 곧장 벨그리프에게 달려왔다.

"그래, 다녀왔다. 점심 준비는? 아직이니?"

"아네랑 미리가 하는 중……. 샤르도 분발하고 있어."

"하하, 반가운 말이구나. 사샤 님, 고생하셨습니다."

벨그리프는 가까이 달려온 사샤에게 머리 숙였다. 사샤도 정중하게 머리를 수그렸다.

"실례하고 있었습니다, 스승님!"

"여전히 열심이시군요."

"하하, 열심히 노력해서 조금이나마 여러분을 쫓아가고 싶은 마음입니다만……. 역시 S랭크의 벽은 두껍습니다."

비교 대상이 너무 파격적일 뿐 사샤 본인의 실력은 충분하다는 생각이 든다. 그저 벨그리프는 어깨를 으쓱였다.

벨그리프의 어깨에서 내려온 미토가 안젤린의 손을 붙들고 꾹꾹 잡아당겼다.

"누나, 강해?"

"강하지, 후후……. 뭐하고 왔어?"

"아빠랑 양파밭 봤어."

보르도 자매와 측량사들이 온 이후 사흘쯤 지났다. 줄곧 좋은 날씨가 이어져서 측량사들의 작업도 순조롭게 진행 중이라고 한다.

셀렌은 매일 측량사들의 업무를 옆에서 확인하거나 마을의 집집을 돌아다니며 대화 나누고 깊이 교류를 다지거나 아이들의 상대를 해주거나 때로는 농작업에 손을 빌려주기까지 했다. 지금까지는 보르도령에 있으면서 얼굴을 보여준 적이 없었던 만큼 마을의 사람들과 적극적으로 교류하고 싶어 하는 셀렌의 의사를 잘 알 수 있었다. 헬베티카의 대역으로 와 있다는 마음이 저 소녀를 더욱 열심히 움직이게 만들었겠지. 마을 사람들은 당연히 몹시 기꺼워했다.

한편 사샤는 셀렌과 함께 똑같이 일을 하면서도 매일 빈 시간에는 벨그리프의 집에 드나들면서 안젤린이나 그라함과 대련을 했다. 애당초 안젤린, 그라함과 제대로 검을 겨룰 수 있는 상대가 별로 많지를 않다.

행상인의 호위로 방문했던 젊은 모험가 3인조도 시간이 날 때마다 종종 얼굴을 내밀고 있다.

카인은 카심에게 홀짝 정신이 나가서 이것저것 함께 대화하며 지식을 깊이 다지고 있고, 제이크와 소라 검사 2인조는 어제쯤부터 아침 훈련까지 동참하고 있는 형편이었다.

뭐랄까, 점점 톨네라도 떠들썩해지는군. 벨그리프는 생각했다. 옛날과 변함없는 조용한 생활을 선호하는 노인들이 어떻게 받아

들일지는 알 수 없다만, 개인적으로는 나쁜 기분이 들지 않았다.

어차피 언제까지나 바뀌지 않고 가만히 버틸 순 없잖은가. 시대가 바뀔수록 개인도 결국 바뀌어야만 할 때가 온다. 그렇게 역사의 그림자 뒤로 사라져 갔던 수많은 고집쟁이들이 있었을 테지.

자꾸 사고가 비약을 해서 곤란하군. 벨그리프는 수염을 비비 꼬다가 어깨에 올라타 있던 미토를 지면에 내려줬다.

"사샤 님, 점심은 어떻게 하시렵니까? 괜찮다면 같이 드시죠."

"기꺼이. ……이리 말씀드리고 싶습니다만, 셀렌이 기다리고 있어서 말입니다……."

사샤는 유감스럽다는 듯이 뺨을 긁적였다.

"그럼 셀렌도 같이 데려오지……?"

"아뇨, 오늘은 측량사들과 상의할 게 있다더군요. 다른 기회에 또 불러주실 수 있겠습니까?"

"그야 물론이죠. 공무를 우선해주십시오."

"저는 참가해도 잘 모르겠습니다만, 셀렌은 언니보다 엄격한지라……. 후유."

사샤는 쓴웃음 짓고 어깨를 으쓱였다. 안젤린이 쿡쿡 웃는다.

"셀렌은 성실하지……."

"예, 분명 장점이기는 하지요……. 여러분은 오후를 어떻게 보낼 예정이십니까?"

"저는 숲에 갑니다만……. 안제, 너는 어떡할 테냐?"

"아바가 가면 나도 갈 거야."

"흐음."

사샤는 턱에 손을 가져다 대고 쓰다듬었다.

"함께 따라가고 싶은 마음입니다만……."

"셀렌한테 허락…… 받아야 하지?"

"하하, 바로 그렇습니다."

사샤는 웃음 지으면서 대답하고는 발길을 되돌렸다.

"그러면 이만 실례하겠습니다!"

떠나가는 사샤의 뒷모습을 배웅한 뒤 벨그리프는 안젤린을 돌아봤다.

"안제, 사샤 님을 다치게 하진 않았겠지?"

"괜찮아……. 그래도 점점 봐주는 게 어려워져."

"하하, 그러냐. 그럼 조만간에 지게 될지도 모르겠구나?"

안젤린은 코웃음 쳤다.

"그렇진 않아. 사샤가 아무리 강해져도 진짜 싸우면 절대 안 져."

"그, 그러니."

믿음직하달까, 무시무시하달까. 딸아이의 실력에 벨그리프는 살짝 몸을 떨었다.

미토가 옷자락을 잡아당겼다.

"나도, 강해지고 싶어."

"오, 그렇구나. 열심히 하자꾸나."

"응."

"후후, 누나가 잘 가르쳐줄 거야……."

안젤린이 말하자 미토는 살짝 눈살을 찌푸렸다.
"누나 말고 아빠가 가르치는 거 잘해."
"끙."
안젤린은 분한 듯 입술을 깨물었다. 스스로도 같은 생각인지라 받아칠 수가 없는가 보다. 그러나 누나 행세도 하고 싶었을 테고, 벨그리프에게 맡기는 것이 좋다는 생각과 자신이 직접 가르치고 싶다는 바람이 맞부딪쳐서 답답한 것 같다.
벨그리프는 쿡쿡 웃고는 안젤린의 머리를 톡톡 쓰다듬었다.
"같이 가르쳐주자꾸나."
"아! 진짜?!"
안젤린은 얼굴이 활짝 피어서는 벨그리프를 올려다봤다.
"그래. 뭐, 오늘은 바쁘니까 내일부터 같이……."
"응! 에헤헤, 기대된다……. 미토, 아빠랑 내가 잘 가르쳐줄게."
"……아빠 한 명이면 돼."
"얘가!"
안젤린은 뺨을 뽈록거렸다. 미토는 아주 살짝 장난스럽게 입가에 미소 짓고는 안젤린의 팔을 끌어안았다.
"농담. 같이 가르쳐줘……."
"얘가……."
안젤린은 입을 삐죽 내민 채 미토의 머리카락을 덥석덥석 주물러 댔다. 그렇게 둘이서 집 안으로 들어간다. 뭐랄까, 미토도 아주 인간다워졌다. 벨그리프는 흐뭇한 기분이 들었다.

조금 장작을 넣어 두려고 장작 보관소에서 주섬주섬 움직이던 때에 그라함이 돌아왔다. 오전 중부터 아이들을 돌보느라 광장에 있다가 점심이 가까워져서 각 가정에 아이들을 데려다주고 왔을 테지.

과묵한 성품인데도 불구하고 묘하게 아이들이 잘 따라주는 그라함의 존재는 톨네라에서 큰 도움이 되었다. 특히 농작업이 바쁜 시기에 어머니들도 밭에 나갈 수 있다며 무척 기뻐했다.

"어서 오게나, 그라함."

"음……."

그라함은 조금 침중한 표정을 짓고 있었다. 나이를 먹은 저 얼굴에는 평소부터 다소 까다로워 보이는 주름이 깊이 파여 있었다만, 오늘은 어쩐지 여느 때보다 더욱 주름의 깊이가 깊다.

벨그리프는 의아한 표정으로 고개를 갸웃했다.

"무슨 일 있었나?"

"……모르겠네. 다만 묘하게 가슴이 두근거리는군. 뭔가 안 좋은 존재가 다가오는 듯하이……."

"흠……? 자네 말이면 진실로 들리네만……."

"평소처럼 군걱정으로 끝나면 좋을 텐데……."

이제까지도 그라함이 비슷한 말을 꺼냈던 적은 몇 번인가 있었지만, 썩 커다란 문제가 벌어지지는 않았거나 대개는 군걱정이었다. 다만 이번에는 어쩐지 심각함이 다른 듯 생각됐다. 엘프라는 종족이 본래 가지고 있는 자연과의 감응성과 긴 모험가 생활 중

배양된 감이 그라함에게 불안을 알려주는 듯했다.

벨그리프는 장작을 안아 들었다.

"……조금 주의를 기울이는 게 좋겠군."

"미안하네. 불안하게 만들 뜻은 아니었네만……."

"하하, 아무렴 자네가 장난으로 괜한 소리를 할 리가 없잖나……. 오후부터 숲에 갈 예정이네만 괜찮을까?"

그라함은 눈을 내리깔았다.

"……뭐라고 말을 못 하겠군. 다만 경계해서 나쁠 건 없네."

"그런가……. 뭐, 일단 점심 식사부터 하지."

"그렇군."

그라함은 탄식하고 머리를 긁적거렸다.

"……난처하군."

"얼굴 피게나, 정말 불안해지잖나?"

익살 부리듯 웃는 벨그리프를 보고는 그라함도 살짝 웃었다.

조금씩 남쪽에서 엷은 구름이 푸른 하늘을 뒤덮기 시작했다.

## 78 새파랬던 하늘에 엷은 구름이 끼면서 연파란색으로

새파랬던 하늘에 엷은 구름이 끼면서 연파란색으로 물들고 있었다. 그러나 아직껏 태양은 기운이 가득한지라 서쪽으로 기울기 시작한 햇볕은 따갑기까지 했다.

낚싯대를 고쳐 메고는 카심이 말했다.

"뭐야, 요컨대 살짝 주의하는 게 좋겠단 말인가?"

"그래……. 구체적인 이유는 아무것도 말을 못 하겠다만."

그라함은 여전히 미간에 주름살을 짓고 있다. 카심은 웃음 짓고는 중절모자를 고쳐서 썼다.

"흐음……. 알았어. 그나저나 대체 뭘 주의해야 되려나."

벨그리프도 쓴웃음을 짓는다.

"뭐, 아무런 일도 없는 게 가장 좋기는 하지……."

"안 좋은 무언가……. 마수라든가?"

그라함은 난처해하며 눈을 살짝 감았다.

"모르겠군. 스스로도 지리멸렬한 말임은 잘 알고 있네만……. 그대들은 걱정할 필요 없겠지만 싸우지 못하는 사람들에게 관심을 기울여주면 좋겠네."

"그야, 뭐. 알겠어. 어차피 이런 분야는 우리들이 할 일이잖아."

카심은 껄껄 웃고는 낚시 도구가 든 상자를 붙잡았다.

"뭐, 아무런 일 없이 맛있는 저녁밥을 먹을 수 있도록 기원할게. 이봐, 벨. 또 커다란 녀석 낚아 올 테니까 향초찜 만들어줘. 내가 말이야, 쏙 마음에 들어버렸어."

"그래, 알겠네. 낚아 온다면 꼭."

"어이쿠, 못 낚을까 봐? 두고 보자고."

카심은 낚싯대를 흔들흔들하며 강으로 걸어갔다.

산들산들 포근한 바람이 불어오면서 어린 풀의 냄새가 감돈다. 벨그리프는 허리춤에 매단 검과 도구 주머니를 확인한 뒤 괭이를 짊어졌다.

"자, 나도 가볼까……. 안제, 아직이니?"

집 안으로 말을 건네자 쿵쿵 소리가 들린 뒤 안젤린이 나왔다.

"검이랑 도구랑……. 괭이, 필요해?"

"너는 괜찮다. 미토를 봐주겠니?"

미토도 숲에 가고 싶다기에 함께 데려가기로 했다. 안젤린의 뒤쪽에서 미토와 손을 붙잡고 밀리엄이 나왔다.

"좋아~ 가자~."

"응, 미리도 오는구나?"

"같이 가려고요~. 숲의 공기를 마시고 싶어서요."

밀리엄은 그렇게 말한 뒤 모자를 벗고 고양이 귀를 쫑긋쫑긋 움직였다가 다시 머리에 썼다. 그라함이 약간 불안해하는 표정을 짓는다.

"그런가. 고맙구나……."

"그라함 할아버지의 불길한 예감, 과연 맞을까냥~?"

장난스럽게 말한 뒤 밀리엄은 쿡쿡 웃었다. 그라함은 눈을 내리깔았다.

"빗나가기를 기원하고 싶다만……."

"후후……. 맞아도 우리가 같이 있으면 괜찮아……."

"그럼, 그럼. 맞지~? 미토."

"오~."

미토는 두 손을 들어 보였다. 그라함은 미소 짓고는 미토의 머리를 쓰다듬었다.

"……조심하거라."

"응. 할부지도 조심해."

척 가슴을 펴는 미토를 보고 일동은 쿡쿡 웃었다.

그라함은 오후도 아이 돌보기를 맡으려는 듯하다. 아넷사는 남아서 샤를로테와 벡과 함께 밭일이며 저녁 식사 준비 따위를 한다고 했다. 사람 숫자가 많아지니 역할 분담이 돼서 좋다고 벨그리프는 생각했다.

광장에 가자 농부들은 도구를 준비해서 기다리고 있었다. 이들은 검을 비롯한 무기는 소지하지 않았지만, 벌목도를 허리에 매달아 두거나 괭이 및 가래를 가지고 있다. 캐내거나 잘라 낸 묘목을 넣기 위한 바구니도 있다. 준비는 만전이다.

측량사들이 잘 알 수가 없는 도구를 사용하는 광경을 곁눈질로 바라보면서 나란히 숲의 입구까지 갔을 때 새삼 케리가 바구니를 고쳐서 둘러멨다.

"좋아, 오늘은 일단 연습이니까 해가 떨어지기 전에는 돌아갈 수 있도록 움직이자고. 벨, 선도를 잘 부탁하네."

"그래, 알겠네. 안제, 너는 후미를 맡아주렴."

"응……. 맡겨줘."

아버지에게 임무를 받아 기뻤는지 안젤린은 의욕 가득한 모습을 고개를 끄덕거렸다. 밀리엄이 히죽히죽하며 안젤린을 콕콕 찔렀다.

"큰 역할 맡았네~."

"아무렴. 어쨌든 난 훌륭하게 완수할 테다……."

"그럼 나는 벨 아저씨랑 옆자리~."

휙 걸어 나가려던 밀리엄의 목덜미를 안젤린이 잡아챘다.

"미리 자리도 여기……!"

"엥~ 어째서~."

"아빠는 못 줘……."

"뭐하는 거냐, 너희들……."

케리의 아들 번스가 기막히다는 표정으로 고개를 가로저었다. 허리에 단검을 꽂아 놓았고 활과 화살을 지니고 있다. 안젤린은 흐흥, 코웃음을 쳤다.

"뭐야, 웬 차림이……. 모험가 같아."

"시, 시끄러워. 숲에 들어가려면 경계해서 나쁠 게 없잖냐. 맞죠? 벨 아저씨.”

“그래, 맞고말고. 그런데 번스, 언제 활 쓰는 방법을 배웠나?”

번스는 쑥스러워하며 뺨을 긁적였다.

“아뇨, 아네한테 좀 배워서……. 검이나 마법보다 이게 성미가 잘 맞더라고요.”

안젤린이 장난스럽게 웃었다.

“넋 빠져서 히죽히죽…… 리타 언니한테 일러줄 거야.”

“야! 아니라고, 바보야! 관둬!”

당황하는 번스를 보고 농부들은 껄껄 웃었다.

그렇게 일행을 걸음을 내디뎠다. 벨그리프는 숲에 익숙지 못한 농부들에게 맞춰 천천히 선도했고, 후미는 안젤린과 밀리엄이 지켜줬다. 미토는 두 사람이 손을 붙잡아줘서 무척 기뻐하는 모습이었다.

숲속의 공기는 청정하다. 봄이 되어서 살짝살짝 새싹을 틔울 시기가 됐다 생각했던 나무들은 따뜻한 날씨 덕택에 어느 틈인가 힘차게 잎을 펼쳤고, 겨울간 잎사귀를 전부 떨어뜨렸던 나무들도 완전히 녹색으로 물들었다.

겹겹이 쌓인 낙엽층 아래에서는 크고 작은 갖가지 풀이 쭉쭉 내뻗기 시작했고, 나무들 틈을 누비고 들어오는 햇빛이 잘 닿는 곳일수록 마치 융단처럼 녹색을 띠고 있었다.

올라갔다가 내려갔다가 걸음을 옮겨서 대략 한 시간쯤 지났을 때 줄기가 두 아름 이상이나 되는 큰 나무가 다수 우뚝 서 있고,

위쪽 방향에 커다랗게 가지와 잎을 펼치고 있는 장소로 나왔다. 바위가 굴러다니고 있는 지점도 있고 가느다란 시내가 흘러내린다. 벨그리프는 떨어져 있는 푸른 잎사귀를 주워 들었다. 살짝 손가락으로 문질러서 농부들에게 내밀었다.

"받게."

"응? 뭔가?"

"……아는 냄새가 나잖나."

"뭐? 그러면 혹시……."

"그래, 이 커다란 나무가 루멜 나무라네. 찾아보면 더 작은 녀석도 있을 테지."

농부들은 주위를 올려다보거나 둘러보면서 탄성을 쏟았다. 저들은 이런 깊숙한 곳까지 온 경험이 없었던 데다 이렇게까지 크게 자라난 루멜 나무를 본 적도 없었다. 숲의 심부는 지면에 햇빛이 닿지 않기에 풀보다 이끼나 지의류가 더 많았지만, 오히려 나무의 경우에는 키가 큰 개체만 잔뜩 늘어서 있다. 루멜 나무도 이렇듯 생존 경쟁에서 끝까지 승리를 거둔 훌륭한 크기의 개체들이 서 있었다.

쓰러진 지 오래된 나무가 거듭 포개졌고, 그 위쪽에서 또 새로운 나무나 자라나고 있다. 다시 아래쪽에서는 더욱더 오래된 나무가 쓰러졌던 흔적을 발견할 수 있겠지. 나무꾼이 들어와서 손질을 하는 경우도 있는 마을 부근의 숲과는 무척 정취가 다르다.

부러져서 쓰러져 있는 루멜 나무의 뿌리 근방에서 움돋이가 다

수 자라나 있다.

농부들은 재빨리 싹을 잘라서 뽑는 등 땅에 떨어진 씨앗에서 자라났을 작은 묘목을 뿌리째 캐내는 등 갖고 온 바구니를 채워 나갔다. 잎도 강렬한 냄새가 났지만, 수액도 역시 가슴이 후련해지는 냄새인 터라 확실히 몸에 좋을 것 같다는 느낌이 든다.

"아하, 이 냄새는 맡았던 적이 있군."

"그래, 카이야 할멈의 감기약 냄새야."

"그리운걸."

몇 년 전 사망했던 마을의 약사 노파를 떠올리면서 벨그리프는 문득 그리운 기분에 사로잡혔다. 지금은 노파의 딸이 약을 만들고 있다. 약초 채집을 부탁받아서 나온 적도 많았다.

안젤린은 미토와 손을 붙잡고 이곳저곳을 걸어 다닌다. 밀리엄은 지팡이에 기대서 눈을 감은 채 숲의 청량한 공기를 가슴 한가득 들이마시고 있었다. 거의 명상이라도 하는 듯한 분위기다. 벨그리프는 묘목 채집을 케리 및 농부들에게 맡긴 채 자신은 들고 온 작은 병에다가 수액을 약간 모았다.

이것저것 대화 나누며 작업하던 중 불현듯 숲의 안쪽 방향에서 미지근한 바람이 불어왔다. 쓰고 있었던 모자가 날아간 농부가 허둥지둥 쫓아가서 붙잡는다.

"뭐하는 거야."

"아니, 바람이……. 숲속인데 별일이군."

벨그리프도 의아해서 눈에 힘을 줬다. 숲속을 가로지르는 바람도 물론 있긴 하지만, 이 시기에 숲속에서 불어오는 경우는 조금 묘하다.

"와앗!"

갑자기 번스가 비명 지르더니 활을 겨눴다.

돌아보자 나무 사이에 무엇인가가 서 있었다. 고목 같았는데 마치 인간처럼 가지와 뿌리를 팔다리로 쓰는 것처럼 보이기도 했다. 번스가 입을 뻐끔뻐끔하며 벨그리프를 쳐다봤다.

"베, 벨 아저씨. 저거 뭐야? 왜 걸어오는데!"

"나무 목인(牧人)이구나."

벨그리프는 웃음 짓고는 번스의 어깨를 토닥였다.

"걱정 마라, 저 녀석은 사람에게 해를 끼치는 부류가 아니니까."

나무 목인은 잠시 선 채로 이쪽을 살피듯 쳐다보다가 이윽고 뿌리 다리를 움직여서 떠나갔다. 잔뜩 긴장한 듯한 번스가 후유, 숨을 내쉬었다.

"나무 목인이라고?"

"그래……. 마수와 달리 정령의 일종이랄까. 깊은 숲속에서 가끔 발견되지. 그 밖에도 황량한 토지 같은 곳에서 홀연히 나타나 풀의 씨앗을 뿌리거나 묘목을 심는다더라. 아직 현장은 나도 본 적이 없다만."

"와아……. 좋은 녀석이었구나. 겉모습은 되게 섬뜩했는데."

줄기의 큰 구멍이 마치 커다랗게 벌어진 입 같았기에 다시 떠올렸다가 번스는 몸을 부르르 떨었다. 안젤린이 웃으면서 번스를 콕콕 찔렀다.

"후후, 겁쟁이……."

"시, 시끄러워."

케리가 옷에 묻은 흙먼지를 털었다.

"이것 참, 숲이란 곳은 역시 참 신기하군. 좋아, 묘목도 제법 확보했겠다, 어두워지기 전에 돌아가자고."

"그러세."

묘목에서도 시원한 냄새가 흘러나온다. 그것을 짊어지고 돌아오는 길인지라 어쩐지 걷는 중에도 줄곧 가슴이 후련해지는 기분이다.

"확실히 약에만 쓰는 게 아니라 향수에도 쓰는 재료라고 했어~."

불쑥 밀리엄이 말했다. 안젤린이 고개를 끄덕거린다.

"그랬었지……. 향수는 아예 안 써서 까먹었어……."

"안제는 아무것도 안 발라도 좋은 냄새가 나니까~. 부러워라~."

그렇게 말한 뒤 밀리엄이 코를 실룩실룩하며 얼굴을 가까이 대고 안젤린의 냄새를 맡는다. 안젤린은 간지러워하며 몸을 움직거렸다.

"이러지 마……."

"누나, 냄새가 좋아?"

"어휴, 미토까지……."

장난치는 소녀들과 미토를 보고 번스가 뭐라 말을 못 하겠다는 표정을 짓는다.

—찾았다.

갑자기 미토가 흠칫 몸을 떨었다. 꺅꺅 떠들면서 풀어졌던 표정이 금세 딱딱하게 굳더니 몹시 당황해서 선두를 걷던 벨그리프에게 달려가 등에 달라붙었다. 벨그리프는 허둥지둥 왼발에 힘주고 버텨 균형을 잡았다.

"어이쿠, 무슨 일이니?"

"무서워……. 무서워어……."

미토가 덜덜 떨면서 벨그리프의 등에 매달렸다. 벨그리프는 눈살을 찌푸린 채 미토를 다시 등에 업고는 주위를 둘러봤다.

해가 기울어지는 탓일까. 왔을 때보다 숲속이 어둡게 느껴진다. 바람은 부는 듯싶으나 어디까지나 상공에 한해서일 뿐이다. 위쪽 방향에서 잎 쓸리는 소리가 싸락싸락 들려도 숲속은 조용하다. 특별히 묘한 부분은 발견할 수 없었다. 농부들도 의아해하는 표정으로 고개를 갸웃거리고 있다.

"뭐냐, 뭐냐. 어두워져서 무서운 게냐?"

"하하핫, 미토도 어린아이잖나."

안젤린이 빠른 걸음으로 다가왔다.

"……이상해. 뭔가 쳐다보는 것 같아."

"음……?"

벨그리프는 턱수염을 쓸어 만지고 다시금 주의 깊게 주위를 둘러봤다. 처음에 알지 못했을 뿐 주의를 기울이면 분명 묘하다. 너무 조용하다.

"……조금 조심해서 움직이자."

벨그리프는 늘어졌던 행렬의 간격을 좁힌 뒤 다시 자신이 선두에 섰다. 농부들은 살짝 불안해하며 바구니를 고쳐 메고는 두리번두리번 주위를 쳐다보고 있다. 벨그리프는 미토를 업은 채 웃음 지어서 안심시켰다.

"뭘, 걱정하지 말게. 그냥 착각일 테지만, 숲은 무엇이 나타날지 모르는 법이잖나."

"그, 그래."

"뭐, 벨이 괜찮다면 괜찮지."

"아무렴, 안제도 미리도 같이 있어주잖나."

시선을 받게 된 안젤린은 흥, 콧소리를 내고 가슴을 쭉 폈다.

"괜찮아……. 나는 S랭크 모험가. 종이배에 탄 마음으로 믿어줘."

"그럼 가라앉지 않겠냥~?"

밀리엄이 말했다.

"……괜찮아. 다리는 닿아."

"그러면 배가 애초에 필요 없잖아?"

"와하핫, 가끔 이상한 소리를 늘어놓는다니까, 이 녀석!"

농부들은 껄껄 웃고는 다시 기운을 되찾아서 걷기 시작했다. 다시 안정된 분위기가 돌아왔음에도 미토는 한 번 빙긋거리지도 않고 겁먹은 표정에서 변함없이 벨그리프의 등에 업힌 채 몸을 딱딱하게 굳히고 있었다.

걸어가는 도중에 해가 산 너머로 숨었는지 주위가 살짝 어두워졌고 발밑에 드리워지던 그림자 역시 사라졌다.

그러나 이제 마을이 가깝다. 점점 나무가 가늘어지고 이끼보다 풀이 많아지고 있다. 사람이 드나들었던 흔적도 눈에 보이면서 다소 긴장된 낯빛이었던 일행은 후유, 숨을 돌렸다.

"아빠!"

그때 안젤린이 갑자기 지면을 박찼다. 벨그리프도 재빨리 돌아서며 업은 채 검을 뽑는다.

"뒤쪽으로!"

농부들은 허둥지둥 벨그리프의 뒤편으로 돌아갔다.

나무 그늘에서 그레이 하운드가 몇 마리 발사된 화살처럼 튀어나왔다. 그러나 이미 기척을 감지했던 안젤린이 정면에서 요격에 나선다. 단칼에 두 마리를 베어 가르고, 회수하는 검으로 또다시 한 마리의 목을 떨어뜨렸다.

동시에 전격이 치달린다. 다른 방향에서 나타났던 그레이 하운드가 까맣게 타버렸다. 밀리엄은 지팡이를 치켜든 자세에서 흥, 코웃음 쳤다.

"송사리가 잔뜩 나와 봐야 똑같거든~."

그러고는 지팡이를 휘둘렀다. 또 어두운 곳에서 나타났던 그레이 하운드가 타오르며 바닥을 굴렀다. 안젤린은 번쩍번쩍 뛰어다니며 잇따라 늑대를 처치한다.

이미 열 마리는 해치웠다. 어둠 너머에 얼마나 많은 숫자가 숨어 있을까?

벨그리프는 눈에 힘을 넣었다. 겁에 질린 채 달라붙은 미토를 품안으로 돌려서 안아 들고는 덤벼드는 그레이 하운드를 베어 갈랐다.

묘하다. 전방에 나선 안젤린을 노리고 달려드는 늑대가 없다. 옆을 지나쳐서 달려오려고 한다. 그런 늑대도 안젤린은 놓치지 않고 해치웠지만, 명백하게 벨그리프가 있는 곳을 노리는 움직임이었다. 뒤로 돌아드는 그레이 하운드도 정작 공격할 수 있는 농부들은 쳐다보지도 않는다.

굳이 자신을 노려야 할 이유는 떠오르지 않았다. 그렇다면? 벨그리프는 미토를 안은 손에다가 힘을 주었다.

전방에서 검을 휘두르고 있던 안젤린이 되돌아오더니 벨그리프와 등을 마주 가져다 댔다.

"아빠, 어떻게 할래……?"

"이제 몇 마리 남았지?"

"열 아래야, 아마."

"그럼 정리한 다음 돌아가자. 가만히 방치하면 위험한 데다 E랭크 마수에게 애를 먹으면 카심과 그라함이 웃을 테니까."

벨그리프는 검을 다시금 잡고 안심하라는 듯이 미토에게 웃어 보였다.

"걱정하지 마라, 아빠도 누나들도 같이 있단다."

"응……."

미토는 벨그리프의 가슴팍에 얼굴을 묻었다.

작게 안젤린이 지면을 박차는 소리가 들리더니 곧 엷은 어둠 속에서 늑대의 단말마가 울려 퍼졌다. 벨그리프는 물론이고 안젤린도 꽤 밤눈이 밝다.

벨그리프는 기본적으로 안젤린에게 전투를 맡긴 채 조금씩 후퇴하며 딸아이가 미처 처치하지 못하고 흘린 늑대를 마무리했다. 밀리엄의 마법도 시기적절하게 지원해준다.

이윽고 짐승 숨소리가 사라지고, 저녁나절의 신비로운 정적이 되돌아왔다.

재빨리 주위를 훑어본다. 마수의 기척은 없다. 안젤린 역시 아무것도 느끼지 못하는 듯싶다. 검을 휘둘러서 피를 털어 낸 다음 검집에 집어넣었다.

"끝났나, 전부?"

"그래. 빨리 숲을 나가자. 다들 다치지는 않았지?"

케리가 고개를 끄덕였다.

"그래, 덕분에 모두 무사하네. 이것 참, 깜짝 놀랐어."

"너랑 같이 와서 다행이다……. 안제, 너 정말로 강하구나, 놀랐어."

"번스, 넌 손을 못 움직였지?"

놀리는 말에 번스는 입을 삐죽거렸다.

"어쩔 수 없잖아. 이미 날도 어두운데 실수로 안제한테 맞히면 어쩌자고…….”

벨그리프가 웃음 짓고는 번스의 어깨를 토닥였다.

“좋은 판단이다. 공을 욕심내며 함부로 나서지 않은 게 기특하군.”

“헤, 헤헤…….”

번스는 쑥스러워하며 머리를 긁적였다.

이제 완전히 어두워진 숲속을 빠른 걸음으로 나아가면서 벨그리프는 힐끔 품속의 미토를 바라봤다. 그레이 하운드는 분명히 전부 처치했는데도 아직껏 겁먹은 상태에서 변함이 없다.

아무래도 더 무슨 사태가 일어날 것 같군. 벨그리프는 눈살을 찌푸렸다.

숲을 나와서 마을로 향하던 때에 그라함이 달려왔다. 매끄러운 은발이 엷은 어둠 속에서도 빛을 발하는 것 같았다. 그라함은 험악한 표정을 짓고 있다가 벨그리프와 일행의 모습을 확인하고는 안심한 듯 걸음 속도를 늦췄다.

“무사했는가…….”

“그래……. 무슨 일 있었나?”

“묘한 기척이 팽창하더군……. 지금은 사라졌다만.”

“할부지.”

미토는 그라함에게 안겨 들고는 흑흑 코를 훌쩍였다. 밀리엄은 한숨 쉬었다.

“뭔가 마지막에 끝나기 전에 한바탕해버렸네~.”

“아무튼 그레이 하운드가 전부면 별거 아니야……. 그렇지? 아빠.”

"그러게나 말이다……."

벨그리프는 잠시 숲 방향을 주시하다가 이윽고 발걸음을 되돌렸다.

"일단 마을로 돌아가자. 많이 어두우니까 걸을 때 조심하고……."

이미 주위가 온통 어둠에 감싸였고, 마을의 집집에서 불빛만 점점이 빛나고 있다. 하늘에는 별도 몇몇은 빛나고 있다. 숲의 나무들은 바람을 받아 싸락싸락 소리를 냈다.

○

안젤린은 살짝 기뻐하는 모습이었다. 콧노래를 흥얼거리며 털실을 둘러 감아서 뭉치를 만든다. 옆쪽에 앉은 밀리엄이 몸을 기울여서 안젤린을 들여다봤다.

"뭐야, 뭐야? 안제, 되게 기쁘네."

"후후……. 아빠랑 같이 싸웠어."

자랑스럽게 말하고는 또 헤죽 웃는다.

돌이켜보면 보르도의 소동 때는 거의 별개로 싸웠던 느낌인지라 오늘처럼 뒤쪽에 벨그리프가 서서 지켜봐준다는 의식은 낮았던 것 같다. 평소부터 아넷사와 밀리엄의 원호 덕택에 후방을 신경 쓰는 경우는 없었지만, 벨그리프가 뒤에서 전황을 부감하며 지켜봐주는 상황은 뭔가 신기한 안심감이 느껴졌었다.

지금 벨그리프는 결계의 강화를 부탁하기 위해 교회를 찾아갔다.

지금은 이미 저녁 식사를 마친 뒤 식후의 느긋한 시간이다. 샤를로테는 내일 쓸 감자의 껍질을 벗기고 있고, 벡은 앉은 채 명상하는지 눈을 감고 있다. 아넷사는 활과 화살을 손질하고, 그라함은 미토를 품에 안은 채 조용히 앉아 있다. 미토는 집에 돌아와서도 줄곧 겁먹은 기색이었는데 지금은 푹 잠들었다.

안젤린의 맞은편 방향에 앉아 있었던 카심이 턱받침을 했다.

"그나저나 마수가 미토를 노릴 이유가 영 아리송하네."

"응……. 그래도 미토는 한번 이상한 마수한테 마력을 흡수당했던 적이 있다며? 이번에도 비슷한 이유가 아니려나……."

벨그리프는 자신이 보았을 때 그레이 하운드가 명백하게 미토를 노렸다고 견해를 제시했다. 벨그리프의 의견이었기에 전원이 가타부타 않고 받아들였다. 다만 정작 이유가 아리송한 터라 카심도 안젤린도 고개를 갸웃거려야 했다.

"거 뭐냐, 영감. 미토는 한 차례 마력을 전부 다 사용했던 게 아니었어?"

그라함은 얼굴을 들어 올렸다.

"그렇게 생각했다. 사람과 가까운 몸을 구축하는 데 상당한 마력을 사용했음은 분명하군. 다만 이번 겨울간 다시 몸속에서 마력이 소용돌이치기 시작했다네."

가만히 말한 뒤 그라함은 눈을 내리깔았다.

"돌이켜보면 마왕은 잠시 쓰러뜨릴 순 있어도 완전히 멸하기는 불가능했었지……. 한심하구나. 줄곧 처단해야 할 대상으로 간주

했었던 탓에 잘 아는 줄 착각했건마는, 이렇듯 지켜야 할 대상이 된 지금은 너무 모르는 것이 많아."

"영감 책임이 아니야. 괜히 죄책감 가지 말래도."

카심은 위로의 말을 건넨 뒤 머리 뒤쪽으로 깍지를 끼고 껄껄 웃었다. 곧이어 문득 떠올랐다는 듯이 입을 연다.

"아, 맞다. 낚시하던 중 강 건너편에서 목인을 봤어."

"나무로 된?"

"응. 오랜만에 봤지. 이렇게 자연이 풍요로운 곳에서도 나타나는구나, 녀석들."

그래, 숲속에서도 나무 목인이 이쪽을 쳐다봤었지. 안젤린은 새삼 떠올렸다. 그 녀석들은 딱히 빈번히 모습을 드러내는 부류가 아니기에 옛날 의뢰에서 몇 번인가 봤던 게 전부다. 그 현장은 항상 황야를 비롯하여 초목이 드문 장소, 혹은 사람들이 발을 들여놓지 못하는 깊은 숲 안쪽이었다. 아무리 자연이 풍요로운 곳이라 한들 톨네라 부근에서 모습을 드러낸다는 것은 별일이다.

활 손질을 마친 아넷사가 카심의 옆쪽 의자에 앉았다.

"어라, 나도 사냥할 때 봤어."

"아네도?"

"응. 이쪽을 막 관찰하는 것처럼 가만히 서 있었어."

"우리가 본 녀석도 비슷한 느낌이었지~?"

"응……. 뭔가, 이상한데?"

카심이 커다랗게 하품을 했다.

"뭐, 목인은 딱히 나쁜 짓도 안 하는데 괜찮지 않나? 오늘 나타난 마수들도 그레이 하운드라며? 영감도 있고, 안제도 있고, 나도 같이 있는데 뭐가 나타나든 걱정은 없지 않으려나."

"아니야, 틀려, 카심 아저씨."

안젤린은 탁자에 팔꿈치를 짚고 몸을 내밀었다.

"아빠가 되게 경계한단 말이야……. 우리가 알아차리지 못한 뭔가가 있어. 분명히."

"으음……."

카심은 입을 우물우물했다.

"……일리가 있네. 확실히 옛날에도 위험을 가장 처음에 알아채는 녀석은 벨이었단 말이지……."

"맞아. 그러니까 방심하면 안 돼……."

안젤린도 개인적으로는 딱히 불안을 느끼지 않는다. 그러나 다른 누구도 아닌 벨그리프가 경계를 늦추지 않는 현 상황은 안젤린 역시 경계심을 품게 만들기에 충분한 이유였다.

밀리엄이 고민하는 듯 팔짱을 꼈다.

"그런데 뭘 조심하면 된담~? 종일 긴장한 채 버티기는 힘들고……."

"……미토를 지켜야지. 어떡해서든 지켜줄 거야. 이게 첫 번째……맞겠지?"

안젤린은 가만히 말한 뒤 그라함을 돌아봤다. 그라함은 눈을 내리뜬 채 고개를 끄덕거렸다. 안젤린은 헤죽 웃고는 곧이어서 카심을 돌아봤다.

"아까 말, 하나 더 고쳐줘……."

"엉?"

"나나 할배나 카심 아저씨가 있어서 안심하는 게 아니라 아빠가 같이 있어주니까 안심이야……."

카심은 껄껄 웃음을 터뜨렸다.

"거 옳은 말이군! 나란 사람이 가장 중요한 걸 잊어버렸네!"

밀리엄과 아넷사도 쿡쿡 웃는다.

그때 마침 벨그리프가 돌아왔다. 무척 떠들썩한 집 안 분위기가 살짝 당황스럽다는 표정을 짓고 들어온다.

"뭔가, 화기애애하군?"

"후후……. 결계는?"

"아, 괜찮다. 아무런 일도 안 일어나면야 더할 나위가 없겠지만……."

"벨 아저씨, 차 드실래요?"

"응, 고맙다, 아네……. 카심, 자네는 왜 웃고 있나?"

"헤헤헤헷, 아니, 벨은 벨이구나 싶어서 말야."

"으음……?"

벨그리프는 고개를 갸웃했다. 안젤린이 일어나서 손짓한다.

"아빠, 이쪽……. 날 무릎에 태워줘."

"어어……. 너는 꽤 무거워졌잖니……."

"괜찮아……. 빨리."

벨그리프는 난처해하며 웃고는 턱수염을 쓸어 만졌다.

밤의 어둠은 점점 더 깊어지고, 반짝이는 별 아래에서 바람이 휭휭 울부짖듯 불기 시작했다.

## 79 날이 갈수록 보리 잎 사이에서 줄기가

날이 갈수록 보리 잎 사이에서 줄기가 올라오고, 그 끝부분에 녹색의 이삭이 뻗어 나오기 시작한다. 이미 몇십 년 이상이나 이어졌던 풍경이다. 머지않아 이곳이 황금색으로 물들고 수확의 시기를 맞이하는 무렵에는 여름의 기척이 본격적으로 충만하게 된다.

결국 아무런 사건도 없이 며칠이 지났고 벨그리프가 걱정했던 일은 아직껏 일어나지 않았다. 근방을 비추는 햇빛은 지난날과 아무것도 다를 바 없다 여겨지고, 숲에서 마수가 넘쳐 나온 뒤 마을을 포위하는 사태도 없고, 그뿐 아니라 마수는 그림자도 보이지 않는다. 마치 얼마 전 그레이 하운드의 습격이 오히려 꿈이 아니었을까 생각될 만큼 평온한 분위기였다.

물론 걱정해봐야 구체적으로 무엇을 어떻게 진행하자는 방침이 수립된 것은 아니다. 단지 평소보다 조금 신경을 곤두세우고 있었다. 하지만 하루하루의 생활이 너무나도 평소와 다를 바 없어서, 신경을 쓰는 시간이 몹시 피곤하게 다가왔다.

그렇지만 미토는 아직껏 겁먹은 기색이라서 낮에도 밤에도 벨그리프나 그라함에게 달라붙은 채 떨어지지 않는다. 그것이 역시 이상하다고 생각되었기에 모두들 역시 일정의 긴장감을 갖고 각자의 하루하루 일과에 임했다.

집의 뒤편 밭에서 병에 든 증류주를 물에 희석하는 과정을 샤를로테가 신기하다는 표정을 짓고 지켜봤다.

"아버님, 이걸 어디에 써?"

"이건 말이다, 증류주에 헤라의 열매를 담근 물이란다. 벌레를 쫓아내주지."

벨그리프는 간단하게 설명한 뒤 샤를로테에게 냄새를 맡아보도록 권했다. 달콤한 알코올의 냄새에 섞여서 콧속 깊숙이 뚫리는 시큼한 냄새가 났다.

샤를로테가 놀라서 꼬옥꼬옥 코를 문지른다.

"시큼했어!"

"하하, 꽤 진하지? 효과가 제법 좋아. 약 비슷한 역할을 하지."

벨그리프는 웃음 짓고는 물을 더해서 농도를 조절하고 국자에 담아서 이미 옮겨심기를 마친 뒤 자라기 시작하는 묘목에 두루두루 끼얹었다. 이미 잎에 붙어 있는 벌레는 손으로 잡아 찌부러뜨렸다.

"이게 벌레를 잡아주지는 않는구나……."

"그래, 벌레가 죽는 독을 자신이 먹을 대상에 끼얹을 순 없지 않겠니? 이 약은 나중에 벌레가 붙는 것만 막아주지만, 그래도 꽤 달라지니까……. 미토, 너도 거들어볼 테냐?"

업고 있었던 미토에게 물었더니 미토는 머뭇머뭇 고개를 끄덕이고는 바닥에 내려섰다. 샤를로테가 생긋 웃고는 손을 잡아준다.

"같이 뿌려주자!"

"응……."

미토는 살짝 표정을 누그러뜨린 채 샤를로테와 함께 물약을 뿌렸다. 이런 때 다정하게 마음 써주는 아이들이 있어줘서 큰 도움을 받는구나. 벨그리프는 살짝 웃고는 몸을 구부려서 잡초를 뽑기 시작했다.

한동안 작업을 하던 때에 집 방향에서 벡이 다가왔다.

"이봐, 아저씨. 손님이다."

"음? 누가……."

고개 돌렸더니 벡의 뒤쪽에 사샤가 서 있었다. 변함없이 기운찬 모습으로 꾸벅 머리를 수그린다.

"안녕하십니까, 스승님! 일하시는 중에 실례했습니다."

"아, 아닙니다. 잘 와주셨습니다. 지저분한 차림이라 송구하군요."

벨그리프는 인사한 뒤 일어섰다. 샤를로테도 꾸벅 머리를 숙였다. 낮의 미지근한 바람이 불어서 흙먼지가 작게 회오리친다. 사샤는 이마에 배어난 땀을 손등으로 훔쳤다.

"날이 갈수록 더워지는군요."

"예, 요즘 들어서는 묘하게 더운 것 같습니다."

여름은 조금 더 나중이다만, 본래가 추운 곳인지라 조금이라도 기온이 높은 날이면 상대적으로 더위를 느끼게 된다. 요 며칠은 바람도 쌀쌀하지 않고 묘하게 미적지근했다.

사샤는 잘 보살피고 있는 밭을 감탄한 낯빛으로 바라보면서 말했다.

"이제 곧 보르도로 돌아갈 예정입니다만……. 측량사들의 몸 상태가 안 좋습니다."

"저런."

벨그리프는 얼굴을 찌푸렸다. 요즘 들어서 톨네라에서는 건강이 안 좋아지는 사람이 늘어나고 있다. 움직이지 못할 정도는 아닐지언정 밭에 나가서 괭이를 휘두르기에는 조금 벅차다고 한다. 뭔가 나쁜 병이라도 유행하려는 조짐은 아니려나 살짝 불안해진다. 묘한 사태가 겹치고 있다.

사샤는 팔짱을 끼고 말을 이었다.

"저는 병을 잘 몰라서 뭐라 말씀을 못 하겠습니다만……. 열은 없는데도 몸이 나른해지고 뜻하는 대로 잘 움직여지질 않는다는 군요. 다들 성실한 인물이라서 꾀를 부리는 핑계라는 생각은 도저히 안 듭니다."

"그렇겠죠……. 약사와 상담은 받아보셨습니까?"

"예, 약초를 달여주셨습니다. 덕분에 지금은 잠에 들었지만, 이런 상황에서는 예정대로 돌아갈 수가 없겠더군요. 어쨌든 일단 인사를 드리고자 찾아뵀습니다."

"그랬습니까……. 조만간에 문병을 가겠습니다."

"감사할 따름입니다……. 그러면 전 이만. 일을 방해해서 죄송했습니다."

"예, 개의치 마십시오……."

사샤는 빙긋 웃고는 발길을 되돌리더니 묵묵히 서 있던 벡의 어깨를 퍽 때렸다.

"자, 잠깐 상대해다오, 벡!"

"쳇……. 힘만 센 녀석이."

벡은 얻어맞은 부위를 문지르면서 얼굴을 찌푸렸다. 그러고는 벨그리프를 돌아본다.

"……감자만 삶아 놨다."

"그래, 고맙구나. 점심 무렵에는 돌아오렴."

"벡, 힘내!"

샤를로테가 응원의 말을 건넸다.

"흥……."

벡과 사샤가 동행해서 집 방향으로 걸어갔다.

AAA랭크로 승격한 사샤와 그라함 및 카심에게서 단련을 받고 있는 벡은 좋은 승부가 되는가 보다. 물론 벡의 전법상 앞마당은 좁은 관계로 항상 광장이나 마을 바깥까지 나간다만.

벨그리프는 둘을 배웅한 뒤 허리를 폈다가 잠시 후 다시 몸을 구부려서 잡초를 뽑아줬다.

미지근한 바람이 목덜미를 쓸어 만진다. 다만 서늘하게 기분이 좋은 종류가 아니라 뭔가 묘한 감촉으로 간질거리는 듯해서 벨그리프는 몇 번인가 꺼림칙하게 목덜미를 손으로 문질렀다.

요즘 들어서 이상하게 바람이 멎질 않는다. 서쪽 숲에서 줄곧 불어오고 있다. 시기에 따라서는 북쪽 산맥으로부터 불어 내려오는 바람이 줄곧 이어질 때도 있는데 지금 상황과는 다르다. 게다가 서쪽에서 부는 바람이 계속된다는 것은 좀 이상했다.

풀을 뜯어주면서 이것저것 생각하던 때에 미토가 등에다가 몸을 얹었다.

"아빠……."

"응, 다 마쳤니?"

"묘목에 뿌려주면 된 거지? 끝났어."

샤를로테가 거의 빈 나무통을 가지고 다가왔다.

그때부터는 또 잡초 제거다. 아직 막 자라기 시작한 풀이라서 부드럽기에 뽑기가 쉽다. 기세가 붙기 전의 잡초 제거를 정성 들여서 마치는지 아닌지에 따라 이후의 작업 난이도가 대폭 달라진다.

가끔 일어서서 허리를 펴주다가 풀을 뽑는다. 앞쪽을 보면 한참 멀었지만, 뒤돌아보면 제법 진전이 있다.

문득 깨달았을 때는 해가 높이 떠올라서 점심이 가까웠다. 벨그리프는 미토를 업은 채 일어서서 도구를 품에 들었다. 점심 식사를 준비할 때다.

집에 돌아와서 물을 채운 냄비를 난로에 걸치거나 채소 및 고기를 자르던 중 떨떠름한 표정을 짓고 안젤린이 돌아왔다. 안젤린은 아넷사, 밀리엄과 함께 서쪽의 숲에 다녀오기로 했다. 무슨 일이 있었던 건가. 벨그리프는 눈살을 찌푸렸다.

"어서 오거라, 안제. 어떻더냐?"

"겉모습은 딱히……. 그래도 뭔가 이상해. 줄곧 시선이 느껴졌어. 동물은 아마 아닌데…….”

“감시당하는 느낌, 인가냥~?”

“그래, 그거야……. 그런데 마수도 없었고……. 대신 함정에도 아무것도 안 걸려들었지만.”

“흠? 짐승들도 모습을 감췄다는 말이니?”

“그러, 게요……. 확실히 오늘은 토끼 한 마리도 구경을 못 했어요.”

아넷사는 의아해하며 팔짱을 꼈다.

“게다가…… 오늘도 나무 목인이 나타났거든요. 숲 가장자리에서서 이쪽을 지켜보는 눈치로요.”

나무 목인은 변함없이 마을 주변에서 모습을 나타내고 있는 듯싶다. 케리와 농부들이 루멜의 묘목을 길러 내고자 마을 바깥의 시험용 밭에서 작업하던 때도 멀리서 보고 있었다고 들었다. 해를 끼치는 건 아니었지만 어쩐지 섬뜩했다고 농부들이 서로 수군거렸었다. 이곳저곳에서 보이고 있으니 하나만 있는 건 아닐 것이다.

또한 농부들도 요즘 며칠 사이에 몸 상태가 안 좋아지는 사람이 몇 명이나 나타났다. 들일, 밭일로 단련되어 강건한 사내들이 불과 며칠 사이에 전조도 없이 몸져눕는다는 것은 묘하다.

“……난처하군.”

자신들이 알아차리지 못한 곳에서 무엇인가가 일어나고 있음은 분명하다. 경계하자고 말을 해 놓고도 이런 방식으로 형체가 없는 재난이 슬금슬금 기어드는 상황에서는 어떻게 대책을 세워야 하나 짐작도 가지 않는다.

우선은 점심 식사 준비부터 어서 마치자는 생각에 마음을 다잡던 때에 벡이 돌아왔다. 이상한 표정을 짓고 있었다. 안젤린이 놀림조로 마중해줬다.

"어서 와, 벡 군."

"벡 군 소리 좀 하지 말라니까……. 이봐, 아저씨."

"응?"

"셀렌이 쓰러졌다는군……."

"뭐라고?"

벨그리프는 손을 멈췄다.

"무슨 일이냐?"

"자세히는 모르겠다만……."

벡이 말하기를 사샤와 마을 바깥에서 대련을 하던 중 번스가 허둥지둥 다가왔다. 소식을 들은 사샤는 핏기가 싹 가셔서 달려갔다던가. 루멜의 묘목을 심는 시험용 밭에서 케리와 대화를 나누던 셀린이 갑작스럽게 정신을 잃고 쓰러졌다는 설명이다.

안젤린은 옆에 놓아뒀던 검을 허리에 찼다.

"다녀올게……!"

"그래, 아빠도 곧 따라가마."

이래서는 점식 식사나 차릴 때가 아니다. 안젤린은 아넷사과 밀리엄을 데리고 뛰쳐나갔다. 그 광경을 지켜보면서 머뭇머뭇하던 샤를로테의 등을 벡이 손으로 톡 두드려줬다.

"걱정될 테지. 따라가봐라."

"……응!"

곧장 답하고 샤를로테도 안젤린을 좇아갔다.

"벡, 너는 괜찮겠니?"

"……병문안 따위 어울리지도 않아. 게다가 댁도 갈 텐데, 뭐. 집은 내가 지켜주지."

"그래……. 음, 부탁하마."

일단 뒷일은 벡에게 맡기도록 하고 벨그리프는 집에 있는 약을 몇몇 개 가방에 넣은 뒤 미토를 데리고 서둘러서 케리의 집을 향했다.

마을 안이 몹시도 조용하게 느껴졌다. 평소는 떠들썩한 염소들마저 살그머니 나무 그늘에 앉은 채 잠자코 있다. 아이들 노는 목소리도 들리지 않는다. 평원에 양을 몰아가는 시기가 가까운데도 정작 목동들이 준비를 하는 낌새가 없다.

어쩐지 공기가 묵직하다. 마치 톨네라 전체가 병상에 누운 듯한 분위기다. 아무 이상도 없어야 할 벨그리프마저도 묘하게 몸 상태가 나빠진 듯한 느낌을 받는다.

"어떤 사건이 벌어지려고 이러나……?"

광장으로 나오자 행상인의 호위로 와 있는 젊은 모험가들이 지루한 내색으로 앉아 있었다. 소라가 벨그리프를 알아보고는 손을 흔들었다.

"벨그리프 씨~."

"아, 안녕들 한가. 무슨 일이야? 슬슬 출발한다는 말을 들었는데."

카인이 고개를 흔들었다.

"의뢰인이 덜컥 앓아누웠습니다……. 약사분께서 살펴봐주셨지만 아직 며칠은 못 움직인다더군요."

이곳에서도 또 병자가 발생했다. 시기를 감안하면 바깥에서 온 사람이 병을 가지고 들어왔을 것이라 가정하기는 어렵다. 애당초 막 왔던 시기에는 건강이 안 좋았던 사람이 한 명도 없지 않았던가. 시간 차이를 두고 발병하는 병일지라도 바깥에서 온 사람들과 마을 사람들이 같은 시기에 증상을 발현하는 것은 묘하다. 게다가 몸져눕는 사람이 나타난 것은 불과 이틀, 사흘의 일이었다.

"……자네들은 아무렇지도 않나?"

"네. 몸 하나는 튼튼해서요."

제이크가 살짝 익살맞게 답했다.

"이런 소리는 좀 뭐함다만, 톨네라에 조금이라도 오래 머무를 수 있어서 살짝 기쁘다."

"아이고, 마을 상황이 이런 꼴인데 무슨 소리를 하는 겁니까."

"아으."

카인에게 면박을 듣고 소라는 겸연쩍어하며 몸을 움츠렸다. 벨그리프는 웃음 짓고는 수염을 비비 꼬았다.

"어쨌든 간에 주의를 기울이는 게 좋겠군. 몸은 갑자기 언제 안 좋아질지 모르는 법이니까."

"네~."

"조심하겠습니다."

세 사람과 헤어져서 케리의 집에 도착했는데 집안사람들도 살짝 안색이 나빠 보였다. 그럼에도 병자들을 돌보느라 왔다 갔다 움직이고 있다.

별채의 객실로 가자 측량사들이 침상에 누워 있었고, 더 안쪽의 방에서는 셀렌이 자리에 앓아누워 있었다. 얼굴은 핼쑥하고 가슴 속 깊은 곳까지 들어가지를 못하는 듯이 가쁜 호흡을 반복하고 있다. 사샤와 안젤린, 아넷사에 밀리엄, 또한 샤를로테가 걱정 가득한 얼굴로 주위에서 상태를 지켜보다가 가끔 물수건을 꾹 짜서 이마를 닦아주었다.

"……괜찮겠지."

"셀렌……. 도대체 무슨 일이 있었던 거냐."

사샤는 분한 듯 입술을 깨물고 주먹을 부르쥐었다.

발소리로 알아차렸을 테지, 안젤린이 고개 돌렸다.

"아빠."

"그래, 셀렌 님은 용태가……?"

"아까 막 잠들었어……. 그런데 숨 쉬기가 힘든가 봐."

"흠, 아트라는?"

마을 약사의 이름을 말하자 안젤린은 고개를 가로저었다.

"여기저기 불려 다니느라 아직 여기에는 못 오나 봐……."

"역시나……."

마을 상태가 이런 꼴인지라 바삐 움직이고 있겠지.

벨그리프는 천천히 다가가서 셀렌의 이마에 손을 얹었다. 특별히 열이 높지는 않다. 오히려 체온은 떨어진 것 같았다. 콧속이 막혀 있는지 입만 움직여서 호흡을 한다. 샤를로테가 걱정하는 얼굴로 벨그리프를 올려다봤다.

"아버님, 나을 수 있겠지……? 셀렌 님, 괜찮겠지?"

"그럼……."

벨그리프는 잠시 생각하다가 가방에서 손바닥 안에 들어갈 만한 항아리를 꺼내 들고는 사샤에게 내밀었다.

"이것을 가슴 흉선을 따라 발라주십시오."

"이것은……?"

받아 든 사샤는 뚜껑을 열고 냄새부터 맡았다. 곧 깜짝 놀라서 눈을 깜빡거린다. 벨그리프는 미소 지었다.

"루멜의 잎과 박하를 중심으로 몇몇 약초를 배합한 약입니다. 조금은 숨이 편해질 테지요."

"가, 감사합니다!"

사샤는 서둘러 셀렌의 가슴께를 풀어헤치려고 했다. 벨그리프는 허둥지둥 발길을 돌려서 방 바깥으로 나왔다. 뒤쪽에서 안젤린의 놀라는 목소리가 들려왔다.

"설마…… 자랐다……?"

"정말이네……. 저번에는 더 작았어, 맞지?"

"예, 그렇습니다. 이대로 가면 언니를 뛰어넘을지도 모릅니다."

"으음……. 성장기가 부럽다냥~."

무슨 이야기를 나누는 거람, 벨그리프는 웃음 짓고는 어깨를 으쓰였다.

곧이어 측량사들에게도 똑같이 약을 발라준다. 괴롭게 이어 가던 호흡이 조금 편해진 듯 보였다.

“우선 이렇게…….”

그러나 이것은 어디까지나 대증 요법에 불과하다. 원인을 규명하지 못하면 아무 소용도 없는 상황이었다.

미토가 꼭 벨그리프의 손을 쥐었다. 같이 마주 잡아주면서 그나저나 그라함과 카심은 어쩌고 있을까 생각을 떠올린다. 두 친구도 안젤린과 다른 방향의 숲에 들어갔을 텐데. 두 사람의 실력을 감안하면 걱정은 필요 없겠지만, 역시나 자꾸 조바심이 나서 못 견디겠다.

그때 불현듯 공기가 바뀌었다. 축축하게 무거웠던 공기가 갑자기 가벼워지는 기분이다. 누워 있었던 측량사들도 잠든 인물은 숨소리가 편안해졌고, 깨어 있는 인물은 신기하다는 듯이 눈을 깜빡이고는 상체를 일으켰다.

뒤쪽의 방이 소란스러워졌다. 셀렌이 일어났는가 보다.

“셀렌! 다행이다, 괜찮은 거냐!”

사샤가 울먹거리는 목소리로 셀렌을 부둥켜안고 뺨을 문질러 댄다. 셀렌은 난처해하며 웃으면서도 안색이 많이 좋아졌다. 안젤린과 다른 아이들도 안심해서는 힘을 빼내고 가만히 지켜봐주고 있었다.

벨그리프는 흐뭇하게 웃고는 턱수염을 쓸어 만졌다. 설마 자신

이 갖고 온 약이 효험을 보인 까닭은 아닐 터이다. 힐끔 옆쪽을 보면 미토도 살짝 표정이 누그러졌다. 자신들이 모르는 곳에서 무엇인가가 일어났을까.

갑자기 사샤가 방을 뛰쳐나오더니 벨그리프에게 안겨 들었다. 벨그리프는 얼떨떨하게 헛걸음을 디뎠다. 사샤는 기뻐서 환하게 웃는 얼굴로 벨그리프의 가슴팍에 꾹꾹 얼굴을 가져다 댔다.

“스승님~! 감사합니다! 셀렌이!”

“사, 사샤 님? 진정하시고……. 이것은 제가 드렸던 약의 효과가 아니라.”

“이 녀석이, 무슨 짓이냐…….”

빰을 뾸록거리며 안젤린이 사샤의 머리를 찔렀다. 기뻐서 넋이 나가 있었던 사샤는 불쑥 제정신을 차리고 얼굴이 빨개졌다. 허둥지둥 떨어져서 꾸벅꾸벅 머리 숙인다.

“죄, 죄송합니다. 저도 모르게…….”

“아닙니다……. 안제, 아빠는 먼저 돌아가마.”

“응, 우리도 금방 갈게…….”

“셀렌 님, 보중하십시오.”

“네, 감사합니다.”

몸을 일으킨 셀렌이 아직 쇠약한 모습이지만 빙그레 미소 지었다.

벨그리프가 광장까지 나오자 그곳에는 그라함과 카심이 서 있었다. 광장의 중심에는 그라함의 검이 꽂혀 있다. 두 사람은 뭔가 확인하려는 듯이 주위를 둘러본다. 벨그리프를 알아본 카심이 씩 웃었다.

"왔나, 벨."

"카심……. 도대체?"

"원인을 알아냈거든. 고생했어, 영감."

"정말인가? 원인이라면, 마을에 발생한 이상 현상의?"

"꽃가루라네."

그라함이 대답했다.

"서쪽 숲에서 부는 바람에 꽃가루가 실려 있었던 게야."

"꽃가루라고? 꽃가루가 대체 왜……."

"엄청나게 미량의 마력이 내포되어 있었던 거지. 나랑 영감마저도 주의를 기울여서 안 보면 몰랐을 만큼 약간의 마력이 말이지."

"잠시 쏘였을 때는 별 영향이 없네. 다만 우리는 호흡을 하잖나. 매일매일 호흡으로 미량의 마력이 몸속에 축적되었지. 마력 조작을 습득한 우리는 내성이 있는 까닭에 아무렇지도 않았네만."

"마을 녀석들은 숲의 마력에 침식돼서 몸이 안 좋아졌단 뜻이지."

"……독성이 있는 마력이었던가?"

"아니, 그런 종류는 아니야. 마력을 통해서 모종의 악의가 있는 힘이 파고들었다는 설명이 더 정확하겠네."

물론 도대체 누가 획책한 수작인지는 아직 모르겠네만. 그라함은 탄식했다. 카심은 중절모자를 고쳐서 썼다.

"뭐, 어쨌든 간에 이것은 상당히 교묘한 수법이야. 어지간한 마물 수준으론 상대가 안 돼. AAA, 까딱하면 S랭크에 해당하는 녀석일지도?”

마수는 대부분의 경우 인간을 능가하는 육체적 힘을 보유하고 있다. 도수공권으로 마수를 상대하자면 순수한 육체의 힘으로는 인간은 마수를 도저히 당할 수 없다. 그럼에도 인간이 마수를 상대하여 호각으로 싸울 수 있는 이유는 우선 하나가 마력에 의한 육체의 강화, 다른 하나는 지성이라는 부분에서 우위를 점하고 있기 때문이었다.

기본적으로 마수는 짐승이고 지성은 인간에게 미치지 못하는 부류가 많다. 오니족을 비롯한 아인형의 마수는 비록 얼마간 지능을 갖추고 있다지만, 어디까지나 집단 전투를 수행하거나 최저한의 사회성을 획득하는 데서 머무른다. 마력에 수작을 부려 인간에게 발각당하지 않도록 은밀하게 계획을 진행시킬 만한 지성은 결코 없었다.

그러나 AAA랭크나 S랭크의 위치에 자리매김한 마수 중에는 드물게도 저런 지성을 보유한 부류가 있다. 예컨대 인간이 마수화된 뱀파이어나 오랜 시간을 사는 동안에 지성을 획득하게 된 용종 따위다. 다만 저러한 존재에 대해서도 인간들은 오랜 역사 속에서 대책을 발견한 뒤 토벌의 방안을 마련했다. 사고를 수행할 수 있는 지성은 고스란히 강한 힘으로 연결되는 법이다. 가령 그레이하운드가 인간 수준의 지성을 갖게 된다면 즉각 S랭크 수준의 위험도로 올라설 테지.

이번에 톨네라를 은밀하게 덮친 정체불명의 위협은 단순한 마수와는 일선을 긋는 버거운 상대 같았다. 형체가 없이 지성을 갖춘 악의. 벨그리프는 무의식중에 전율했다.

"과연 무엇이 상대이려나……."

"글쎄, 무엇일까. 나는 잘 모르겠지만……."

"……어쩌면, 숲 자체인지도 모르겠군."

그라함의 말에 벨그리프는 얼굴을 찌푸렸다.

"숲이?"

"그래. 숲도 의사를 가진 존재임을 이야기한 적이 있었잖은가……. 톨네라를 찾아온 이후 나 역시 주변의 숲은 몇 번이나 걸어 다녔지. 하지만 오늘 들어갔던 숲은 상태가 달랐다네."

"……숲이 변모됐다는 말인가?"

"모르겠군. 참으로 교묘하게 숨겨 둔 무엇인가가 있음은 분명하네. 이토록 악의를 가득 품었는데도 평소와 다를 바 없는 듯 보이는 숲은 처음일세."

숲에서 사는 엘프이기에 더욱 커지는 슬픔이겠지, 그라함은 깊이 한숨을 쉬고 눈을 내리깔았다.

미토가 그라함에게 매달렸다.

"할부지……."

"……미토야, 너는 숲에서 돌아온 이후 분위기가 이상했었지? 무슨 일이 겪었던가 떠올릴 수 있겠나?"

"……불렀어."

"불렀다? 누구에게?"

카심이 의아해하는 표정을 짓고 수염을 쓸어 만졌다. 미토는 울먹이는 얼굴을 그라함에게 꼭 가져다 댔다.

"몰라……. 아무튼, 무서워……."

"……그런가."

"안심하렴. 무엇이 나타나도 너를 데려가게 놔두지 않아."

벨그리프는 가만히 말한 뒤 미토의 머리를 쓰다듬었다. 미토는 꾹꾹 그라함에게 얼굴을 가져다 댔다.

"……그래, 어떻게 저 숲의 마력을 걷어 냈나?"

"아, 이거야."

카심이 짧게 답하고는 바닥에 꽂아 세워 둔 그라함의 대검을 가리켰다. 검이 조용하게 웡웡 소리를 내고, 칼날은 햇살을 반사할 때와 다르게 신비로운 빛을 발하고 있다.

"이 녀석은 오래도록 영감의 마력을 받아들이고 같이 싸워왔지. 게다가 함께 성장한 셈이니까 안쪽에 엘프의 청정한 마력이 듬뿍 들어가 있어. 이 녀석을 매개체로 써서 마을 전체를 새 결계로 덮어줬지. 별거 아니야."

광장은 마침 마을의 한가운데에 있다. 이 검을 중심으로 톨네라는 마력의 돔에 뒤덮여 있는 상태가 되었다는 설명이었다. 그럼으로써 꽃가루의 마력과 숲의 연결 통로를 차단했기 때문에 몸의 이상도 치료되었던 셈이다.

벨그리프는 탄성을 흘렸다.

"과연 대단하군……."

"헤헤, 네가 그렇게 말해주니까 기쁘군."

"다만 아직은 해결된 것이 아니라네. 숲에 들어가서 근본적인 원인을 밝혀내야겠지."

"그래야지……."

어서 계획을 강구해야겠다. 얼마나 긴 시간이 걸릴지는 알 수 없다만, 인원은 더할 나위가 없다. 당장 내일이라도 숲에 들어가도록 하자.

탁탁, 가볍게 발소리를 내면서 안젤린과 다른 일행들이 달려왔다.

"기다렸지……. 뭔가 공기가 가벼워졌네?"

"그래, 그라함과 카심의 덕분이란다."

사정을 설명하면서 나란히 집에 돌아간다. 슬슬 허기가 제법 질 무렵이었다. 시간은 좀 늦었으나 점심 식사를 먹으면서도 대화는 나눌 수 있겠다. 계획을 세워서 내일 아침이라도 숲에 들어가면 될 테지. 벨그리프는 생각을 정리했다.

문득 시선을 돌리자 저 멀리 나무 목인이 서 있었다. 줄기에 뚫린 커다란 구멍이 마치 바닥없는 암흑과 이어진 듯 여겨졌다.

# 80 바람이 딱히 강하지도 않은데 나무들의

바람이 딱히 강하지도 않은데 나무들의 술렁거리는 소리가 끊임없이 울려 퍼졌다.

지상에는 이슥한 밤의 어둠이 가득 들어찼고, 하늘에서는 별이 반짝인다. 산의 실루엣이 까맣게 그림자가 되어 오히려 별하늘을 잘라 내는 것처럼 보였다.

새벽 전, 이러한 표현도 쓰기 어렵도록 빨리 일어나버린 안젤린은 마을 바깥을 산책하고 있었다.

해가 떠오르면 아침에 곧장 숲에 진입해서 이번 이변의 원인을 밝혀낸다. 그렇게 하면 이 이상한 상황도 분명히 끝을 맞이할 것이다. 자신들의 파티는 물론이고 그라함도 카심도, 그리고 벨그리프도 함께 간다.

"……후후."

철없는 태도라는 생각이 듦에도 자꾸 웃음이 새어 나온다. 동경하는 아버지와 함께 던전을 탐사하게 된 셈이다. 과거에 카심이 말했던 격이 다른 안심감이라는 느낌을 마침내 자신도 몸소 느낄 때가 왔다. 그래서 무척 기쁘다. 왠지 마음도 점점 고조되었던 까닭에 빨리 눈이 떠졌다. 도저히 집 안에 가만히 있을 수 없었다.

안젤린은 깊숙이 숨을 들이마셨다가 내뱉었다. 밤바람은 조용했지만 낮의 바람보다 서늘하게 피부를 쓸어 만졌다. 목덜미에 와 닿으면 솜털까지 곤두서는 기분이었다. 다만 고양되어 묘하게 달아오른 몸은 저러한 바람에도 왠지 기분이 좋아지는 것 같다.

항상 아침의 순찰 때 오는 높지막한 언덕까지 올라왔다. 이곳은 마을이 한눈에 내다보인다.

지금은 밤이라서 눈에 힘을 안 주면 잘 안 보인다. 대지의 완급을 뚜렷하게 보고 파악할 수가 없고 두루뭉술하게 검은 실루엣으로만 보인다.

손에 든 램프를 아래에 놓고 안젤린은 바위 위쪽에 걸터앉았다. 옷 너머로도 바위는 차가웠다. 무릎을 끌어안은 채 먼 곳을 쳐다본다.

"……누가, 무엇을 위해."

중얼거렸다.

벨그리프가 말하기를 이번 상대는 몹시 만만치 않을 것이라 했다. 그라함과 카심마저도 동의하며 각오를 단단하게 다지는 모습이었다.

안젤린 개인은 강자와의 전투를 싫어하지 않는다. 굳이 모험가라는 직업을 선택했던 만큼 위험한 일도 즐길 줄 아는 배짱을 가지고 있다. 벨그리프처럼 묵직한 차분함이 있는 모험가가 되고 싶다는 생각은 해도 역시나 젊음에서 오는 무모한 모험심은 억누를 방법이 없다.

다만 톨네라가 위험할 수 있는 상황에는 아무래도 기분이 안 좋았다.

올펜에 있던 때는 도시에서 아무리 무리하게 일을 벌여도 돌아갈 수 있는 고향이 저 너머에 있는 안심감을 은근히 느끼고는 했다. 따라서 무엇을 하든 간에 기합을 넣을 수 있었던 것 같다.

지금은 하필 고향까지 모험이 쫓아왔다. 딱히 싫지는 않을 텐데도 어째서인지 마음속 어수선한 부분도 있었다. 안젤린에게 톨네라라는 곳은 일종의 성역인지도 모르겠다.

"어쩔 수 없을지도 모르겠지만……."

어쨌든 아빠도 카심 아저씨도 할배도 있잖아. 분명히 괜찮을 거야. 깔끔하게 해결해서 다시 전부를 원래대로 돌려놓을 수 있어. 안젤린은 혼자 고개를 끄덕거리고 바위에서 지면으로 몸을 옮긴 뒤 그대로 하늘을 향해 드러누웠다. 지상의 어둠과 대조적으로 빈틈이 없다는 생각이 들 만큼 한가득 수놓인 만천의 별이 반짝이고 있었다.

따끔따끔한 풀과 밤이슬을 등으로 느끼면서 잠시 드러누워 있던 중 불현듯 끼익, 삐걱거리는 소리가 났다.

안젤린은 벌떡 일어나서 허리의 검에 손을 가져갔다. 날카로운 눈으로 소리가 난 방향을 노려봤더니 고목이 하나 서 있었다. 고목은 팔다리처럼 가지와 뿌리가 뻗어 나왔다.

"……나무 목인?"

목인은 가지를 삐걱거리면서 가만히 안젤린에게 다가왔다. 아마 머리에 해당하는 부분에는 색 바랜 잎사귀가 몇몇 붙어 있다. 안젤린은 온몸에 가득 차올랐던 긴장감을 빼내고 한숨 쉬었다.

"괜히 놀랐잖아……."

안젤린이 본래 자리에 다시 앉았더니 나무 목인은 옆까지 와서 나란히 섰다. 안젤린은 말없이 마을 방향을 바라보다가 분명히 눈이 없는데도 목인에게서 기묘한 시선이 느껴지는 터라 아무래도 마음이 편치 않았다. 잠시 후, 더는 견딜 수가 없었기에 휙 목인을 쳐다본다.

"……뭐야?"

대답할 리가 없다. 뻔히 알지만 물어보게 된다. 나무 목인은 묵묵할 뿐 소리가 없다.

바람이 강하게 불기 시작했다. 안젤린의 헐겁게 엮은 긴 땋은 머리가 바람을 받아 흔들거렸다. 으슬으슬 제법 추워지는 터라 두 팔을 끌어안아서 손바닥으로 문질렀다.

커다랗게 하품이 나왔다.

아침부터는 모험이다. 빨리 일어났다기에도 많이 이른 시간이었다. 슬슬 돌아가서 한잠 더 자는 것이 좋겠다.

안젤린은 일어섰다.

—도와줘.

"어?"

묘한 목소리를 들은 것 같아서 안젤린은 나무 목인을 돌아봤다. 목인은 방금 전과 다를 바 없는 모습으로 가만히 서 있었다.

"말을 했다고……?"

그럴 리 없잖아, 넘어가려던 때에 곧바로 또 목소리가 들렸다.

—다들, 괴로워해.

"괴로워한다……? 다들?"

안젤린이 말을 더 붙이려던 순간, 갑자기 나무 목인이 덜덜 떨었다. 경련하는 것 같았다. 머리의 잎사귀가 버석버석 흔들거리다가 몇 장인가 뚝 떨어져서 바닥에 흩날린다.

안젤린은 퍼뜩 정신이 들어서 마을 방향을 돌아봤다.

암흑 속에서 마치 파도처럼 무엇인가가 마을을 향해 밀려들고 있음을 포착했다.

머리가 이해하기 전에 안젤린을 언덕을 달려 내려갔다.

○

그라함은 벌떡 일어나자마자 곧장 재빨리 망토를 걸쳤다.

"미토를 부탁하네!"

한마디를 겨우 남기고 즉시 집 바깥으로 뛰쳐나갔다.

벨그리프는 뺨을 때려서 막 잠에서 깬 머리를 각성시키고 근처에 있던 미토를 가까이 끌어안았다. 카심도 깨어나서 의아해하는 표정으로 창밖을 보고, 아넷사와 밀리엄 역시 상황을 완전하게 이해하지 못한 처지에서나마 손에 무기를 들고 주위를 살펴본다.

"뭐, 뭐야? 무슨 일 있어……?"

샤를로테가 졸려서 눈을 비빈다. 벡이 램프에 불을 밝혔다.

"……뭔가가 왔다."

"칫, 사람들 편히 잠자는 중에 뭔 짓이야."

카심은 중절모자를 쓰더니 벨그리프를 돌아봤다.

"벨, 나도 갔다가 올게."

"그래."

빠른 걸음으로 나가는 카심을 배웅하면서 벨그리프는 주의 깊게 의족을 착용한 뒤 일어섰다. 허리에 검을 꽂는다. 미토가 불안해하며 벨그리프의 한쪽 팔에 달라붙었고 또 다른 손 한쪽을 샤를로테가 꼭 잡아 쥐었다.

저 멀리 소리가 났다. 땅울림 같다. 나지막한 목소리 같기도 하다. 듣다가 문득 등줄기가 오싹 떨리는 기분이다. 결코 기분이 좋은 종류는 아니었다.

집에 틀어박혀 있어야 안전할까. 그러나 자신의 직감은 집을 나가라고 소리 높인다.

벨그리프는 눈 깜빡임 한 번의 망설임을 거쳐서 아넷사와 밀리엄을 돌아봤다.

"우리도 나가도록 하자. 집에서 버틴다고 안전할 것 같진 않구나."

그렇게 말한 뒤 미토와 샤를로테의 손을 이끌어 바깥으로 나왔다.

비명과 노성이 들려오고 있었다. 멀리 불길이 피어올랐다가 사라진다. 그라함과 카심이 습격자와 싸우고 있는 것일까.

"……꽃가루의 마력이 차단되었음을 알자마자 이렇게 나오는가."

설마 이토록 행동이 빠를 줄이야. 너무 느긋하게 대비에 시간을 들였을까. 벨그리프는 혀를 찼다.

이것은 예사 마수의 짓이 아니다. 한 가지 수법이 깨졌음을 확인하는 즉각 눈 깜짝할 사이에 다음 수법을 내어놓았다. 게다가 모두가 확실하게 푹 잠들어 있을 이슥한 밤을 노렸다.

이런 상대가 적이라면 조심에 또 조심을 기울여도 지나칠 수가 없었다.

**—미이이이이이이이이이이이됴오오오오오오오오……**.

"흑."

미토가 작게 비명을 지르곤 벨그리프의 팔을 더욱더 세게 끌어안았다. 벨그리프는 눈매에 힘을 주었다.

"뭐지, 지금 소리는……."

"벨 아저씨!"

아넷사가 부르짖었다. 벨그리프는 재빨리 아이들 둘을 품에 안아서 몸을 빼냈다. 뒤쪽에서 소리도 없이 다가들었던 나무 목인의 팔이 방금 전까지 벨그리프가 있던 위치를 뚫고 지나갔다. 동시에 벼락이 떨어졌고, 목인은 까맣게 타서 바닥에 털썩 쓰러졌다. 지팡이를 들어 올린 밀리엄이 살짝 당황해서는 고양이 귀를 쫑긋쫑긋 움직였다.

"저, 저질렀다……. 나도 모르게……. 괜찮을까?"

"아냐, 이번에는 정답이었어……. 명백하게 벨 아저씨와 애들을 노렸잖아."

"목인이 왜……."

본래 인간을 적대하지 않아야 할 나무 목인의 이런 행동에 다들 고개를 갸웃거렸다. 다시 바닥에 내려선 샤를로테가 깜짝 놀라며 주위를 둘러봤다.

"안제 언니는?"

그래, 깨어났을 때부터 안 보였었다. 그라함과 동시에 뛰쳐나갔던가? 암흑 속이었던 이유도 있고 막 잠에서 깨어났던 상황인지라 머릿속 기억이 살짝 애매하다.

"……안제라면 걱정은 필요 없겠지."

지금은 먼저. 벨그리프는 중얼거린 뒤 품속의 미토를 바라봤다. 미토는 몹시 겁먹은 채 떨면서 죽기 살기로 벨그리프에게 매달려 있다.

이곳저곳에서 잎 쓸리는 소리가 강해졌다.

바람이 부는 탓일까, 무엇인가 가까이 오고 있는가. 판단은 되지 않는다만 어쨌든 간에 이곳에서 가만히 서 있은들 무슨 소용일까. 광장까지 나가면 조금 더 상황을 파악할 수 있겠지.

갑자기 모래색의 빛이 주위를 밝혔다. 벡의 입체 마법진이 엷은 빛을 발하면서 떠올라 있다. 어두워서 거의 보이지 않던 발밑이 또렷하게 보인다.

"……급하잖아. 가자고."

"하하, 고맙다, 벡."

"흥……."

발밑이 보인다면 달릴 수 있다. 일행은 달음박질로 광장을 향했다.

이곳저곳에서 비명이 들려왔다. 무슨 일이 일어났을까.

달리는 저편에서 무엇인가가 꿈틀거렸다. 모래색으로 빛나는 입체 마법진이 날아가더니 주위를 비춰준다. 나무 목인이다. 팔에 무엇인가를 껴안고 있다. 어린아이였다. 흐느끼면서 발버둥 쳐도 나무로 된 팔뚝이 단단하게 붙잡은 채 놓아주지 않는다. 곧장 마을의 바깥을 향하고 있다.

"아네!"

벨그리프가 고함을 지른 동시에 아넷사의 화살이 날아갔다. 화살은 목인에게 꽂히는 동시에 작렬하여 줄기를 꺾어 놓았다.

근처의 집 안에서 잠옷 차림의 부부가 달려 나왔다. 아이의 부모다.

"아아, 아아, 다행이야……."

어머니가 울면서 바닥에 나동그라진 아이를 끌어안았다. 아버지가 벨그리프를 발견하고 가까이 달려왔다. 눈물 흘리면서 머리를 수그렸다.

"벨! 고맙네! 고마워!"

"인사는 나중에! 서둘러 광장에 가게!"

지금 상황을 봐선 마을 곳곳이 나무 목인에게 습격을 받았을 것이다. 어두운 데다가 수가 많아서 상황을 전혀 파악할 수가 없었다.

"……그라함과 카심이 잘 돌아다녀주면 좋을 텐데."

아넷사와 밀리엄이 무기를 고쳐 쥐었다.

"저희도 마을을 둘러볼게요!"

"응! 우리끼리 뭉쳐 있어도 의미가 없는걸!"

"미안하다! 사람들에게 광장으로 오도록 말을 전해다오!"

두 사람은 고개를 끄덕이고는 어둠 속으로 달려갔다.

벨그리프는 막 구한 가족을 데리고 광장으로 향했다.

광장에는 이미 마을 사람들이 모여 있었다. 모닥불을 피워 놓았고, 여기저기에서 주신 뷔에나의 이름을 읊조린다. 촌장 호프만이 버럭 고함질렀다.

"바보 자식아, 정신 단단히 챙겨! 네 몸과 아이를 철저하게 지켜! 아트라! 여기 부상자가 있다. 약을 부탁한다!"

"촌장!"

벨그리프가 달려가자 호프만은 안심해서는 얼굴을 활짝 폈다.

"오오, 벨! 다행이다, 무사했는가!"

"도대체 무슨 일이 벌어진 건가? 상황은 어떻지?"

"나도 아직은 잘 몰라. 저 걸어 다니는 나무가 마을 이곳저곳에 나타났나 봐. 집 문을 부수고 들어와서 사람들을 다 납치하려는 것 같아."

다행히 사샤 님이 신속하게 지휘를 맡아 모두가 광장으로 모이도록 말씀을 해주셨지만, 그렇게 호프만이 말을 덧붙였다. 그런가. 이렇게 마을 사람들이 벌써 광장에 모였던 것은 사샤의 덕분인가. 벨그리프는 살짝 어깨의 힘을 빼냈다.

벡이 마법진의 숫자를 늘렸다. 여기저기의 어둠이 모래색 빛에 밀려나자 사람들은 살짝 안도하며 숨을 돌렸다. 어둠은 인간의 편을 들어주지 않는다.

땅울림 같은 나지막한 소리는 계속 이어졌다. 무엇인가의 신음 소리처럼 들리기도 했다. 나무들의 술렁거림도 기세가 더욱 불어나기만 한다. 어두워서 잘 알 수는 없지만, 주위에서 나무가 바짝 다가드는 것 같았다.

"그나저나, 결계는……."

벨그리프는 광장의 중앙을 봤다. 그라함의 성검은 여전히 땅에 꽂혀서 엷은 빛을 발하고 있다. 결계는 분명 유효하다. 나무 목인은 어떻게 침입해서 나타날 수 있었을까. 그리고 저것들은 어째서 마을 사람들을 납치하려고 드는 것일까.

그때 안젤린이 달려왔다. 마을 사람들을 가족 단위로 데리고 온다. 언덕을 달려 내려온 이후 마을을 돌아다니며 사람들을 구했나 보다.

"아빠!"

"안제! 어디 갔었니!"

"눈이 빨리 떠져서 잠깐 산책을……. 아무튼, 마을 주변에 나무가 잔뜩 몰려왔어."

"나무가……? 역시 그랬나. 마을 안까지 들어왔고?"

"움직임은 둔해졌지만 조금씩 전진하고 있어……. 마수도 섞여 있었는데 마을 안에는 못 들어오나 봐."

그러면 역시 숲의 나무들은 마수와 별개의 무엇인가다. 결계가 효과를 발휘하지 못했던 것은 아니었다. 다만 완전하게 막아 내주지는 못한다. 정말이지 만만치 않은 상대다 싶어 벨그리프는 눈살을 찌푸렸다.

점점 더 모여드는 마을 주민의 숫자가 늘어나면서 광장은 사람으로 가득 찼다. 온 마을을 달려 다니다가 왔을 아넷사와 밀리엄의 모습도 있다. 사샤와 셀렌, 젊은 모험가 3인조의 얼굴도 보였다.

주변은 불안하게 소곤거리는 목소리와 흐느낌으로 가득 차올랐고, 마을 사람들은 모두가 몸을 가까이 붙인 채 닥쳐드는 공포를 두려워하고 있었다.

그때 그라함이 나타났다.

"그라함!"

"집은 전부 돌아보았네. 모두 이곳에 와 있지 싶네만……."

"그런가……. 그나저나, 결계가."

"으음……. 이렇게까지 정체를 알 수가 없는 상대라니. 그렇지만, 묘하게."

나지막한 소리가 더욱 커다랗게 울려 퍼지고 있다. 그러나 역시 땅울림과는 달랐다. 원념으로 가득 찬 신음 소리였다. 마치 깊은 공동의 안쪽에서 메아리치듯이 모든 방향에서 울려 퍼진다. 그 안쪽에 섞여 이름을 부르는 목소리가 들려왔다.

—미이이이이이이이이이이토.오.오.오.오.오.오.오.오.……

미토는 눈을 꽉 감고는 벨그리프에게 얼굴을 파묻었다.

"무서워……. 가고 싶지 않아……."

"……괜찮단다."

살며시 벨그리프가 미토의 머리를 쓰다듬었을 때 성검의 윙윙 소리가 강해졌다.

광장으로 통하는 길에 두꺼운 나무가 모습을 드러냈다. 결계의 힘 때문에 광장까지는 들어오지 못하고, 집을 허물어뜨릴 강도의 힘도 발휘하지 못하는 것 같다. 그러나 광장에 가둬 놓으려는 듯 길을 모조리 막은 채 가지와 잎을 쓰륵거리고 있다. 결계를 밀어내려는 듯이 두꺼운 줄기를 앞으로 마구 들이민다. 그때마다 성검은 대항하여 더 강한 광채를 발했다.

안젤린이 뛰쳐나가서 검을 나무에 박아 넣는다. 다만 나무는 일순간 움직임을 멈췄을 뿐 쓰러지려는 낌새가 없다. 이런 상대는 검사와 상성이 많이 나빴다.

그라함, 말을 건네려고 눈을 돌리던 중 벨그리프는 깜짝 놀랐다. 그라함은 괴롭게 가슴을 부여잡은 채 무릎을 꿇고 있었다. 거칠게 숨을 몰아쉬면서 눈앞의 나무를 노려본다.

"……뭐냐, 네 녀석들은……."

"그라함, 무슨 일인가? 왜 이러나."

벨그리프는 그라함의 어깨에 손을 얹었다. 호흡이 거칠고 어깨가 커다랗게 들썩거리고 있다. 그토록 강인했던 그라함의 이런 모습을 본 벨그리프는 적이 마법이라도 썼는가 싶어 소름이 돋았다.

"안제! 엎드려라!"

불쑥 카심의 목소리가 들렸다. 생각 하기 전에 벨그리프는 몸부터 먼저 구부렸다. 검을 뽑아 들었던 안젤린도 재빨리 뛰어 물러나서 자세를 낮췄다.

뒤쪽 방향에서 불타오르는 화염의 창이 예리하게 날아들었다. 화염의 창은 나무에 박히는 순간, 주변을 밝게 비추면서 터져 나갔고 나무줄기에 큰 구멍을 뚫었다.

동시에 귀청을 찢는 듯한 비명이 울려 퍼졌다. 나무는 몹시 고통스러워하며 난폭하게 줄기를 흔들었고, 이윽고 털썩 쓰러져서 움직이지 않게 되었다. 다만 사람들이 환성을 내지르기보다 빨리 또 다른 나무가 제 아군을 짓밟으면서 나타나더니 또 아까처럼 결계를 밀어내기 시작했다.

카심이 벨그리프의 옆쪽에 서서 혀를 찼다.

"제기랄, 끝이 없군……. 대마법을 썼다가는 마을째 싹 날아갈 테고, 막 태웠다가는 큰 불이 날 테고……."

"카심 아저씨, 결계 강화는 안 되는 거야……?"

"이 이상은 무리구나. 애당초 이 녀석들은 움직임이 둔해질 뿐 결계가 안 먹히잖냐. 도대체 뭐야, 췟. 이딴 녀석들을 상대하기는 처음이군."

카심은 넌더리가 난다는 듯이 머리를 흔들고는, 그러나 다음 마법을 날리고자 손가락을 앞으로 내밀었다.

아무 생각도 않은 채 오로지 나무를 섬멸하겠다면 카심에게는 간단한 주문이겠지만, 상대를 해치워봐야 마을이 소멸한다면 본말 전도다.

**—미이이이이이이이토오오오오오오…….**

이름 부르는 목소리는 멎질 않는다. 나무 한 그루 한 그루가 목소리를 내지르는 것 같았다.

건물 건너편으로 높은 나무의 모습이 보였다. 광장의 주위에는 이미 나무들이 우글거리는 듯싶다. 마치 숲속에 있는 것처럼 잎 쓸리는 소리가 주변을 온통 감쌌고, 묘한 압력이 광장을 위쪽에서 짓누르는 듯 느껴졌다.

누군가가 불쑥 중얼거렸다.

"미토가…… 이 녀석들을 불러온 건가?"

즉각 광장의 시선이 일제히 미토에게 쏠렸다. 미토는 흠칫 몸을 떨면서 벨그리프의 뒤로 숨었다. 주변 사람들이 모두 술렁거린다.

"제기랄, 대체 왜 우리가 이런 횡액을……."

"집 안이 엉망진창이야……."

"저 녀석들, 미토 이름을 부르잖아? 미토를 넘겨주면……."

"이봐, 관둬."

"맞아, 미토의 잘못이 아니라고, 분명히."

"그래도 말야, 이렇게 나무가 잔뜩……."

"이래서는 밀밭이 아주 끝장났겠군……."

안젤린이 꽉 주먹 쥐었다.

"이러지 마……! 누가 잘못한 게 아니야……! 미토 때문이 아니잖아!"

마을 사람들은 고개 숙였다.

"그야 알지만 말이야."

"그래도……."

"오늘을 버텨도 수확을 못 거두면 겨울을 어떻게 넘기나……."

"쳇, 누구누구 때문이로군……."

"관두라니까! 하필 이런 때!"

"이런 때니까 하는 말이야."

"쯧, 너도 어차피 속마음으론."

"이봐, 싸움들 하지 마라! 도대체 뭔 생각이야!"

모두가 분노를 쏟아부을 곳을 찾으려 하는 분위기였다. 주민들의 입장에서는 갑자기 부조리한 폭력에 노출되어 봉변을 당한 셈이다. 공포와 분노가 한데 뒤섞여서 조금씩 냉정함을 잃어버리고 있는 것 같았다.

여기저기에서 투덜투덜 화난 목소리가 터져 나오기 시작했다. 부상을 당한 아픔에 신음하는 인물도 있다. 사샤와 셀렌, 호프만이 애써 달래봐도 진정될 낌새는 없다.

벨그리프 역시 어떻게든 장내를 진정시키려고 입을 막 열었을 때 지금껏 꽉 붙들려 있던 손에서 쓱 감촉이 사라졌다.

"……미안해요."

미토가 뚝뚝 눈물을 흘리고 있었다.

"미토."

"미안해요……. 미안해요……."

미토는 가만히 벨그리프를 올려다봤다.

"……안녕."

곧장 뻗었던 벨그리프의 손을 피해서 미토는 달려 나갔다.

"미토! 기다려라!"

지금껏 철저하게 광장과 연결된 길을 틀어막고 있었던 나무들이 순식간에 길을 열었다. 나무들이 터널처럼 구부러지고, 저편 너머에는 암흑이 펼쳐져 있다. 미토가 안쪽으로 달려 들어가더니 모습을 감췄다.

망연자실하던 안젤린과 카심이 급히 움직여서 쫓아가려던 때에 은발이 먼저 흔들렸다. 막 닫히려고 했던 나무의 터널로 아슬아슬하게 그라함이 뛰어들었다. 거의 동시에 터널은 완전히 닫혀버렸고, 마치 파도가 물러나는 것처럼 나무들은 무시무시한 기세로 후퇴했다. 더는 이곳에 볼일이 없음을 대변하는 것 같았다.

벨그리프는 달려가려다가 다리를 도로 멈췄다. 나무들이 떠나가는 속도는 인간의 달음박질을 월등하게 능가했다. 도저히 따라잡을 수 없겠다.

"……이런, 세상에."

벨그리프는 눈을 내리깔고 두 손으로 얼굴을 감싸 쥐었다.

숲은 톨네라에는 관심이 없다. 마을 사람들을 습격하고 납치하려는 듯 행동했던 까닭은 불만을 분출시켜서 미토를 고립시키는 것이 목적이었을지도 모르겠다. 속절없이 놀아난 결과, 미토는 자신에게서 숲으로 사라져버렸다.

동쪽 하늘이 밝아지기 시작했다.

○

카심이 화난 모습으로 앞마당을 왔다가 갔다가 했다.

"마음에 안 드는군. 그 녀석들, 아주 제멋대로 막말을 늘어놓던데."

벨그리프는 입을 다문 채 허리의 검을 뒤로 앞으로 점검한 뒤 도구 주머니의 내용물을 확인했다. 곧이어 머리카락을 고쳐 묶고는 망토를 걸쳐 입었다.

카심이 발부리로 바닥을 찼다.

"갈 거지? 미토랑 영감을 구하러."

"가야지."

다만 구출에 나선다면 아마도 톨네라를 떠날 각오까지 같이 다져야 할 것이다.

미토를 이곳에서 보호했을 때 줄곧 책임지겠다고 결심했다. 모종의 문제가 발생하리라는 예감도 희미하게 받아왔었다. 이런 형태로 갑작스럽게 일어날 줄은 생각하지 못했다만.

카심은 중얼중얼 마을 사람들에게 불만을 쏟아 내고 있다. 저 친구의 입장에서는 배반을 당한 기분일 테지. 하지만 벨그리프는 마을 사람들의 마음도 충분히 이해할 수 있었다. 어쨌든 본인 역시도 톨네라의 주민이었고, 실제 마을을 떠나서 보낸 시간보다도 마을에서 살았던 시간이 더욱 길잖은가.

흙을 일구고 뿌리를 내려 살아가는 것. 바라든 바라지 않든 관계없이 저러한 삶을 살아가는 인간들은 강렬한 변화에 따라가기를 어려워한다. 1년의 일이 해마다 똑같기에 어떤 의미로 저들은 거듭됨의 속에서 살고 있다. 그런 처지가 휙 뒤바뀐다는 것은 모종의 공포이다.

따라서 벨그리프는 마을 사람들을 나쁘게 말할 수 없었다. 오히려 미토가 인간이 아니었음을 알았을 때 거절하지 않고 받아들여 준 것만도 기꺼워해야겠다. 불합리하게 봉변을 당한 충격에 미처 분노를 다스리지 못한 인간을 무작정 부정한다? 벨그리프는 차마 원망할 수 없었다.

"……될 대로 되지 않겠나."

조금 버겁군. 벨그리프는 중얼거렸다. 이 나이를 먹고 고향을 등지게 될 줄이야.

막 떠오르기 시작한 아침 해가 근방을 선명하게 비추어주고 있다. 집 안에서 안젤린과 다른 아이들이 나왔다. 어째서인지 차분한 표정을 짓고 있었다.

"……출발해?"

"그래. 준비는 잘 마쳤고?"

"혹시 늦어버리면 어떡하죠."

아넷사가 불안해하는 얼굴로 중얼댔다. 밀리엄이 짐짓 명랑한 목소리로 말한다.

"괘, 괜찮다니까~ 그라함 할아버지가 곧장 쫓아갔는걸."

"그런데 할배, 검을 안 갖고 가서……."

안젤린이 말했다. 밀리엄은 말문이 막힌 채 고개 숙였다.

결국 그라함은 검을 뽑지 않았다. 덥석 뽑았다가는 결계가 해제되어 광장 안쪽까지 나무가 밀려들 것을 알았기 때문이다.

"……아무튼 광장으로 가자. 뽑을 수 있다면 그 검을 그라함에게 갖다줘야겠지."

벨그리프와 일행은 같이 광장으로 갔다.

마을에는 어젯밤 전투의 흔적이 역력하게 남아 있었다. 길은 이곳저곳 구멍이 잔뜩 뚫려서 망가졌고, 집의 처마 끝은 나무에 밀려 파손된 부분도 많다. 결계의 효과로 나무의 힘이 약화되었던 덕분일까. 무너진 집은 없는 듯하지만 그럼에도 앞마당 쪽 밭과 닭장 따위는 부서졌다.

보리밭도 서쪽은 거의 전멸, 남쪽도 일부가 엉망진창 못쓰게 됐다. 다행히 동쪽은 피해가 없다지만, 수확량이 상당히 줄어듦은 분명하겠다. 벨그리프는 암담한 심정으로 숨을 내쉬었다.

광장 한복판에는 그라함의 검이 여전히 꽂혀 있었다. 변함없이 나지막하게 윙윙 울리는 소리를 내면서 엷은 빛을 발하고 있다.

그 옆쪽에 젊은 모험가 3인조가 서 있었다. 저들은 벨그리프와 일행을 보고 가까이 달려왔다.

"벨그리프 씨! 여러분!"

"그래, 자네들도 무사했었군. 다행이야."

소라가 휙휙 팔을 흔든다.

"숲에 가시지 말임다?! 그게, 저기, 미력이나마 꼭 도움을 보태고 싶습다!"

"부탁드립니다! 저희들, 도저히 가만있을 수가 없어서……."

떠들어 대는 소라와 제이크를 바라보면서 카인이 난처하다는 듯이 웃고는 머리 숙였다.

"……방해가 되지 않도록 전력하겠습니다. 아무쪼록."

카심이 어이없어하며 머리를 긁적였다.

"있잖아, 분명히 말해 두겠는데 우리도 미처 다 막아 내지 못한 녀석의 앞마당으로 뛰어드는 거다? 까딱 잘못되면 죽어 나갈지도 모른다니까?"

세 사람은 말이 막혔다. 그때 또 다른 인영이 나타났다.

"제가 서포트하겠습니다!"

사샤였다. 허리에 검을 찼고, 장비를 완전하게 갖췄다. 안젤린이 어라라, 놀란 표정을 짓는다.

"사샤……. 위험하거든?"

"당연합니다. 위험에 뛰어드는 게 바로 모험가의 역할 아니겠습니까! 게다가 돌격 지원이 분명 필요할 겁니다."

사샤는 그렇게 말한 뒤 모험가 3인조를 돌아봤다.

"저와 이쪽의 셋이 잔챙이를 처리하겠습니다. 여러분이 힘을 온존하시지 못한다면 여차할 때 곤란하지 않겠습니까? 이래 보여도 AAA랭크입니다. 거추장스럽게 굴진 않겠습니다."

"얼씨구……."

카심이 벨그리프를 쳐다봤다.

"어떡할래? 말해서 들을 녀석들이 아닌데."

"……조건을 달겠습니다. 자기 안전을 가장 우선해서 행동할 것. 결코 무리를 마시고 제 지시에 따라주실 것. 이것들을 제대로 지켜주신다면."

벨그리프는 머리 숙였다.

"기꺼이 힘을 빌리고 싶습니다."

사샤와 젊은 모험가들은 허둥지둥 벨그리프에게 다가들었다.

"스, 스승님!"

"이런, 이러지 마세요! 왜 갑자기 머리를 숙이십니까!"

"맞습다! 저희가 고집을 부린 탓입다!"

그때였다, 뭔가 떠들썩한 목소리가 가까워졌다.

"아! 벨 아저씨다, 다들 왔어!"

"여기에 있었구나!"

돌아봤더니 작은 아이들이 모여 있었다. 온 마을의 아이가 다 모이지 않았나 여겨지는 많은 인원이다. 벨그리프와 일행은 당황했다. 아이들은 저마다 손에 목검이며 나무 막대기 따위를 들고 흥분한 모습으로 휘둘러 댔다.

"미토를 구해주러 갈 거지!"

"그라함 할아버지도!"

"우리도 갈 거야!"

"잠깐, 잠깐만! 너희는 도저히 데려갈 수가 없어!"

벨그리프가 당황해서 고개를 옆으로 흔들어도 아이들은 시끌시끌 불만스럽게 떠들었다.

"미토는 친구잖아!"

"난 할아버지가 좋아!"

"미토, 울었어……."

"또 같이 놀고 싶어!"

벨그리프는 난처해하며 머리를 긁적였다.

"……다들 고맙다. 마음은 무척 기쁘구나."

"그럼?"

"아니, 안 된다. 정말로 위험해서야. 우리도 너희를 지켜줄 자신이 없구나."

"우리는 안 되겠어? 벨 아저씨."

또 다른 목소리가 들린다. 놀라서 돌아봤더니 마을 젊은이들이 나타났다. 벨그리프와 일행에게 검법이며 마법을 배워왔던 젊은이들이다. 번스가 걸어 나와서 쓴웃음을 짓고는 활을 고쳐 메었다.

"벨 아저씨네 집 사람들한테 전부 떠넘길 순 없지."

"미토를 구해줄 거죠? 나도."

리타가 흐흥, 가슴을 쭉 폈다. 물론 따라간다, 뒤쪽의 젊은이들도 무기를 휘두르며 소리 높였다.

난처하군. 벨그리프는 뭐라 표현할 수 없는 심정으로 눈을 내리깔고는 턱수염을 쓸어 만졌다. 또 발소리가 잔뜩 들렸다. 짤랑짤랑 금속 맞닿는 소리도 났다.

"벨."

"케리? 자네들, 대체 왜……."

케리와 호프만을 비롯한 마을 어른들이 잔뜩 몰려왔다. 어젯밤 막말을 늘어놓았던 인물들의 얼굴까지 보인다. 다들 벌목도를 허리에 차거나 가래 및 괭이, 손도끼 따위를 가지고 있다.

"우리도 꼭 돕고 싶네."

"저기, 아까는 미안했어. 불쑥 머리에 피가 솟구쳐서……."

"미토 한 명을 쫓아내서 해결하기에는 너무 찝찝하잖나."

"그 아이는 착한 아이야. 절대로 나쁜 아이가 아니라고."

"밭은 다시 일구면 그만 아닌가, 미토는 단 하나뿐이잖아……."

"자네를 따돌렸을 때와 똑같은 잘못을 저지를 뻔했어."

"부탁하네, 벨. 미토와 그라함 씨를 구하러 가세."

카심이 중절모자를 눈까지 기울이더니 껄껄 웃으며 하늘을 우러렀다.

"웬 바보가 이렇게 많아……."

"아빠!"

안젤린이 기뻐하며 벨그리프의 팔을 잡았다. 벨그리프는 잠시 눈을 내리뜬 채 말없이 가만있다가 곧 고개를 옆쪽으로 흔들거렸다.

"안 되네."

"베, 벨……."

벨그리프는 눈을 뜨고는 힘주어 마을 사람들을 쳐다봤다.

"고맙네. 진심으로 감사하고 있어……. 다만 이번만큼은 정말로 위험하군. 나는 물론이고 안젤린과 카심마저도 무사히 돌아오겠다고 장담을 못 하네. 모두를 더 이상 위험한 처지에 몰아넣을 순 없어."

마을 사람들은 고개 숙였다.

"그래도, 이래 갖고는……. 또 자네들에게 의지만 하고."

"아니, 자네들밖에 못 해주는 일이 있잖나."

벨그리프는 미소 지었다.

"미토가 돌아왔을 때……. 어서 오라고, 잘 돌아왔다고 웃는 얼굴로 맞이해주겠나?"

"벨……."

마을 사람들은 울먹이는 표정을 지었다.

"……알았어! 그래, 미토와 그라함 씨를 부탁하겠네!"

케리가 웃고 벨그리프의 등을 두드렸다. 마을 사람들도 고개를 끄덕이고는 소리 높인다.

안젤린이 뺨을 발갛게 물들인 채 팔을 치켜들었다.

"잔치 준비하고 기다려줘!"

"아무렴!"

"맡겨달라고!"

광장은 단숨에 떠들썩해졌다.

이곳에서 더 살아갈 수 있겠구나. 벨그리프는 무척이나 기쁜 마음이었다.

태양은 더욱 높아졌고 따뜻한 바람이 동쪽에서 불어오기 시작했다.

모험을 나서기에 좋은 날씨다.

# 81 마치 나무로 만들어진 고치 같다고

마치 나무로 만들어진 고치 같다고 그라함은 살짝 멍멍한 의식 속에서 생각했다.

가는 가지가 종횡으로 뒤얽히면서 완만하게 세로로 긴 구체를 형성하고 있다. 가지의 틈새는 팔 하나도 못 들어갈 만큼 빽빽하지만, 건너편이 희미하게 내다보이는 정도로는 트여 있었다. 그러나 정작 건너편에는 칠흑의 암흑이 펼쳐져 있었다.

품속에서 미토가 걱정하는 표정을 지으며 그라함을 올려다본다.

나무 터널에 뛰어들어서 미토를 쫓다가 겨우 붙잡자마자 의식이 날아갔다. 그리고 정신을 차렸을 때는 이렇듯 고치 안쪽에 갇혀 있었다.

미토를 붙잡은 데까지는 괜찮았다만, 그라함은 탄식한 뒤 미토를 쓰다듬어줬다. 미토는 품속에서 굼실굼실 몸을 움직거리다가 똑똑 눈물을 쏟았다.

"할부지, 미안해요……. 내가, 민폐만 잔뜩……."

"울지 말거라. 네 잘못이 아니란다."

그라함은 상냥하게, 다만 의연한 말투로 위로했다. 미토는 손등으로 눈물을 훔친 뒤 얼굴을 그라함의 가슴에 파묻었다.

그라함은 다시금 주변을 쭉 둘러봤다. 은근스레 녹색을 띤 인광(燐光)처럼 신비한 빛이 가득 차 있었다. 그 때문일까. 주위의 풍경이 환상과 같이 느껴지는지라 좀처럼 머릿속이 뚜렷해지지를 않았다. 얇은 천을 한 장 사이에 가려 놓은 기분이다.

그때 불현듯 사람의 형태를 지닌 무엇인가가 허공에 떠올랐다. 처음에는 흐릿흐릿한 안개와 같은 형상이었는데 점점 윤곽이 명료해졌다. 반투명의 여성 엘프가 떠올라 있다. 아름다운 용모에는 주름 하나도 없었고, 매끄러운 은발이 마치 물속에 잠긴 듯 흔들흔들 일렁거리고 있었다.

엘프는 입을 열었다. 다만 정작 목소리는 입에서 나왔다기보다는 머릿속에 직접 울리는 듯한 느낌이었다.

『자손이여……. 아무쪼록, 아무쪼록 용서해주십시오.』

"그대는……."

『우리는 일찍이 서쪽 숲에서 남하했던 일족……. 숲의 악의에 휩쓸려서 지금도 혼을 붙잡힌 채 벗어나지 못했습니다…….』

"……우리 조상의 방계에 속한 인물이었던가."

그라함은 눈을 내리깔았다.

서쪽 숲의 전승에 나오는 이야기는 그라함도 들은 적 있었다. 혁신적인 사상을 가진 일족이 새로운 땅을 찾아서 서쪽 숲을 떠나갔던 사건은 아마 증조부의 시대 때 일어났다고 들었다. 수백 년은 옛날의 일이다.

반투명한 엘프의 모습은 점점 더 노인으로 변화했다.

『참으로 얄궂습니다. 숲에서 살아가는 우리가 숲에 의하여 멸망당할 줄이야…….』

"……그대들은 무엇을 원하는가? 어째서 미토를 노렸는가."

『숲의 어두운 그림자는 스스로의 증오와 힘을 유지하기 위하여 마력― 을―.』

츠츳, 엘프의 형체가 흔들렸다. 그라함의 얼굴이 고통으로 일그러진다. 아주 잠깐이 지난 후, 반투명한 엘프의 모습은 원래대로 돌아왔다. 다만 이번에는 젊은 남자가 되어 있었다.

『……괜찮습니까?』

"……내가 느꼈던 묘한 아픔은 그대들의 고통이었던가."

『맞습니다……. 우리 씨족의 혼은 아직껏 숲의 악의에 붙들린 채 마력을 줄곧 흡수당하고 있습니다. 오랜 세월에 걸쳐서 모진 고문을 받았던 끝에 숲이 품은 광기에 잡아먹혀버린 동포도……. 그 고통이 같은 엘프인 그대의 혼과 감응했을 테지요.』

"그래서인가. 그래서 대체를 위해 미토를 원했던가……!"

그라함의 목소리가 살짝 거칠어졌다. 엘프는 서글피 눈을 내리깔았다.

『바로 맞았습니다……. 그 작은 마력의 덩어리는 숲에 있어서 몹시 훌륭한 성찬이지요……. 그 작은 존재를 거두어들일 수 있다면 우리의 혼도 마, 마침내 해, 해방―.』

엘프의 단정했던 얼굴이 갑자기 추악하게 비뚤어졌다.

고치를 형성하고 있던 가지 하나가 날카롭게 뻗어 나오는가 싶더니 그라함이 안은 미토를 향해 창처럼 찔러 들어왔다. 그라함은 즉각 미토를 지키면서 몸을 돌렸다. 가지는 미토를 스친 뒤 그라함의 옆구리를 찔러서 꿰뚫었다.

"크?!"

"할부지!"

『아아— 안 돼……. 또, 광기가, 우리를 뒤덮, 뒤덮는다—. 앞에, 앞으로, 도망, 도망치, 치게—.』

—괴로워.

고치가 마치 태동하는 것처럼 벌컥 흔들렸다. 엘프의 형체가 비뚤어져서 녹아내리듯 사라졌다. 그라함은 이를 악문 채 옆구리에 꽂힌 가지를 뼈가 삐걱거리도록 굳세게 잡아 쥐었다.

희미하게 남은 엘프들의 온전한 정신과 해방을 요구하는 광기가 나뭇가지를 통해 그라함에게 전달된다. 광기는 숲의 악의와 공명하여 더욱 기세를 불려 나갔다.

저들을 풀어주는 데 성공한다면, 어쩌면.

"재미있군……."

울며 매달리는 미토의 머리에 손을 얹어주면서 그라함은 입가를 끌어 올렸다. 절망적인 상황인데도 웃음이 배어나는 까닭은 무엇인가.

역경이 대체 몇 년 만인가, 문득 생각이 든다. 『팔라딘』이라는 칭호로 불리게 된 이후, 자신에게 대적하는 상대가 없어진 지 오래다.

무모한 젊은 모험가였던 시절이 신기하게도 쭉 떠오르는 기분이었다. 긴 세월 동안에 배어들었던 모험가의 본능이 이런 위기에서도, 아니, 오히려 위기이기에 더더욱 피를 들끓게 한다. 이런 주제에 뻔뻔하게도 질손에게 설교를 늘어놓았단 말인가. 불쑥 솟아난 웃음은 자조적인 심정과 맞물려서 더욱 커졌다.

미토가 울음을 멈추고 당황한 표정으로 그라함을 올려다본다.

옆구리에 꽂힌 나뭇가지를 우격다짐으로 잡아 뽑고 그라함은 커다랗게 숨을 들이마셨다.

"……이 목숨, 썩 싼값은 아닐 것이다……!"

한 걸음 내디디면서 나무 고치를 만들고 있는 가지를 강제로 잡아 찢었다. 나뭇가지가 뚝 부러지자 고치는 소리 없는 비명을 질러 대면서 괴롭게 몸을 비틀었다. 그러나 그라함은 가차 없이 차례차례 가지를 부러뜨려서 결국 고치에 구멍을 뚫어 냈다.

건너편에는 칠흑의 어둠이 펼쳐져 있다.

그라함은 미토를 안은 채 망설임 없이 고치의 바깥으로 뛰쳐나갔다.

○

"우으어어어어어!"

얼굴을 새빨갛게 붉힌 제이크가 광장에 꽂힌 그라함의 검을 잡아당겼다. 그러나 검은 꿈쩍도 않고 여전히 바닥에 꽂혀 있었다.

카인이 혀를 내두르며 말했다.

"제이크, 무리입니다."

"그래도 말야, 이 녀석을 뽑아다가 그라함 씨한테 갖다줘야지……."

다시 제이크가 잡아당기려 하던 때 검이 윙윙 소리를 내며 빛났다. 그 순간 제이크는 홱 나가떨어져서 바닥을 굴렀다.

"아야얏!"

"뭐, 뭐, 뭐임까?! 뭐임까?!"

소라가 눈을 희번덕거렸다. 검은 윙윙거리며 칼몸의 빛을 명멸시켰다. 안젤린이 눈을 가늘게 뜬다.

"……화내는 거야. 함부로 만지지 말래."

"그러고 보니 이 검은 살아 있다고 말씀하셨죠. 으음, 과연 『팔라딘』의 검……."

사샤는 감탄하면서 팔짱을 꼈다.

"그런데 이거 뽑아버려도 되는 거야? 결계가 이 검을 매개로 강화됐다면서? 나무가 또 습격하지는 않을까?"

번스가 우려의 말을 꺼냈다.

"아마도 별문제는 없을 거야. 숲은 이미 톨네라에는 관심이 없는 것 같고, 게다가 벨 아저씨가 어른들이랑 마을의 방어 대책을 상의하고 있고."

대답하면서 아넷사가 손가락으로 가리켰다. 그 손가락의 끝에 조금 떨어져 있는 곳에서 벨그리프와 카심, 아울러 케리 및 호프만을 비롯한 마을 어른들을 중심으로 일행의 부재중 마을의 방어 대책을 검토하는 와중이었다. 싸우는 법을 배운 젊은이들을 중심으로 번갈아 경계를 서고, 마수가 나왔을 때는 수비에 중점을 둬서 격퇴하자는 방침인가 보다.

어젯밤처럼 거세게 쳐들어온다면 어쩔 방도가 없겠지만, 상대는 미토를 수중에 확보한다는 목적을 달성했다. 이제 와서 톨네라를 위협하지는 않을 것이다. 방어 대책은 어디까지나 보험이다.

번스는 살짝 넋 빠진 표정으로 머리를 긁적거렸다.

"그런가. 그렇구나. 이야, 아네는 역시, 억?"

번스는 펄쩍 뛰었다. 뺨을 볼록거리면서 리타가 번스의 허리를 꼬집었나 보다.

"바람, 안 돼."

"아, 아니라니까!"

"아니긴, 막 히죽거리던데."

안젤린이 핀잔을 준다.

"헤롱헤롱이었다냥~."

밀리엄이 히히 웃었다.

"이, 이 녀석들!"

번스는 벌개져서 분개했다. 벡이 어이없어하며 머리를 흔들었다.

"뭐하는 짓이냐, 바보들아……."

그때 상의를 다 마쳤는지 벨그리프와 카심이 돌아왔다.

"이것저것 결론이 났다. 이제 마음 편하게 숲에 들어갈 수 있겠구나."

"뭐야, 검이 안 뽑혔잖아. 다 같이 모여서 뭣들 한 거냐, 너희들."

카심이 쓱 말하고는 수염을 쓰다듬었다. 안젤린은 입을 삐죽거렸다.

"어떡해, 검이 손대지 말라고 화를 내는데……."

"으음?"

벨그리프는 의아한 표정을 짓고 검을 바라봤다. 검은 작게 윙윙 소리와 함께 명멸을 반복하고 있다.

살아 있는 검. 인간과 같은 의미에서 살아 있는 것인가? 정확히 알 수는 없다지만, 어쨌든 간에 모종의 의사를 가지고 있음은 분명하다.

그렇다 쳐도 장신의 그라함과 길이가 거의 비슷한지라 상당히 무거워 보인다. 그라함은 어렵지 않게 휘둘렀었는데 과연 뽑아낸들 제대로 들고 운반할 수는 있을까? 하지만 조금 무겁다는 이유로 이곳에 방치한 채 출발하면 아무 소용이 없다.

벨그리프는 안젤린을 돌아봤다.

"이 검은 살아 있으니까 무작정 완력으로 뽑으려 들지 말고 성심껏 부탁을 해보는 게 어떻겠니?"

"부탁……?"

"그래. 안제도 이유조차 말을 안 하고 억지로 데려가려고 들면 싫겠지?"

안젤린은 끄덕 고개를 움직이고는 검 앞에 다가섰다. 살짝 자루에 손을 가져간다. 검은 윙윙 소리를 냈다.

"화내지 마……. 너를 할배가 있는 곳으로 데려다주고 싶을 뿐이야……."

자루에 손가락을 둘러서 잡아 쥔다. 자루에 감긴 천 너머로 신비로운 온기가 느껴졌다.

"할배가 있는 곳으로 갈 때까지……. 잠깐만 힘을 빌려줘."

검이 윙윙 소리를 낮춘다. 빛도 살짝 엷게 가라앉았다. 허락의 뜻이려나, 안젤린은 팔에 힘을 넣어서 슬쩍 뽑아봤다. 방금 전까지 완강했던 저항이 거짓말처럼 검은 쏙 뽑혔다. 안젤린은 얼결에 비틀거리다가 허둥지둥 균형을 잡았다.

"역시 무겁니?"

벨그리프의 물음에 안젤린은 고개를 옆으로 흔들었다.

"반대……. 엄청 가벼워."

무거울 테니까 잔뜩 별렀는데 예상 밖에 가벼웠던지라 오히려 균형이 무너져버렸다.

안젤린은 검을 두 손으로 쥐고 휘둘러봤다. 붕, 바람을 가르면서 검이 윙윙 소리를 낸다.

자칫 몸이 딸려서 휘둘릴 만큼 분방하게 검은 바람을 가르는데도 멈추고자 했던 지점에서 뚝 멈춘다. 대검은 아예 사용한 경험이 없는데도 이 검은 평범한 다른 검과 똑같이 여유롭게 다룰 수 있었다.

안젤린은 넋을 놓은 표정으로 검을 쳐다봤다. 칼날 부분에 얼굴이 살짝 비쳤다.

"……엄청난 미인."

"뭐래니? 자화자찬?"

밀리엄이 말했다.

"아냐, 이 검……. 얘는 여자아이야. 게다가 엄청난 미인. 도도한 새침데기라는 느낌……."

"검에 남자나 여자가 있는 거야?"

아넷사가 물었다. 안젤린은 고개를 끄덕거린다.

"다른 검은 모르겠는데 얘는 여자아이야. 어쩔 수 없으니까 힘을 빌려주겠대. 할배를 많이 좋아하나 봐……."

그렇게 말했을 때 갑자기 검이 확 무거워졌다. 안젤린은 허둥지둥 다리에 힘줘 버텼다. 도신의 빛이 살짝 붉게 물들어서 명멸한다. 안젤린은 킥 웃었다.

"후후……. 쑥스러워서 화냈어."

"뭔가 묘하게 감정이 풍부하구나……."

벨그리프는 쓴웃음 짓고 턱수염을 쓸어 만졌다. 그라함이 가지고 있을 때는 무척 조용했었는데 웬일일까. 안젤린은 달래주듯 검날을 쓰다듬고 웃었다.

"아마 할배 앞에서는 점잔을 뺐나 봐……."

"흐음, 뭔가 막 갑자기 귀엽게 보이는걸~."

밀리엄이 깔깔 웃었다. 검은 항의하듯 윙윙거리더니 번쩍번쩍 빛났다.

자, 검도 뽑았다. 더 이상 이곳에서 빈둥빈둥 시간을 낭비해서는 안 된다. 벨그리프는 표정을 다잡았다.

"좋아, 가볼까. 안제, 그 검은 네가 들고 다니려무나. 아마 네가 가장 잘 다룰 수 있을 테니까."

"응!"

안젤린은 기뻐하며 검을 어깨에 메고 고개를 끄덕거렸다.

숲에 가는 인원은 벨그리프와 안젤린, 카심, 아넷사, 밀리엄, 벡. 아울러 사샤와 제이크, 소라, 카인까지 젊은 모험가 3인조다. 도합 열 명의 대형 파티다.

샤를로테는 셀렌과 함께 마을에 남는다. 톨네라의 수비는 번스와 리타를 비롯한 젊은이들이 중심이 되어 수행한다.

마을의 입구까지 다들 배웅하러 나왔다.

"여러분. 조심, 또 조심하세요……. 작은언니, 무리는 하지 말아주시고요."

"걱정하지 마라, 셀렌! 안제 님도 카심 님도 계신다. 게다가 다름 아닌 스승님께서 함께 가시니까!"

사샤는 당당하게 말한 뒤 가슴을 쭉 폈다. 안젤린과 다른 일행은 쿡쿡 웃었다.

샤를로테가 걱정하며 가슴 앞으로 손을 쥐었다.

"다들 조심해야 돼……. 꼭 무사히 돌아와야 해."

벨그리프는 미소 짓고는 샤를로테의 머리를 톡톡 쓰다듬었다.

"마을을 부탁하마."

숲 방향을 본다. 평소와 아무것도 다르지 않은 듯 보였다. 이제 곧 목숨을 걸고 탐색을 시작해야 할 텐데도 몹시 따뜻한 햇빛이 내리쬐는지라 살짝 괴리감이 느껴졌다.

마을을 나온 뒤 황폐해진 보리밭을 지나서 숲 부근까지 왔다. 딱히 특별한 낌새는 감지할 수 없었다.

카심이 눈에 힘주고 숲 안쪽을 노려봤다.

"얼른 도망쳤네. 이 부근의 숲은 예전처럼 멀쩡한 숲이야. 마을을 습격했던 일당은 더 안쪽일 테지, 이래서야."

"……도대체 그 나무들은 어디에서 왔을까."

벨그리프는 혼잣말하며 셀렌이 들려줬던 오래된 숲의 그림자 이야기를 떠올렸다. 그 나무들은 미토의 마력에 이끌려서 남서쪽의 땅에서 산맥을 넘어 건너왔을까? 그렇다면 무시무시한 일이다. 오래된 숲까지 도망쳐서 돌아갔다면 이미 손쓸 도리가 없다.

"서두르지."

일행은 걸음을 빨리하여 숲속에 진입했다.

어제 마을에 나타났던 나무들은 비틀린 고목이 많았다. 수상성의 이끼류에 뒤덮인 채 그럴듯한 풍격을 자랑하는 개체도 있었기에 특징만 봐도 이곳 근방의 나무가 아니라는 사실이 드러난다. 지금 걸어가는 주변에 있는 나무는 아직껏 한참 어려서 키도 작고 파릇파릇한 종류뿐이었다. 마을이 가까워서 사람들이 자주 드나드는 까닭일 테지.

신기하게도 그토록 많은 나무가 움직여서 지나갔는데도 숲속의 흙이 파헤쳐지거나 뒤집어진 흔적도 없고, 다른 나무가 꺾여 쓰러진 흔적도 없다. 숲끼리 뭔가 공명해서 서로가 양보를 한 부분이 있었을까, 벨그리프는 문득 생각을 했다.

흔적이 희미하기에 도저히 가늠을 하기가 힘들 텐데도 선두에서 가는 안젤린은 망설임 없는 발걸음으로 척척 나아갔다. 되레 불안해질 정도다.

“이거 맞는 방향으로 가는 겁니까?”

모두를 대변해서 제이크가 불안하게 목소리를 냈다. 안젤린은 걸음을 멈추지 않고 대답했다.

“아마 괜찮아…….”

“직감입니까?”

사샤가 되물었다. 안젤린은 고개를 흔들거리더니 어깨에 멘 성검을 가볍게 들어 올렸다.

“……이 아이가.”

검은 옅게 빛났다. 아무래도 오랜 세월간 줄곧 마력을 받아들였던 까닭일까, 검과 그라함이 연결되는 무엇인가가 있는 것 같았다. 그 감응은 멀리 떨어져 있어도 사라지지 않는다는 말이고. 안젤린은 검이 인도하는 대로 다리를 움직였던 셈이다.

그렇다면 불안하게 여길 이유가 없다. 그라함과 성검의 유대는 깊다. 방향이 잘못되지는 않을 것이다.

그렇다 쳐도 제아무리 살아 있는 검이라지만, 이렇게까지 검과의 유대를 깊이 유지할 수 있다는 게 정말 굉장하다. 벨그리프를 비롯하셔 사샤와 제이크, 소라까지 검사들은 무심코 탄성을 흘려

보냈다.

그동안에도 걸음은 멈추지 않는다. 안쪽을 향해 걸어감에 따라서 점점 더 주위가 울창해지고 키가 큰 나무가 늘어났다.

희미하게 빈틈으로 들여다보이는 하늘은 푸르렀다. 다만 따뜻한 햇빛이 내리쬐는데도 불구하고 머리 위 나뭇가지와 잎사귀에 차단되어 발밑까지는 드문드문 도달하는 터라 어둑어둑하다. 그 때문인지 풀을 별로 자라나지 못했다. 대신 겨울간 쌓인 낙엽이 겹겹이 포개져서 부드럽게 발을 받아줬다.

일행은 누가 말하지 않아도 주변을 신중하게 경계하기 시작했다. 무엇인가가 확실하게 이쪽 상황을 살피고 있었다. 카인이 슬쩍 옆쪽의 카심에게 소곤거렸다.

"마수, 일까요?"

"글쎄다, 뭘까. 어젯밤 나무가 약삭빠르게 주위에 숨어 있다거나?"

젊은 모험가들은 흠칫 놀라며 허둥지둥 주위를 두리번두리번 살펴본다. 카심은 껄껄 웃었다.

"헤헤헷, 농담이야, 농담. 만약에 나타나면 곧장 감지할 수 있거든."

"아니, 아주 농담으로 치부할 순 없겠군."

벨그리프가 나지막이 말한 뒤 나무 사이를 노려봤다. 일행도 같은 방향으로 시선을 돌렸다가 숨을 멈췄다. 나무 목인이 천천히 다가오고 있었다. 사샤가 검을 뽑았다.

"싸웁니까?"

"아니……."

적의는 느껴지지 않았다. 벨그리프는 방심하지 않고 칼자루에 손을 얹으면서도 목인이 가까이 다가오기를 기다렸다. 나무 목인은 잎사귀 및 가지를 흔들어서 사락사락 소리를 내며 다가오다가 불과 몇 걸음 떨어진 위치에서 멈춰 섰다. 안젤린이 대검을 고쳐 메고는 한 발자국 앞에 나섰다.

"……너는 어느 쪽이야?"

"어느 쪽? 안제, 너 무슨 소리를 하는 거야?"

아넷사가 의아해하는 표정을 짓고 고개를 갸웃거렸다. 안젤린은 목인에게서 눈을 떼지 않은 채 답했다.

"도움을 요청하러 온 목인도 있었거든……."

"그랬어? 목인을 조종하는 녀석이 있다는 뜻?"

밀리엄이 되묻는다.

"잘은 모르겠지만……."

전부가 적은 아니라는 게 맞을 거야. 안젤린은 나무 목인을 주시했다. 목인은 아무것도 말하지 않고 가만있다가 불현듯 살짝 좌우로 흔들거렸다. 머리의 잎이 바삭바삭 소리를 낸다.

—도와줘.

"뭐, 뭐임까, 지금 소리는……."

"이 녀석이 말한 건가?"

소라와 제이크가 눈을 희번덕거렸다. 나무 목인은 몸을 흔들었다.

—모두를, 해방시켜줘.

"해방……? 어떻게 하면 돼? 모두라는 게 누군데……?"

그때 벨그리프가 재빨리 몸을 날려서 배후를 지키려는 듯이 일행의 뒤로 돌아갔다. 곧이어 검을 뽑아 들면서 고함친다.

"준비해라! 온다!"

눈 깜짝할 틈에 주위에 적의가 가득 찼다. 나무들 사이에서 그레이 하운드, 놈의 상위종인 헬 하운드가 무리를 지어 뛰쳐나온다. 하지만 늑대들은 일행에게 접근하기 전 무엇인가에 부딪쳐 튕겨 나갔다. 벡의 눈에 보이지 않는 입체 마법진이었다. 이 기습에는 늑대들도 거품을 물고 기세가 꺾였다.

그곳으로 사샤가 질풍처럼 쳐들어갔다. 마치 채찍처럼 탄력 있게 휘둘러지는 검날이 눈 깜짝할 새에 늑대들의 목을 베어서 떨군다.

"오오, 제법인데."

카심이 웃음 짓고는 손가락을 빙글빙글 돌렸다. 마력이 소용돌이치면서 옷자락과 나뭇잎을 흔들었다. 공중에서 마탄이 다수 생성되더니 정확한 겨냥으로 차례차례 늑대를 쏘아 꿰뚫는다.

"헤헤헷, 더 강한 녀석들 데려와라."

"이보게, 카심. 벌써 힘쓰지 말게. 앞으로도 아직 정체를 모를 녀석이 기다리고 있잖나."

"이런 녀석들 준비 운동도 안 되거든?"

카심은 천연덕스러운 얼굴로 늑대를 차례차례 해치웠다. 몇몇 빠뜨렸던 늑대는 밀리엄의 마법과 아넷사의 화살에 별 위험도 없이 정리됐다.

S랭크 두 사람에 AAA랭크 세 사람, 도시부 길드의 고난이도 의뢰가 아닌 한 좀처럼 목격하기 힘든 포진이었다. 그레이 하운드며 헬 하운드 따위는 상대도 되지 않는다. 머지않아서 늑대 마수는 한 마리도 남김없이 주검 신세가 됐다.

앞으로 나설 시기를 가늠하던 중 전투가 끝나버렸기에 소라가 뭔가 떨떠름한 표정으로 검을 검집에 회수했다.

"여러분 모두 강하십다……. 저희는 나설 차례가 없습다……."

"굳이 움직일 필요가 없다면 가만있어도 괜찮아……."

그러자 마찬가지로 카심과 다른 동료에게 맡긴 채 별달리 움직임이 없었던 안젤린이 말했다. 벨그리프를 돌아보며 묻는다.

"맞지? 아빠."

"그래. 이렇게 다 끝나지는 않을 테니까……."

아니나 다를까, 맞는 말이었다. 일행이 어깨에서 힘을 빼낼 틈조차 없이 숲 안쪽이 술렁거리더니 비틀린 거목이 한 그루, 말라비틀어진 가지와 잎을 흔들거리며 나타났다. 정체를 알 수 없는 커다란 벌레가 두꺼운 줄기를 오르락내리락한다.

밀리엄이 털을 곤두세우듯 어깨를 떨면서 지팡이를 들어 올렸다.

"징그러웟!"

"으으, 생리적으로 버겁습다……."

"……다리 움직임이 섬뜩하군요."

소라와 카인도 질색하면서 얼굴을 찌푸렸다.

납작한 몸에 다리가 여섯, 극채색을 띤 기묘한 문양의 껍질. 벌레의 외양은 빈말로도 괜찮다는 말을 못 해주겠다. 저런 생물을 꺼리는 인원들은 살짝 주춤거리는 모습이다. 그분 아니라 나무의 빈 구멍에서 보랏빛 몸 색깔의 거대한 지네까지 기어 나왔다. 수많은 다리가 꿈실꿈실 준동하는 모습은 가만 보기만 해도 등줄기가 후들거리는 느낌이었다.

카심이 질색이라는 표정을 짓고 손가락을 앞으로 내밀었다.

"별로 괜찮은 광경은 아니네. 후딱 쳐부수고 앞지르자."

"잠깐 괜찮아……?"

안젤린은 쓱 앞으로 걸음을 내디뎠다. 어깨에 짊어지고 있던 그라함의 대검이 빛난다. 시골에서 자란 자연의 아이는 벌레 따위가 불러일으키는 혐오감은 없는 듯싶다.

"준비 운동, 시켜줘."

고개를 끄덕이는 카심을 보고 안젤린은 대검을 치켜들었다. 검은 윙윙 소리를 내며 광채를 발했고, 흘러넘치는 마력이 소용돌이치면서 안젤린의 흑발을 흔들었다.

큰 나무에 달라붙은 벌레들이 펄쩍 뛰어올라서 일제히 지면에 내려서더니 한꺼번에 밀려들었다. 안젤린은 꾹 걸음을 내디뎠다.

"흐읍—!!"

그리고 숨을 내뱉으며 검을 내리 휘두른다.

순간, 무시무시한 충격과 마력의 분류가 칼날에서 분출되더니 지면을 파헤치고, 주위 나무며 바위를 베어 가르고, 달려드는 벌레들까지 한꺼번에 산산조각 부숴버렸다. 껍질 조각과 체액이 마구 흩날렸지만, 모두다 돌풍 같은 마력에 날아가서 사라졌다. 벌레를 데리고 왔던 비틀린 거목도 줄기와 가지가 너덜너덜 찢겨 나가서 당장에 쓰러질 듯이 흔들거리고 있다.

검을 내리 휘둘렀던 안젤린이 어리둥절할 만큼 파격적인 위력이었다. 검은 윙윙 울리면서 엷게 빛나고 있다. 마치 「어때?」라며 뽐내는 것 같았다.

"……이거 반칙이야. 역시. 할배는 도저히 못 당하겠네……."

그라함 본인의 실력에 더하여 이 성검까지. 아무도 당할 도리가 없다. 안젤린은 살짝 전율하면서 칼자루를 고쳐 잡았다.

뒤쪽에서 지켜보던 일행도 입을 떡 벌리고 우두커니 서 있었다.

"괴, 굉장함다……."

"뭔가 점점 더 우리는 나설 기회가 없어지네……."

"으음, 『팔라딘』의 검을 『흑발의 여검사』가 휘두르는 광경을 보게 될 줄이야."

사샤는 감동에 찬 표정이다.

과거에 숲의 이변 때, 그라함이 이형의 마수를 일격으로 날려버렸던 광경을 떠올리고 벨그리프는 슬쩍 웃었다. 설마 이번에는 자신의 딸이 비슷하게 활약하는 광경을 보게 될 줄이야.

상처 입은 거목은 잠시 흔들거리다가 이윽고 기울어져서 큰 소리와 함께 쓰러졌다. 마치 썩어서 사라지는 것처럼 줄기가 부슬부슬 허물어진다.

벨그리프가 무엇인가를 발견한 듯 눈에 힘을 주며 빠른 걸음으로 다가갔다.

"……으음."

쪼그려 앉아 눈살을 찌푸리고 있는 벨그리프의 뒤쪽으로 안젤린과 다른 일행들이 가까이 달려왔다.

"왜 그래? 아빠……."

"뼈다. 게다가 사람의."

썩어 허물어진 나무 파편의 틈에서 사람의 형태를 지닌 뼈가 엿보이고 있었다.

"……마을의 녀석인가?"

벡이 중얼거리는 말에 안젤린이 흠칫 놀라며 얼굴을 든다. 벨그리프는 고개를 휘저었다.

"아니, 아니야. 톨네라의 주민들은 모두 무사한 데다 무엇보다 이 뼈는 너무나 오래됐구나."

"묘하군요……. 시체를 양분으로 성장한 나무라면 뿌리 근처에 뼈가 있어야 할 텐데 줄기에서 튀어나오다니요."

카인이 말했다. 벨그리프도 고개를 끄덕인다.

"……정말 정체를 알지 못할 상대군. 방심할 수 없어."

"뭐, 이 녀석들이 튀어나왔다는 것은 목적지가 가깝다는 뜻이겠군."

카심이 껄껄 웃고는 방금 전 검의 충격으로 비뚤어진 모자를 고쳐서 썼다.

그때 또다시 땅울림이 들렸다. 이번에는 뒤쪽 방향에서다. 일행이 온 길을 추적해서 온 것처럼 몇 그루의 나무가 몸을 흔들거리며 나타났다. 벌레와 늑대 마수를 데리고 있다.

"자꾸자꾸 귀찮게……."

혀를 차고 앞으로 나서고자 한 안젤린을 제지한 뒤 사샤가 걸음을 내디뎠다. 양익을 제이크와 소라가 받쳐주고, 카인도 앞으로 나선다.

"이런 곳에서 붙들려 있기엔 시간이 아깝습니다! 이곳은 저희가 맡아 처리할 테니 여러분은 앞으로 전진하십시오!"

"이렇게 마냥 따라다니려고 온 게 아니잖습니까!"

"우오~ 연습의 성과를 보여주겠습다!"

벨그리프의 머리가 회전했다. 전원이 함께 싸우면 거목이든 마수든 상대가 되지 않는다. 하지만 그라함과 미토의 상황이 걱정된다. 느긋하게 뭉쳐서 다닐 여유도 없다고 생각된다. 덤벼드는 적 전부를 다 같이 상대하다가는 도망치는 숲을 따라잡기 이전에 글자 그대로 해가 떨어져버릴 테지.

다만 사샤는 어쨌든 간에 젊은 모험가 3인조는 괜찮을까. 염려가 들던 때 아넷사와 밀리엄이 벨그리프의 등을 토닥였다.

"저희도 남을게요. 아마도 잔뜩 더 나타날 것 같거든요."

"응. 쭉쭉 나아가려면 안제랑 카심 아저씨가 있어야 더 안전하잖아요~? 대충 정리되면 쫓아갈게요."

"……그렇군. 부탁하자."

벨그리프는 미소 짓고는 망토를 펄럭였다. 여태껏 옆에 가만히 서 있던 나무 목인을 힐끔 쳐다봤다. 목인은 무엇인가 애원하는 것처럼 눈 비슷한 구멍을 벨그리프에게 향했다.

—부탁할게.

"……가자."

"응! 다들 조심해서 싸워……."

"안제 님도, 무운을 빕니다!"

여섯 동료에게 뒤를 맡기고 네 사람은 달려 나갔다.

배후의 전투 소리를 들으면서 벨그리프는 살짝 한숨을 쉬었다. 사실은 아넷사와 밀리엄이 앞서 나가도록 부탁한 뒤 자신이 남았어야 하지 않았나 생각이야 든다만, 미토를 떠올리면 잠자코 다른 사람에게 맡긴다는 게 도저히 견딜 수 없었다. 미토를 톨네라에 데리고 돌아왔던 것은 벨그리프의 판단이었다. 설령 더욱 확실한 실력자가 있더라도 자기 뒤치다꺼리를 다른 사람에게 맡겨서야 얼굴을 들 수가 없다.

"……괜한 고집이려나."

도무지 나잇값을 못 하는 기분이군, 벨그리프는 머리를 긁적였다.

달리면서 카심이 쿡쿡 웃었다. 벨그리프는 의아해하는 표정으로 카심을 돌아봤다.

"무슨 일인가? 웃다니."

"아니, 좀, 철없는 소리 같기는 한데……. 내가 말이야, 다시 자네랑 던전을 탐사한다는 게 기뻐지네. 헤헤헤."

"……어이쿠."

벨그리프는 쓴웃음을 지었다. 확실히 나쁜 기분은 아니었다. 다만 과거의 추억이라면 나중에 회상하자. 짙은 풀 냄새가 난다. 머리 위쪽은 묘한 그림자에 뒤덮였고, 푸른 하늘은 이미 보이지 않는다. 나무들이 뒤얽히는 모양새로 앞길을 점점 가로막고 있었다. 아마도 숲을 따라잡은 것 같다.

이런 상황에서는 무작정 속도만 높인들 소용이 없다. 게다가 마냥 달음박질치면 체력도 대폭 소모된다. 네 사람은 속도를 늦춘 뒤 대신에 주변을 더욱 주의 깊게 경계했다. 마수의 기척, 아니, 더 정확하게는 항상 누군가의 시선이 느껴지는 기분이었다.

"……적의 앞마당이군."

"어떻게 할래? 벨."

"왜 나한테 물어보나……. 뭐, 괜찮겠지. 안제는 앞을 부탁하자. 검의 소리를 듣고 길 안내도 맡아주렴. 카심과 벡은 그 뒤쪽. 내가 후미를 맡겠네. 벡, 너는 수비에 중점을 두고 버텨주면 된다. 공격은 안제와 카심이면 충분할 테지. 나무가 적으로 바뀔 수 있기 때문에 머리 위쪽도 조심을……."

벨그리프는 주위를 둘러보면서 망설임 없는 말투로 지시 내렸다. 도저히 톨네라에서 괭이를 휘두르는 농민의 분위기가 아니다. 벡이 의아해하는 표정을 짓고 안젤린을 쳐다봤다.

"……너, 왜 갑자기 실실거리나?"

"후후……. 그냥?"

안젤린은 기뻐하며 웃다가 다시 대검을 고쳐 메고는 윙윙 소리에 귀를 기울였다.

## 82 어둡다. 긴 회랑처럼

어둡다. 긴 회랑처럼 나무들의 가지가 뒤얽혀 안쪽까지 이어졌다. 여기저기에 녹색의 인광 같은 빛이 끊임없이 밝아졌다가 사라지기를 거듭하며 주위를 엷게 비추어주고 있다.

발아래에도 가지든 뿌리든 아무튼 나무가 뒤얽혀 있다. 회랑 전체가 가지로 뒤얽혀 만들어진 것 같은 느낌이었다.

옆구리의 상처 때문에 얼굴을 찌푸리면서 그라함은 그곳을 걷고 있었다. 등에는 미토를 업었다. 미토는 울다 지친 까닭일까, 아니면 다른 무엇인가 때문일까. 아직 잠들지는 않았지만 졸린 눈치로 눈이 절반쯤 게슴츠레 감겨 있었다.

딸랑, 방울 같은 소리가 때때로 귀에 들려왔다. 음울한 그림자가 뒤덮고 있는 지형과는 대조적으로 묘하게 청량하면서 부드러운 소리였다.

회랑은 일직선이었다. 안쪽에서 후덥지근한 바람이 불어와 그라함의 은발을 흔들었다. 그다지 기분이 좋은 바람은 아니었다. 부취와 비슷하게 묘한 비린내가 바람을 타고 콧속을 찔렀다.

얼마나 걸어왔는가 가늠도 되지 않았지만, 이윽고 회랑이 넓어지기 시작했다. 더 정확하게는 회랑에서 딱 트인 장소로 나온 상황이었다.

주위는 빛을 통과시키지 않는 어둠에 뒤덮였고, 발 아래쪽도 지면이 존재함은 감지될지언정 온통 새카맣기에 제대로 파악할 수가 없다. 하지만 회랑과 달리 가지가 뒤얽혀 있는 모양새는 아닌 듯했다. 평평하고 요철이 없었다.

문득 건너편에서 흐느적흐느적 가지와 잎 흔들리는 소리가 났다.

그라함의 눈앞 어둠 너머에 말라비틀어진 거목의 형체가 흐릿하게 떠올랐다. 줄기는 어른이 몇십 명이나 손을 붙잡아야 간신히 주위를 둘러쌀 수 있을 만큼 두껍다. 이곳저곳에 혹과 구멍이 났고, 더욱이 일부는 이상하게 돌출되어 비틀려 있는 부분도 보이는지라 결코 긍정적인 인상을 받지 못한다.

정신을 차렸을 때는 마치 그라함을 중심으로 원을 그리는 것처럼 주위를 수많은 큰 나무들이 포위하고 있었다. 어떤 나무도 크고 두꺼워서 근사했지만, 모두 줄기가 이상한 방식으로 비틀려 있는데다가 나뭇잎 색도 칙칙해서 아름답지는 않았다. 살아 있는지 말라 죽었는지 알아볼 수가 없는 개체들이었다.

그라함은 묵묵히 눈앞의 거목을 노려봤다. 저 나무가 다른 나무보다 한층 더 커다랗고 두껍다. 때때로 심장을 틀어잡힌 듯한 불쾌함 통증이 덮쳐들었지만, 얼굴을 살짝 찌푸릴 뿐 미동조차 하지 않았다.

이윽고 나무들의 줄기에서 푸르른 인광이 잔뜩 나타나 공중으로 떠다녔다. 저것들이 주위를 비춰서 차츰 밝아진다. 저것들의 일부가 차츰 한곳으로 모이기 시작했다. 모여든 인광은 조금씩 사람의 형태를 만들더니 그라함의 앞쪽으로 떠올랐다. 윤곽에는 긴 귀가 보인다. 엘프였다.

『……자손이여.』

목소리가 들렸다. 숲에서 부는 바람과 같은 목소리였다. 그라함은 미세하게 고개를 움직였을 뿐 입을 다물었다.

『장하다……. 잘 와주었다….』

"그대가 씨족의 수장인가."

그라함이 물었다. 인광의 엘프가 고개를 끄덕거리는 듯 보였다.

『그대가 다치도록 손을 써버렸던 것, 부디 용서해주게…….』

"상관없네. 그것보다 이 숲에 관해서 묻고 싶군. 이토록 증오와 악의만 짙게 들어찬 숲은 알지 못한다. 그대들은 대체 어디에서 왔는가?"

『……우리는 이곳에서 남서에 있는 땅에서 왔다. 신대의 무렵부터 존재했던 오래된 숲이다.』

오래된 숲의 역사는 대단히 길다. 아직 대륙을 지배하는 자가 나타나기 전부터 숲은 온갖 생물의 서식지가 되어주면서 조용하게 삶과 죽음의 순환을 지켜봐왔다.

자연에 속한 생물의 전부에게 말할 수 있는 내용이지만, 숲은 자애로운 측면과 비정한 측면을 두루 가지고 있다. 삶의 기쁨과 어두운 죽음의 그림자가 항상 동거하는 곳이고, 순환과 작은 변화의 연속에 의하여 숲은 항상 대사(代謝)를 반복했다. 저런 성질을 가지고 있기 때문에 방문자라면 누구든 간에 일단은 받아들여주는 깊은 관대함이 있었지만, 지배에 대해서는 어떤 부류든 간에 격렬하게 저항했다.

『숲의 증오와 악의는 외적과 싸우기 위해 숲 본래의 부분과는 별개로 비대해졌다……. 싸움이란 행위는 공격이든 수비든 간에 적을 물리치는 것이 목적이다. 증오라는 감정은 어떤 의미로 싸움을 위한 원동력이 된다…….』

인광의 엘프에게서 나오는 목소리가 살짝 서글퍼졌다. 그라함도 고개를 끄덕거린다. 본인 또한 싸움에 임할 때 마수에게 적의와 증오를 끌어내면서 힘을 발휘했던 경험이 없지는 않다.

"……그토록, 이 숲을 지배하려고 든 인물이 많았던가."

『그러하다……. 다만 숲의 힘은 강대했다. 따라서 증오며 악의를 썩 많이 팽창시킬 필요는 없었다……. 그러나 어느 때 강대한 적과 싸우게 되었을지니.』

"강대한 적이라니. 도대체……."

『솔로몬이다.』

이 대답에는 그라함도 놀라서 눈빛이 바뀌었다.

"숲이 솔로몬과 싸웠던 건가……."

『그렇다. 그자는 예사로운 상대가 아니었다. 따라서 숲도 자기방어를 위해 싸우면서 적의와 증오를 비대화시켰다.』

인광의 엘프는 마치 몸소 보았던 것처럼 말했다. 이 인광에는 엘프뿐 아니라 숲 자체의 의식도 얼마간 뒤섞였을 테지.

『숲은 자기 면적의 절반 가까이를 잃어버렸지만, 결국 솔로몬에게 굴복하지 않았다. 솔로몬 자신부터 본래는 숲에 별 흥미를 갖지 않았다는 이유도 있었을 테지. 하지만 숲의 악의가 담긴 측면은 입은 상처의 깊음과 맞물려서 방어 본능 이상의 존재감을 가지고 숲의 그림자에서 도사리게 되어버렸다.』

"……그런 까닭에 싸우기 위한 힘을 바랐는가."

『옳다……. 이미 숲의 악의는 힘을 위해서 힘을 요구하고 있다. 그 너머에 목적 따위는 없지. 그래서 우리도 잡아먹힌 채 마력을 빼앗겼다. 혼마저 아직껏 붙들려 있는 처지구나…….』

"그런데 알 수가 없군. 어째서 숲이 깨어났나?"

미토가 톨네라에 온 이후 제법 시간이 지났다. 마력에 이끌려서 찾아왔다면 맨 처음 숲의 이변으로 소동이 벌어졌을 때 모습을 보이지 않았다는 것이 이상하잖은가.

인광의 엘프는 조용하게 고개를 가로저었다.

『숲의 악의를 각성시켰던 인물이 있었다……. 하얀 옷을 입은 남자였다.』

"뭣이라……? 도대체 무슨."

불현듯 인광의 엘프가 괴로워하며 몸을 비틀었다. 그 아픔이 그라함에게도 전달되는 터라 무의식중에 얼굴을 찌푸렸다. 등에 업힌 미토가 굼실굼실 몸을 움직거렸다.

『누군가가……. 숲의 안쪽으로 들어왔다……. 인간들이…… 이곳으로 향하고 있다.』

그라함은 눈을 구부리며 작게 웃었다. 오래도록 고락을 함께했던 단짝의 기척이 희미하게 느껴진다. 검이 이쪽으로 향하고 있는 증거다. 벨그리프를 비롯한 동료들이라는 확신이 있었다.

인광의 엘프는 그라함을 향하여 손을 내뻗었다.

『그대에게 부탁이 있다…….』

"……미토를 넘겨줄 수는 없다."

『……그 솔로몬의 사생아를 그대는 어찌할 작정인가?』

"알지 못한다. 다만 이 아이는 단순한 파괴의 화신이 아니다……. 고통받게 될 앞날을 잘 알기에 호락호락 내어 줄 뜻은 없군."

싸락, 주변 나무들의 가지와 잎이 흔들렸다. 이제껏 숨을 죽이고 있던 악의가 차츰 머리를 치켜드는 듯한 느낌이었다.

『……그대라면 우리 동포의 고통을 이해해줄 줄 기대했거늘…….』

"충분히 이해하고 있다 말해주겠다……. 다만 미토를 넘겨준들 그대들의 혼이 해방될 것 같지는 않군. 숲의 악의는 더욱 강력한 힘을 원할 뿐이다. 그대들을 굳이 풀어줄 리 없군."

『그러나, 그러나……. 그럼에도, 더는, 더 이상은…….』

인광의 엘프는 명멸하고 몸을 떨면서 머리를 부여잡았다. 목소리에 흉포성이 묻어나기 시작한다.

**『해…… 해방……. 어찌하라는 말인가……. 우리더러, 더욱 고통받으라 말하는 건가……!』**

나무들이 신음하듯 가지를 치켜들더니 뿌리를 꾸물거리면서 앞으로 밀려들었다. 그라함은 미토를 고쳐 업고는 살짝 몸을 움직여서 나뭇가지의 일격을 가볍게 회피했다.

"이리 얄궂을 수가……. 솔로몬과 싸우기 위해 힘을 원했던 숲이 솔로몬에게서 떨어져 나온 아이의 힘을 바라게 될 줄이야……."

『크그……. 카아아아아아아아아……』

"……잠시만 더 견뎌주게나. 나의 벗들이 그대들을 해방하리라."

『인간이…… 무엇을 할 수 있는가……!』

인광의 엘프는 괴로워하며 머리를 잡아 쥐고 있었지만, 이윽고 수많은 작은 빛으로 흩어져서 형태를 잃어버렸다. 나무들이 포효하듯 소리 내면서 그라함에게 덮쳐든다. 그라함은 여러 공격들은 회피하면서 대담하게 웃었다.

"……나의 벗들을 얕보지 말아야 할 것이다."

○

주위에서 닥쳐드는 가지를 안젤린의 일격이 한꺼번에 날려버렸다. 검은 윙윙거리며 종횡으로 검섬을 그었고, 가차 없이 적을 분쇄했다.

한바탕 날뛴 다음에 안젤린은 숨을 돌렸다.

"전력으로 줄곧 휘두르기는 힘들어……. 조금 조절을 해야겠네……."

멀리 거대한 잎벌레를 카심의 마탄이 쏘아 꿰뚫었다. 잎벌레는 체액을 분출하면서 쓰러졌다.

"헤헷헷, 안제, 벌써 숨이 차오른 거냐?"

"그렇지 않아……. 그래도 이 검, 전력을 다해 휘두르면 마력 소모가……."

검이 윙윙거리며 빛났다. 안젤린은 뺨을 볼록거렸다.

"바보 취급하지 마……! 기필코 할배의 손에 다시 들려줄 거야!"

안젤린은 검을 고쳐 쥐고는 커다랗게 휘둘러 올려서 눈앞의 거대한 뱀을 베어 갈랐다. 그대로 몸을 비틀더니 옆에서 다가들던 커다란 벌레를 베어 날린다.

"아직 멀었어……!"

재차 주위에서 밀려닥치는 나뭇가지를 한꺼번에 베어버렸다. 가지는 산산이 부서져서 사방으로 흩어져 날아갔다.

그때 안젤린의 머리 위쪽으로 벡의 입체 마법진이 날아왔다. 머리 위쪽의 둥지에서 일직선으로 떨어지며 공격을 펼친 거미 마수를 마법진이 사이에 끼워 찌부러뜨린다. 안젤린은 재빨리 지면을 박참으로써 막 떨어지는 거미의 잔해를 회피했다.

벡의 노성이 날아든다.

"멍청한 자식! 방심하지 마라, 바보 누나야!"

"하나도 방심 안 하거든……?"

안젤린은 입술을 삐죽거리고는 칼자루를 꽉 잡았다.

숲에 돌입한 이후 오로지 안쪽을 목적지로 전진했지만, 주위의 나무들뿐 아니라 마수도 나타나서 앞길을 가로막는다. 앞으로 전진하면 할수록 숫자가 늘어나는지라 꼼짝 못하고 발이 묶여버렸다.

고위 랭크의 던전에서도 이런 경험은 있었다. 최심부의 아티팩

트가 발출하는 마력에 이끌려서 거리가 가까워짐에 따라 더 강력한 마수가 배회하고는 한다. 그런 경우와 비슷하다고 가정하면 별로 아무런 일도 아니다. 이런 정도로 녹초가 되는 모험가가 어떻게 S랭크로 행세할 수 있겠는가.

안젤린은 입을 굳게 다물고 다시 마수를 날려버리고자 걸음을 꽉 내디뎠다.

그때 뒤쪽에서 벨그리프가 외치는 목소리가 들렸다.

"안제! 저 안쪽이다! 벌레가 달라붙어 있는 나무를 노려라!"

안젤린을 얼굴을 들어 올려서 저 너머를 바라봤다. 주위 나무들에 섞여서 비틀린 혹이 잔뜩인 나무가 서 있었다. 예의 편평한 극채색 문양의 벌레가 달라붙어 있다.

목표를 가늠하는 대로 안젤린은 물 흐르는 듯한 발놀림으로 마수들 틈을 누비고 나무에 접근한 뒤 있는 힘껏 검을 내리 휘둘렀다. 칼날이 줄기에 부딪치자마자 격한 마력이 충격을 발생시키면서 분출했고, 달라붙어 있던 벌레며 마수까지 모조리 거목을 분쇄했다.

즉각 지금껏 몰려들고 있던 마수의 기척이 미약해졌다. 남은 마수도 카심의 마탄에 맞아 차례차례 꿰뚫려 나가떨어진다.

안젤린은 커다랗게 숨을 내쉬는 동시에 어깨의 힘을 빼내면서 가까이 달려오는 벨그리프를 돌아봤다.

"아빠……."

"잘했다. 더 움직일 수는 있고?"

"응! 완전 괜찮아!"

안젤린은 기뻐하며 검을 다시 짊어지고 웃었다. 벨그리프는 미소 짓더니 허물어진 나무의 줄기를 다리 끝으로 파헤쳐서 들췄다.

"……예상한 대로."

허물어진 나무의 파편 틈을 오래된 뼈가 들여다보였다. 옆에 서 있던 벡이 눈살을 찌푸린다.

"방금 전에도 나왔었지……. 무슨 수작이지? 이게 누구의 뼈냐, 도대체."

"글쎄다……. 다만 상대는 단순한 마수가 아니라는 게 확실하구나."

정체불명이라는 게 정말 까다롭군, 벨그리프는 푸념했다.

마수를 얼추 정리한 뒤 카심이 다가왔다.

"이 녀석이 이 주변의 사령탑이었단 소리군? 용케 알아차렸어. 역시 벨이야."

"뭘, 절반은 감이었네."

"다른 절반은?"

안젤린이 물었다. 벨그리프는 난처해하며 뺨을 긁적였다.

"보렴, 저 나무는 이곳에 들어오기 전에도 마수들을 데리고 온 적이 있었지? 그러니까 저 나무를 처치하면 뭔가 변화가 일어나지 않을까 예상했던 거야. 그게 무엇이려나 판단은 할 수는 없었지만, 가만히 버텨 봤자 결판을 내진 못했을 테니까……. 뭐, 너희가 같이 마수를 제압해준 덕분에 발견할 수 있었던 셈이구나."

"……에헤헤."

안젤린은 헤죽헤죽 웃으며 벨그리프의 팔을 붙잡고 뺨을 비비적댔다.

카심이 말했던 안심감. 지금 실감이 되는 기분이었다. 아넷사, 밀리엄도 후방을 맡기기에 충분한 안심감이 있지만, 이렇듯 재빨리 전체 전황을 파악하여 시의적절하게 지시 및 판단을 내려주는 존재는 정말이지 최고다. 안심하고 자기 임무에 집중할 수 있다.

안젤린은 의기양양한 표정을 짓고 벡을 바라봤다. 벡은 수상쩍어하는 표정으로 물었다.

"뭐야……."

"역시 아빠는 대단하지……?"

벡은 말없이 고개를 획 돌렸다. 문득 안젤린은 한 가지를 떠올리고는 벡의 얼굴을 들여다봤다.

"벡 군……."

"앙?"

"아까, 누나라고……."

"어!!"

벡은 당황하며 눈을 희번덕거렸다.

"……불러줬지?"

"부른 적 없다. 착각이다."

"후후, 후후후……. 벡 군은 귀엽구나아……."

"부른 적 없다니까!"

안젤린은 히죽히죽하면서 벡의 볼살을 콕콕 찔렀다. 카심이 재미있다는 듯이 웃음을 짓는다.

벨그리프는 안젤린의 머리를 톡톡 쓰다듬고는 얼굴을 들었다.

“자, 아직 끝나지 않았다. 길을 서두르자.”

마수도 숫자가 꽤 줄었다 뿐이지 아주 사라지지는 않았다. 또 안쪽 방향에서 다가드는 기척을 느꼈기에 안젤린은 표정을 다잡았다. 성검의 윙윙 울리는 소리에 귀를 기울이면서 그라함이 있는 방향을 가늠하고 걸음을 재촉한다. 이동하면서 카심이 말했다.

“그나저나, 완전히 던전화됐잖아. 영감이랑 미토, 괜찮아야 할 텐데 말이야.”

“응……. 할배라면 괜찮아, 아마…….”

그라함과 미토는 물론 걱정되지만, 뒤쪽에 남은 사샤와 다른 일행들도 괜찮을까 싶어 마음이 편치 않았다. 게다가 자신들 역시 방심하면 위험한 처지이다. 후방을 걱정할 짬에 앞으로 전진해야겠지.

산발적으로 나타나는 마수를 격퇴하면서 걸음을 재촉하던 중에 안젤린의 손에 들린 대검이 더욱 강하게 빛났다. 윙윙 소리도 강해진다.

“가깝나 봐…….”

“음.”

전방을 잘 살펴보면 길이 막혀 있었다. 마치 덩굴처럼 가는 나뭇가지가 종횡으로 뒤얽힌 채 커다란 벽을 형성했다. 위쪽 부근에는 짙은 녹색의 잎이 무성한데, 그것들이 머리 위까지 뒤덮고 있다.

"여기 건너편인가……?"

"그런 것 같아……. 여기를 부숴야 해."

"좋아, 물러나 봐."

카심이 손가락을 앞으로 내밀었다. 마력이 뿜어져 나와 소용돌이치며 옷자락과 머리카락을 흔들었다. 카심은 한쪽 손으로 모자를 붙든 채 다른 한쪽의 손가락에 마력을 집약시켰다.

『땅을 꿰뚫어라, 하늘을 꿰뚫어라, 혼을 꿰뚫어라.』

소용돌이치던 마력이 나무의 벽을 향하여 들이닥쳤다. 마치 거대한 짐승의 어금니처럼 나무의 벽을 물어뜯는다. 카심이 얼굴을 찌푸렸다.

"딱딱하네……. 아마 여기가 본거지 맞는가 본데."

카심의 야윈 팔뚝에 힘이 들어가면서 혈관이 불거졌다. 마력의 어금니가 더 거친 기세를 발하면서 결국 나무의 벽에 구멍을 뚫었다. 건너편은 새까맣다. 온통 먹칠을 한 것처럼 암흑이 펼쳐져 있다.

가볼까, 생각하던 때에 무엇인가가 기어 나오는 묘한 소리가 들렸다. 살펴봤더니 벽을 형성하는 가는 나뭇가지가 츠륵츠륵 소리를 내며 움직이고 있었다. 구멍을 막으려고 주위에서 천천히 다가든다.

앞길을 서두르기 위해 다리를 움직였던 그때, 일행의 주위를 둘러싸면서 떠올라 있는 입체 마법진이 후방으로 모여들었다. 벡이 고개를 돌린다.

"또 튀어나오는군."

"뭐라고?"

벨그리프도 고개 돌린다. 희미하게 소리를 내며 가지와 덩굴이 뒤얽히더니 마치 거대한 용 비슷하게 형태를 취하고 있었다. 가지는 희미하게 묘한 그림자를 둘렀다. 나무로 만들어진 용은 가짜임에도 불구하고 진짜처럼 위압감을 발하고 있다.

묘한 오한을 느껴서 안젤린은 즉각 검을 겨누고는 앞으로 뛰쳐나갔다. 소의 몸뚱이 크기를 넘는 나뭇가지가 파성추 같은 기세로 세게 날아들면서 단단하게 방어해주던 입체 마법진을 뚫고 들이닥쳤다. 그 공격을 안젤린은 대검의 배면으로 막아 냈다.

"무거워……!"

마법진에 얼마간 위력이 감소되었는데도 이런 꼴이다. 정면에서 막아 냈다가는 팔이 부러지겠다.

안젤린은 검의 각도를 미세하게 틀어서 충격을 대각선으로 흘려보냈다. 나무로 만들어진 용은 가지와 가지를 삐걱거리며 포효했다. 맞서 대항하듯 검이 부르짖는 소리를 낸다.

벡의 입체 마법진이 다수 날아와서 나무 용에게 직격했다. 마법진은 구체로 보일 만큼 격렬하게 회전했지만, 나무의 표면을 살짝 깎아 내는 정도에 머물렀다. 용은 울부짖고는 몸을 떨면서 들러붙는 입체 마법진을 떨쳐 버렸다.

용종은 수많은 마수 가운데서도 최상급에 위치하는 존재다. 용과 아룡은 하위 랭크에 속한 개체도 존재한다만, 진정한 용(龍)은 고위 랭크, 게다가 AAA랭크나 S랭크에 해당하는 개채밖에 없다.

눈앞의 나무 용은 진짜가 아님에도 숲이 보유한 마력에 의해 진짜와 손색이 없을 만큼 강력한 힘을 발휘하는 듯했다. 피부를 찌릿찌릿 찌르는 위압감은 가짜가 아니었다.

안젤린은 커다랗게 숨을 내뱉고 용을 노려봤다.

"……차분하게 상대하면 대단한 적이 아니야."

"어이쿠, 잠깐 기다려라."

카심이 히죽 웃고는 검을 겨누는 안젤린을 제지하고 앞에 나섰다.

"가짜 용이라니 아주 제대로 나오는데……. 이 녀석은 내가 맡아서 처리하지. 빨리 들어가서 영감에게 검을 갖다주라고."

"혼자 괜찮겠어……?"

"바보 취급하지 마라, 내가 누구인 줄 알면서 하는 말이냐. 약한 녀석들만 잔뜩이라 심심했는데 마침 잘됐군."

"카심 아저씨……. 그런 말을 사망 플래그라고 하더라."

"……너 대체 어디에서 배운 말이냐? 군소리 말고 후딱들 가봐."

카심은 어이없어하며 웃었다.

구멍을 막으려고 하는 가지를 베어 내면서 벨그리프가 고함쳤다.

"안제, 벡, 가자! 카심, 무리하지 말게나. 버거울 것 같거든 자기 안위를 가장 우선으로 행동하게."

"걱정 말래도. 헤헤, 벨 앞에서는 S랭크 모험가도 어린애 취급이구나!"

포효하는 나무 용에게 태연하게 나서 맞서는 카심을 남기고 세 사람은 살짝 더 작아진 구멍으로 뛰어들었다.

○

구멍 바깥에서 본 암흑은 자신이 직접 안쪽에 들어가서 봤더니 생각했던 것보다 어둡지 않음을 알 수 있었다. 멀리까지 내다볼 수는 없지만, 걸어서 가는 자신의 다리가 희미하게 보일 정도의 엷은 빛이 있다. 바닥에는 나무의 뿌리 및 가지가 뒤얽혀 있는 듯 자잘하게 요철이 신발 아래로 느껴졌다.

안젤린이 든 성검의 광채와 벡의 입체 마법진에서 나오는 엷은 모래색 빛에 섞여서 연두색과 푸른 인광이 피어올랐다가 사라지고 사라졌다가 다시 피어오른다. 세 사람의 얼굴에 짙거나 엷은 음영이 떠올랐다.

묘하군. 벨그리프는 눈살을 찌푸렸다. 이 안에 들어온 이후 마수의 기척이 전혀 없었다. 줄곧 느껴졌던 끈적거리는 시선도 사라졌다. 안젤린과 벡 역시 수상쩍게 여기는 듯 의아해하는 표정을 지은 채 주변을 주의 깊게 둘러보면서 신중하게 걸음을 내딛고 있다.

"이쪽 방향이 분명 맞기는 할 텐데……."

안젤린이 중얼거렸다. 검은 빛을 발하면서 작게 윙윙거렸다. 안젤린은 입술을 삐죽였다.

"……에이, 딱히 너를 못 믿는 게."

"쉿!"

벨그리프는 살며시 안젤린은 제지한 뒤 주위를 둘러봤다. 또 무엇인가가 기어 나오는 소리가 주변에서 들렸다. 벨그리프는 눈을 가늘게 뜨고 암흑의 너머를 가만 내다봤다. 명멸하는 인광에 비추여서 무엇인가가 꿈틀거리고 있다.

덩굴이다. 나무줄기로 보이도록 몹시 두꺼운 덩굴이 뱀처럼 기어 나오고 있다. 딱딱하고 울퉁불퉁한 표면이 마찰하면서 자락자락 소리를 냈다. 딱히 적의가 느껴지지는 않으나 이 숲은 허술하지 않다. 이쪽이 방심하기를 유도해서 뭔가 수작을 부릴 심산일까.

벡이 마법진의 숫자를 늘린 뒤 벨그리프를 돌아봤다.

"……어떡할 거야. 확실하게 함정 아니겠어?"

"……일단 앞으로 전진하자. 이제 와서 물러날 수도 없고, 이곳에서 멈춰 서봐야 의미가 없구나."

벨그리프와 일행은 더욱 경계를 강화하면서도 살짝 걸음을 빨리하여 더욱 안쪽으로 진입했다.

"꽤 깊은 곳이군……."

"어디까지 이어져 있을까……."

선도하는 안젤린도 알지 못하는 기색이었다. 오로지 검이 이끌어주는 대로 걸어간다. 광채는 점점 밝아지는지라 그라함과 가까워지고 있음은 아마 분명하겠지만 확증이 없다. 마냥 똑같은 암흑을 줄곧 걸어가는 처지이기에 불안감이 솟기 마련이었다.

그렇다 쳐도 이렇게 적의가 없다는 게 도리어 이상하다. 숲의 철두철미함을 겪어서 아는 처지인 만큼 무엇인가 함정 같다는 느낌을 받을 수밖에 없었다. 다만 그럼에도 전진해야만 한다. 복귀한 뒤 태세를 다시 갖추자는 느긋한 말은 어울리지도 않는 상황이다.

문득 줄곧 명멸했던 인광이 멀리서 무엇인가를 반사했다. 나무로 된 피부 같았다만, 아까 주위를 기어 다녔던 덩굴과는 다르다. 오래되고 비틀린 거목의 모습이었다.

불현듯 성검이 격렬하게 빛나면서 더욱 커다랗게 윙윙 소리를 울려 퍼뜨렸다.

나무 앞쪽에 누군가가 쓰러져 있었다. 길고 매끄러운 은발에 회색 망토……. 안젤린의 눈이 휘둥그레졌다.

"할배!"

주위에 적의가 가득 들어찼다. 쓰륵쓰륵 소리와 함께 마을을 습격했던 비틀린 나무들이 모습을 드러냈고, 그 사이에서 방금 전 이리저리 기어 다니던 덩굴이 뱀처럼 몸을 구불거리며 몇 가닥이나 다가든다. 뻔히 알면서도 유인에 당해버렸다.

벡이 혀를 찼다. 모래색 마법진의 숫자가 더욱 불어나서 세 사람을 지키며 주위를 휙휙 날아다녔다.

"쳇! 온다, 아저씨!"

"제길, 역시 함정이었나……."

벨그리프가 재빨리 주위를 둘러본다. 다가드는 적은 나무와 덩굴뿐이다. 검을 뽑아 들고는 고함질렀다.

"안제! 그라함을 부탁한다!"

"알았어……!"

안젤린이 지면을 박차며 그라함을 향해 달렸다.

덩굴이 날아 들이닥친다. 마치 통나무가 곧장 닥쳐드는 것 같았다. 차마 검으로 벨 엄두가 안 난다. 벨그리프는 몸을 젖혀서 나무의 일격을 회피했다.

무엇인가 터져 나가는 소리가 났다. 퍼뜩 놀라며 시선을 준다.

안젤린이 대검을 냅다 휘둘러서 앞길을 막고 다가드는 주변의 가지 및 덩굴을 분쇄하고 있었다. 그 건너편, 한층 더 커다란 나무에서 뻗어 나온 가지가 그라함의 몸을 휘감았다.

"귀찮게…… 들러붙지 마앗!"

안젤린은 우렁차게 소리 지르면서 잇따라 나뭇가지와 덩굴, 나무를 부쉈다. 검이 휘둘러질 때마다 윙윙 소리를 울린다. 칼날이 상대에게 닿으면 주입되어 있던 마력이 폭발하듯 터져 나가면서 주변의 가지 및 덩굴까지 한꺼번에 날려버렸다. 그러나 마치 비웃는 것처럼 잇따라 끊임없이 가지며 덩굴이 숫자를 불려 나갔기에 좀처럼 결판이 지어지지 않았다.

벨그리프는 혀를 찼다. 이런 때 별반 전투력이 못 되는 자신이 원망스럽다.

막상 상대의 앞마당에 뛰어들었을 때 불리할 것은 충분히 잘 안다는 생각이었다. 그러나, 그럼에도 인식이 안이했던 게 아니었을까. 게다가 미토는 어디에 있나. 설마 벌써 숲에 흡수당해버렸을까.

불현듯 나무들의 움직임이 둔해졌다. 무엇인가에 억눌려 있는 것처럼 삐걱삐걱 소리를 내면서 몸을 부들거린다.

『어째서인가……?』

낭랑한 목소리가 들렸다. 남자인지 여자인지 분명하지 않은 목소리다. 다만 고막을 진동시키는 음성은 아니었다. 머릿속에 직접 울려 퍼지는 느낌이다.

『그대들은 어째서……. 몸을 던져서 이런 곳까지…….』

벨그리프는 근처의 나뭇가지를 베어 넘기며 고함질렀다.

“아이와 벗을 돌려받고자 왔다!”

『……엘프의 자손은 돌려줘도 상관없다……. 우리가 힘을 다한다면 가능한 범위이니……. 다만 솔로몬의 사생아는 넘겨줄 수 없노라…….』

“바보 같은 말 집어쳐! 미토는 내 동생이야! 멋대로 데려가봐, 절대로 용서 못 해……!”

안젤린이 분노를 불태우며 소리 지른다.

『숲이 이 땅에 불려 온 까닭은 그 존재의 마력 때문이다……. 그것은 인간이 아닐지니…….』

“그딴 게 무슨 상관이야!”

나무들이 또 조금씩 전진했다.

『다시…… 다시 재앙을 불러들이게 되리, 라……. 아아……. 빨리.』

목소리에서 조금씩 광기가 묻어나기 시작했다.

**『해…… 해방, 되, 어야…… 한다…….』**

“……남들이 괜한 고집이라 치부하더라도 우리에게는 양보하지 못할 간절함이 있구나.”

벨그리프는 검을 겨누며 매섭게 앞을 쳐다봤다.

머리에 울려 퍼지는 목소리는 결국 제정신을 잃더니 갑작스레 차갑게, 무기질적인 음색으로 바뀌었다.

『그렇다면, 네 녀석들도 우리의 일부가 되어라.』

나무들이 기세를 되찾았다. 채찍처럼 휘둘러지며 닥쳐드는 덩굴을 피한 뒤 후려친다. 벡은 마법진을 종횡으로 조작하여 나무의 공격을 막아주고 있는데 살짝 힘들어 보였다.

"벡, 괜찮니?"

"……제길."

벡은 이를 악물고 팔을 휘둘렀다. 마법진이 공중을 달려 다니며 나뭇가지와 덩굴을 쳐낸다. 하얬던 머리카락이 검게 물들기 시작했다. 벨그리프는 황급히 벡의 어깨를 끌어안아 잡아당겼다.

"무리하지 마라!"

"크……."

그때 발밑이 쑬렁 뒤흔들렸다. 흠칫 놀라며 내려다보자 어느 틈인가 가는 덩굴이 발밑까지 바짝 기어와서 있었다. 뱀처럼 다리에 감겨서 기어 올라오려고 한다.

"큭, 안 좋은데……."

우선 벡을 안전한 곳에 옮기고자 업으려는데 벡이 거부하면서 몸을 비틀고는 바닥을 굴렀다. 곧장 덩굴에 휘감겨서 가까운 나무 쪽으로 끌려간다.

『이 녀석도, 사생아인가.』

벨그리프는 황급히 검을 겨누며 쫓아가려고 했다.

"벡! 정신 차려라, 지금 가겠다!"

"나를 신경 쓸 상황이냐……! 이대로 가면 전멸이다! 댁이 상황을 둘러보지 않으면 누가 봐주나! 빨리 두목을 어떻게든 처리해라, 빌어먹을 아저씨야!!"

벡이 고함질렀다.

옳은 말이었다. 자신이 냉정함을 잃어서 어쩌자는 말인가.

"……미안하다! 조금만 버텨다오!"

벨그리프는 벡을 등지고 가장 커다란 나무 방향을 노려봤다. 줄기에 뚫린 틈새와 공동 속에서 파랗게 인광이 피어오르고 있다. 다만 나무 자체에는 어둡고 묵직한 그림자가 들러붙었기에 몹시 음울한 분위기로 보였다.

무엇인가 확신 비슷한 판단을 마친 뒤 벨그리프는 덩굴을 베어 넘기고 앞을 달리면서 안젤린에게 소리 질렀다.

"안제! 저 안쪽 나무를 노려라! 가장 큰 녀석이다!"

안젤린은 예리한 눈빛으로 목표를 가늠한 뒤 쫓아오던 가지를 한꺼번에 날려버리고 도약했다. 매섭게 쫓아오던 가지와 덩굴을 오히려 발판 삼아서 더 높게, 멀리까지 뛰어오른다. 마침내 거목을 사정거리에 포착하여 검을 쳐들었다가 곧장 내리 휘두르기 위해서 팔에 힘을 넣었다.

다만 기세가 도중에 죽어버렸다. 지면에서 소리도 없이 뻗어 올라왔던 덩굴이 안젤린의 다리를 옭아매어 잡아당겼다. 안젤린은 즉각 검을 휘둘러 덩굴을 베어 냈지만, 이미 기세가 죽었기에 맥없이 바닥으로 떨어진다. 그곳으로 기다렸다는 듯이 덩굴이 다가

와서 휘감겼다.

『소용없다.』

"제길, 이 자식……! 놔……!"

안젤린은 검을 마구 휘두르며 날뛰었지만, 덩굴이 끊임없이 얽혀 붙어서 떨어지지를 않는다.

그 뒤쪽에서 벨그리프는 깊숙이 지면을 밟아 디뎠다가 뛰어올랐다. 안젤린이 안 된다면 자신이 해낼 수밖에.

가능한가?

검을 들어 올리던 때 안젤린이 소리 질렀다.

"아빠!"

윙윙 울리는 소리가 들리더니 가까워졌다. 힐끔 시선을 준다. 안젤린이 성검을 집어 던졌다. 거뜬하게 받아 들고 칼자루를 굳게 쥐었다가 깜짝 놀랐다. 깃털처럼 가벼운데도 붙들어 휘두르기에는 충분히 묵직한 무게감을 느꼈다.

"……정말 대단한 검이구나."

아무튼 감탄은 나중에 하자. 벨그리프는 검을 번쩍 치켜들었다.

다만 갑자기 오른쪽 다리에 덩굴이 휘감겼다. 안젤린이 절망에 찬 표정으로 부르짖었다.

"아빠! 위험해!"

반사적이었다. 의족의 고정구를 풀었다. 의족에 얽혀 있었던 덩굴을 빈 막대기만 끌어당기며 아래로 떨어졌다.

거목이 눈앞에 있다.

가지에 옭아매인 채 그라함이 머리를 털썩 떨어뜨리고 있는 광경이 보였다.

더욱 굳세게 칼자루를 잡아 쥐었다. 일순간의 동작인데도 묘하게 몹시 길게 느껴졌다. 자기 내면의 마력이 검에 쭉 흘러들면서 검이 반응한다.

칼날에서 반짝이는 마력이 흘러넘쳤다. 폭발적이다.

휘두르자, 생각했을 때는 팔 뒤쪽에서 불이라도 뿜어져 나오는 듯한 기세로 쭉 가로선을 그으며 이미 검이 휘둘러진 다음이었다.

거센 기세로 움직이던 나무들이 갑자기 움직임을 멈췄다.

베었나? 확신이 들지 않았다. 너무 매끄럽게 칼날이 지나가서였다. 어쨌든 분명 칼날은 줄기를 지나갔잖은가. 다만 베었다기에는 손에 감촉이? 검을 다 휘두르고도 살짝 어리둥절하던 벨그리프는 자신이 추락하고 있음을 깨닫고 정신 차렸다.

"으엇!"

착지하려다가 실패했다. 아까 의족을 떼어낸 것도 잊어버려서다. 바닥을 굴러서 세게 허리를 부딪친다.

**『아아……. 아아아……』**

거목이 몸을 비틀어 댔다. 그렇지만 몸을 비틀었기 때문이 아닌 중간쯤부터 절단이 되어 쓱 줄기가 허물어졌기 때문이었다. 나무뿐이 아니다. 저것이 두르고 있던 어두운 그림자도 한가운데에서 뚝 절단되어 직선이 그어진 것처럼 흔들흔들 일렁거렸다.

분명히 칼날보다 훨씬 더 두꺼운 줄기가 단칼에 베여 나갔다.

자신이 만들어 낸 결과가 차마 믿기지 않아 벨그리프는 손에 든 대검을 바라봤다. 검이 살짝 빛을 발하더니 작게 윙윙거린다.

탁탁, 가벼운 발소리가 나고 등 뒤에서 안젤린이 안겨 들었다.

"대단해……! 대단해, 대단해! 아빠, 대단해에!!"

"안제……. 하하……."

조그만 어린아이처럼 들떠서 폴짝거리는 안젤린을 보고 살짝 웃어주다가 벨그리프가 퍼뜩 놀라며 얼굴을 들어 올렸다.

"그라함!"

조금씩 건너편으로 기울어지던 줄기가 마침내 허물어지기 시작했다. 가지에 옭아매여 있던 그라함은 정신을 잃은 듯 그대로 함께 추락한다. 안젤린이 허리의 검을 뽑으며 뛰어올랐다.

"할배!"

안젤린은 그라함에게 얽혀 있는 가지를 베어 날리고 몸을 받아냈다. 그러고는 쓰러져 가는 줄기를 걷어차서 거리를 벌린다.

쿵, 지면을 뒤흔들면서 거목이 쓰러졌다. 나뭇결의 빈틈에서 빛을 발하던 인광이 싹 사라지고, 곧이어 온통 휘감고 있던 그림자가 먼지처럼 흩어져서 날아간다. 주위에 가득 들어찼던 비틀린 나무들이 부슬부슬 썩어 허물어졌다.

—고마워.

바람이 불었다. 줄곧 불어왔었던 불쾌하게 비린내 나는 바람이 아니다. 톨네라의 숲에서 맡는 것처럼 나무들 사이를 누비고 가는 상쾌한 바람이다.

바람은 회오리치듯 불어 올라가다가 하늘로 높이 날아갔다. 머리 위쪽을 뒤덮고 있던 그림자가 걷히자 비틀린 나무들이며 덩굴은 썩어서 먼지가 되어 날아간다. 이윽고 나뭇잎 사이사이로 햇빛이 비쳐 들었고, 정신을 차렸을 때 벨그리프와 일행은 깊은 숲 안쪽에 있었다.

"……던전화가 해제됐구나."

멍하니 앞을 돌아보면 작은 아이가 똑바로 쓰러져 있었다. 방금 전까지 거목이 서 있던 곳이라 짐작되는 장소에 미토가 쓰러져 있다. 벨그리프는 허둥지둥 일어서려다가 의족이 없음을 떠올리고 주위를 둘러봤다. 안 보인다. 그러나 의족을 챙길 때가 아니었다. 벨그리프는 한쪽 다리로 일어선 뒤 휙휙 뛰어서 미토가 있는 곳으로 갔다.

"미토!"

위쪽을 보고 쓰러져 있는 미토의 입가에 손을 가져갔다. 따뜻한 호흡이 느껴진다. 잠든 것 같다. 벨그리프는 숨을 돌린 뒤 무의식중에 힘이 빠져서 바닥에 다시 주저앉았다.

"……이런, 아이고."

안도하는 심정으로 미토의 머리를 쓰다듬어준다. 미토는 작게 신음하고 굼실굼실 몸을 움직거렸다.

저벅저벅 바닥을 밟으며 벡이 걸어왔다.

"……끝난 건가."

"벡, 무사했구나……. 다행이다."

"빨리 좀 해치우라고, 둔한 아저씨라니까……."

"하하, 미안하다, 미안해……. 무서웠니?"

"무서울 리 있겠냐."

멀리서 또 발소리가 난다. 바닥을 나뒹구는 나무와 바위를 뛰어넘어서 카심이 달려왔다. 일행들의 모습을 쳐다보다가 안심하고 표정에서 힘을 빼낸다.

"이야, 해냈구나. 역이 벨이야."

"아니, 나 혼자서는 절대 감당을 못 했겠지……."

벨그리프는 그라함에게 어깨를 빌려주며 걸어오는 안젤린을 돌아봤다. 마지막에는 자신이 손을 썼다지만, 거의 대부분이 딸아이의 활약 덕분이었다.

커다랗게 숨을 내쉬고 의족이 어디에 있나 주변을 둘러본다. 나뭇잎과 가지 사이로 햇살이 살짝 비치긴하지만 어둑어둑한 숲속인지라 잠깐 둘러만 봐선 쉽사리 찾아낼 수가 없다.

"의족은……."

"여기에 있군."

벡이 나무 막대를 던져서 건네줬다. 벨그리프는 받아 들고는 익숙한 손놀림으로 처음처럼 오른쪽 다리에 붙였다. 일어서서 톡톡, 바닥을 두세 번 찼다.

"음……. 고맙구나, 벡."

"……어어."

벡은 퉁명스럽게 답하고 홱 고개 돌렸다. 벨그리프는 미소 짓고 조심스레 미토를 안아 들었다. 그리고 안젤린에게 가까이 걸어가서 딸아이의 어깨를 빌려서 축 늘어져 있는 그라함을 바라본다. 손에 든 검이 윙윙 소리를 냈다. 몸을 한 차례 꿈쩍하지도 않는 그라함을 보고 벨그리프는 살짝 불안해졌다.

"……그라함?"

벨그리프가 이름 부르자 은발의 노엘프는 지친 표정으로 천천히 얼굴을 들어 올려서 살짝 입가에 미소 지었다.

"……죽다 말았군."

성검이 벨그리프의 손안에서 윙윙거렸다. 뭔가 화를 내는 것 같았다. 그라함이 쓴웃음을 짓더니 어찌어찌 자신의 두 다리로 힘껏 버티고 섰다.

"농담이다. 너무 화내지 말거라……. 나는 아무렇지도 않아."

안젤린이 걱정스럽게 그라함을 봤다.

"할배, 괜찮아……?"

"아무렴……. 고맙구나. 덕분에 살았다."

"미토도 무사하니……. 자, 돌아갈까."

벨그리프는 손에 든 대검을 그라함에게 건넨 뒤 미토를 다시 안았다. 그라함이 자루를 쥐자 성검은 윙윙 소리를 낮추더니 뭔가 만족한 듯이 옅게 빛을 발했다.

살랑살랑 부는 부드러운 바람을 타고 멀리서 자신들을 부르는 떠들썩한 목소리가 들려왔다.

○

쨍, 소리를 내며 남자의 앞쪽에서 빛나고 있던 거울 비슷한 것이 깨지더니 그대로 녹아내리듯 사라져버렸다.

숲속이었다. 우거진 나무들의 잎이 햇빛을 차단하기에 낮인데도 어둡고 소름 끼치도록 고요하다. 방금 전까지 푸르게 빛나고 있던 거울이 사라져버렸기에 더더욱 어두운 듯 느껴졌다.

남자는 하얀 로브의 후드 아래에서 예리한 시선으로 허공을 이리저리 더듬었다. 뭔가 상념에 잠긴 듯한 얼굴이었다. 혹은 뭔가 불만을 가슴에 품고 있는 것처럼 보이기도 했다.

"예측이 잘못되었나……. 그렇다면 더욱 큰 위협을 던져줘야 하는가……?"

하지만 남자의 머릿속에 그라함의 얼굴이 스치고 갔다. 시골에서 누린 평온한 생활에서 둥글어졌을 그 남자도 이번 소동에서 다시금 예리하게 연마되었을 것이 틀림없다. 남자는 결코 상대를 낮추어 보지 않았다.

"……녀석은 이미 흐름에서 내려선 몸. 이번 전투에서 굳이 말려들게 만든 게 실수였군."

남자는 중얼거렸다. 자신을 타이르는 말 같기도 했고, 아울러 입 밖에 꺼냄으로써 생각을 정리하려는 행동 같기도 했다.

"바알의 파편은 당분간 무시해도 상관없겠지. 만약 저 계집이 형세의 중심이라면……. 언젠가 이쪽으로 다시 흘러들지 않겠는가."

남자는 생각을 다 정리했는지 고개를 끄덕였다.

"그렇다면 더욱 가까운 곳에서 관찰하는 것도 한 가지 방법이겠지."

로브가 펄럭였다. 아지랑이처럼 모습이 일렁거리는가 싶더니 쓱 사라졌다. 나무숲 사이를 바람이 누비고 오자 가지와 잎이 싸락싸락 소리를 냈다.

# 83 석양에 비추이는 광장에서 불을

석양에 비추이는 광장에서 불을 피워다 놓고 마을 사람들이 잔뜩 모여 있었다. 모닥불에는 큰 냄비를 걸쳐 놓았는데 보글보글 소리를 내며 스튜가 끓고 있다. 샤를로테가 긴 나무 주걱으로 안쪽을 휘저었다. 카심이 사과주 컵을 한 손에 들고 떠들어 댄다.

“거 뭐냐, 날리고 또 날려버려도 자꾸 재생하더라고. 그래서 맘 먹고 최대 화력으로 싹 지워버리겠다, 딱 힘주던 차에 벨이 결판을 내버린 거야. 아까까지 멀쩡히 움직이던 녀석이 순식간에 먼지가 되어버리더라. 이야, 아까웠어. 오랜만에 전력을 쏟을 기회였는데.”

“가짜 용이어도 용종 수준의 적을 혼자서 상대하다니……. 과연 『천개 파괴자』답군.”

사샤가 감동한 표정으로 입담에 귀를 기울이고 있다. 옆쪽에서 젊은 모험가 3인조와 마을 젊은이들도 흥미진진하게 새겨들으며 흠흠, 고개를 끄덕거렸다. 모두들 지친 모습이었지만 표정은 밝게 빛나고 있다.

정말 잔치 준비를 하고 기다릴 줄은 생각하지 못했다. 벨그리프가 일행이 마을로 돌아왔을 때 광장에는 이미 큰 냄비와 사과주

통이 놓여 있었다.

이렇게 웃고 술잔을 주고받는 마을 사람들을 바라보면 방금 전까지 삶과 죽음을 걸고 싸웠다는 것이 어쩐지 믿기지 않는 기분이었다. 다만 오히려 고난을 겪은 다음이기에 더더욱 이렇듯 밝게 떠들며 기운을 내는 것도 어쩌면 중요하지 않을까 생각이 든다.

어깨를 으쓱거리듯 돌려주고 크게 숨을 내쉬었다. 숲에 들어가 있던 동안은 긴장감이 끊어지지 않아서 신경 쓸 틈이 없었던 피로가 뒤늦게 새삼 묵직하게 밀려든다. 젊은이나 고위 랭크의 모험가들과 똑같은 줄 알고 몸을 움직였다가는 나중까지 고생을 한다. 또 마디마디가 아프면 어떻게 할까, 살짝 걱정이야 들어도 미토와 그라함을 구한 결과다. 후회 따위를 할까 보냐. 벨그리프는 손바닥으로 뺨을 철썩철썩 때렸다.

주위를 둘러본다. 광장에서 보이는 집집은 비록 붕괴되지는 않았을 뿐 처마가 눌려 찌부러지거나 벽에 균열이 들어가 있는 등 파손이 많다. 그럼에도 벨그리프와 일행이 숲에 있는 동안에 마을 사람들은 열심히 뒷수습에 전념했는지 아침나절의 어수선한 상태와는 분위기가 무척 달라졌다. 위태로워서 도저히 거주할 수 없는 집은 몇 채에 머물렀고, 대다수 집은 뒷정리와 간단한 보수만 이루어지면 원래대로 일상생활이 가능할 것 같다. 마을의 목수들은 벌써부터 수리 일정을 큰 목소리로 상의하고 있다.

마을 습격이라는 비일상의 두려움과 불안에서 벗어나자 톨네라의 마을 사람들은 굳셌다. 절망적인 상황이어도 밝은 앞길만 내다볼 수 있다면 매사가 예상 이상으로 매끄럽게 진행되는 경우도 있는가 보다.

촌장 호프만이 사과주를 퍼서 건네줬다.

"셀렌 님이 말이야, 보르도의 행정부에다가 겨울날 몫의 곡식을 마련해주도록 헬베티카 님께 말씀을 드려주신다더라. 덕분에 걱정이 사라졌다고, 와하하핫!"

"그게 전부가 아니라 마을 재건을 위해 인원도 보내주신다는군. 후후, 영주님은 정말 믿음직하다니까."

그렇게 말한 뒤 케리가 웃었다.

다행스럽게도 본인 또한 소동의 복판에서 마을의 참상을 목격했던 셀렌은 금방 톨네라를 지원하겠다는 결정을 내려줬다. 물론 혼자만의 판단으로 실행이 되진 않겠지만, 헬베티카가 거절할 일은 분명 없을 것이다. 겨울간 쓸 식량, 건물을 비롯한 마을의 재건 및 부상자 치료 등 최대한의 도움을 약속받았다.

호프만은 사과를 마시고 웃었다.

"이런 때 영주님과 연줄이 있는 게 고맙구나. 벨, 자네 덕분이 아니겠나."

"내가 뭘 했다고……."

힐끔, 시선을 돌린다. 저쪽에서 안젤린과 셀렌이 나란히 무엇인가 대화를 나누고 있다. 때때로 웃음소리가 섞이는 것이 무척 즐거운가 보다. 보르도 가문과의 관계도 지난 시간을 거슬러 가면 안젤린으로부터 시작된 인연이다. 딸아이가 셀렌을 구출했고, 그럼으로써 사샤가 왔고 헬베티카가 왔고……. 여러 사건이 조금씩 선으로 이어지면서 지금이라는 시간으로 연결되었다.

여하튼 톨네라의 재건은 아무 문제가 없을 듯싶다. 힘든 시간도 많겠지만 모두가 한껏 힘을 모아서 비록 최선까지는 아니더라도 납득할 수 있는 결과는 충분히 이뤄 내리라. 미래를 기대할 수 있는 이상 지나간 일을 이것저것 떠든들 아무 소용이 없다.

벨그리프는 슬쩍 일어나서 광장을 뒤로했다. 사과 주스가 담긴 병을 들고 집으로 향한다.

집에 돌아가자 아직껏 침상에 똑바로 누운 미토와 그 옆쪽에서 조용히 앉아 있는 그라함의 모습이 보였다.

"어떤가? 상태는."

"아직 깨어나지 않았을 뿐 안색은 나쁘지 않네."

벨그리프는 사과 주스를 컵에 따라서 그라함에게 건네주며 자신도 자리를 잡고 앉았다. 미토를 내려다본다. 새근새근 숨소리를 내면서 짬짬이 코가 막히는지 힘들게 숨 쉬며 얼굴을 찌푸렸다.

"……나쁜 꿈이라도 꾸고 있으려나."

"그리 혹독한 일을 겪지 않았나. 무리도 아니지."

그라함은 사과 주스를 한입 마시고 눈을 감았다.

"……덕분에 살았군. 새삼 감사의 말을 전하겠네, 벨."

"하하, 뭘, 나 혼자서 한 일이 아니잖나. 안제가 있었고, 카심이 있었고……. 다들 열심히 싸워줬지."

손을 뻗어서 미토의 머리를 쓰다듬는다. 살짝 굳어졌던 표정이 푹 누그러졌다. 벨그리프는 미소 짓고는 곧이어 얼굴을 들어 올리며 그라함을 돌아봤다.

"우리는 문제를 뒤로 미루기만 했던 것 같군."

"으음……"

그라함은 눈살을 찌푸렸다.

"금번에 겪은 숲의 습격, 사주한 자가 있는 듯싶군."

"뭐라고……? 도대체 누가."

"알진 못하네. 다만 숲에 붙들린 엘프의 사념이 내게 말해주었지. 하얀 옷을 입은 남자가 숲의 악의를 각성시켰다고."

"하얀 옷……."

정체가 무엇일까, 벨그리프는 고개를 갸웃했다. 애당초 목적은 무엇이었던가 의문이 든다. 그라함은 눈을 내리깔았다.

"돌이켜보면 묘한 일이지. 숲이 노렸던 것은 미토뿐……. 힘을 원했다면 마력이 많은 샤를로테도 충분히 노릴 법했지. 어떤 수법을 사용했는가 알 수는 없다만, 나는 무엇인가 작위적인 느낌을 지울 수 없군."

"으음……."

분명 일리가 있는 말이다. 다만 그라함에게서 들은 이야기에 다르면 숲은 솔로몬과 겪었던 싸움을 계기로 악의를 증폭시켰다고 했다. 그 영향이 지금껏 남아 솔로몬의 호문클루스인 미토를 노렸던 것이 아니었을까. 실제로 마왕이 겉면에 나올 뻔했던 벡에게도 숲은 반응했다.

짧게 설명하자 그라함은 팔짱을 꼈다.

“그것도 가능성이 없진 않겠군……. 결국 우리는 추측밖에 달리 수단이 없는가.”

“그러게 말일세……. 그 하얀 옷차림의 남자, 또 뭔가 수작을 부릴 것 같나?”

“딱히 말을 못 하겠군. 다만 이번에 쓴 방법을 감안하면 전면에 나서서 직접 계획을 진행하는 부류는 아닌 듯싶군. 뒤에서 실로 조종하는 게 특기인 작자일 테지……. 그래서 더더욱 대응이 어렵네만.”

“……난처하군.”

이래서는 여행을 떠날 상황이 못 되겠군, 벨그리프는 한숨 쉬었다. 그라함은 가만히 벨그리프를 바라봤다.

“다만 상대는 딱히 톨네라를 노리는 게 아니네. 나의 경험을 들어 말하자면 전면에 모습을 드러내지 않는 인물은 경계심이 몹시 강하지. 한 차례 실패해서 이쪽의 경계심을 자극한 이상은 즉각 다음 수작을 부릴 것이라 생각하기는 힘들군. 설령 나타나더라도 다음에는 나 또한 방심하지 않는다네.”

상대의 수법은 이번에 잘 겪어서 알게 됐잖은가, 그라함은 눈 안쪽을 번뜩 빛냈다. 벨그리프는 쓴웃음 짓고 뺨을 긁적였다.

“……자네가 하는 말이라면 한 말대로 될 테지.”

분명 이번에는 상대의 방식을 알지 못했기 때문에 온갖 측면에서 선수를 빼앗겨버렸지만, 일단 경험한 이상 저 노엘프는 사소한

단서도 놓치지 않을 것이다.

"그건 그렇고 그라함, 뭔가 의욕이 가득하군. 마리 같은걸."

"음."

그라함은 겸연쩍어하며 입을 다물었다. 벨그리프는 쿡쿡 웃었다.

"오랜만에 겪은 위기에서 모험가의 본능이 되살아나기라도 했나?"

"이것 참……. 그대는 뭐든 꿰뚫어 보는군."

그라함은 난처해하며 웃었다.

"……그대는 자신의 과거를 매듭짓고 오게. 그 기간 동안 그대가 짊어진 것을 대신 맡아줄 힘은 있다네."

"……미안하군. 아직껏 내가 철부지라서 곤란할 따름이야."

"그런 행동은 철부지의 범위에 들어가지 않네. 그대는 충분히 타인을 위해 노력해왔지. 슬슬 자신을 위해서 뭔가 하더라도 좋을 무렵이야."

"하하, 그렇게 말해주니까 위로가 되는군."

벨그리프는 웃음 짓고는 수염을 비비 꼬았다. 결국 자신도 역시 그라함을 두고 웃을 수 없었다.

사과 주스를 한 모금 마시고 벨그리프는 살짝 몸을 내밀었다.

"그런데 아직 미토의 문제는 해결된 게 아니잖나……. 이번에 또 마력이 소실되었다지만, 다시 원래대로 몸속에서 마력이 과하게 생성되리란 것은 확실하지? 애당초 몸이 마력의 덩어리 같은 구조이기도 하고."

미토는 현재의 인간과 가까운 몸을 구축하는 데 마력 대부분을 썼다는 것이 그라함도 견해를 같이했었다. 다만 이후의 관찰에 의해 신체가 더욱 응축된 마력 덩어리이고, 아울러 마력이 줄곧 몸 속에서 생성되고 있음을 발견했다. 몸에 다 담기지 못한 마력은 조금씩 바깥으로 흘러넘쳤고, 그것이 이번 소동을 일으키는 한 가지 원인이 되었음은 의문의 여지가 없다.

솔로몬의 호문클루스에서 유래된 마력은 인간이나 엘프의 경우와 또 다른지라 짐작하건대 별로 안 좋은 존재들을 불러들이는 경우가 많은 듯 여겨졌다. 이번에 겪은 오래된 숲 정도는 아닐지언정 또 마수 부류를 불러들일 가능성은 대단히 크다.

그라함은 고개를 끄덕거렸다.

"……염두에 둔 대책은 있네. 마력의 생성을 막기는 불가능하나 생성된 마력을 다른 무엇에 이용하여 곧장 소비한다면 역치를 넘겨 강대한 힘을 끌어들이는 불상사 없이 평안하게 지낼 수 있을 걸세."

"흠? 그나저나, 소비를 하고 싶어도 어떻게 해야……."

"그래. 이 문제로 그대에게 부탁할 것이 있네."

그때 미토가 살짝 눈을 떴다. 잇따라 눈을 깜빡이며 천천히 상체를 일으킨다. 손등으로 눈을 비비면서 상황을 미처 파악하지 못한 모습으로 여기저기 시선을 옮겼다.

"……여기, 어디야?"

"미토."

살짝 겁먹은 분위기였다만 이름을 불러주자 미토는 벨그리프의 얼굴을 인지하는 동시에 쏜살같이 가슴에 뛰어들어서 울음을 터뜨렸다.

"아빠……!"

"……잘 참았구나, 미토."

벨그리프는 미소 지으며 미토의 머리를 쓰다듬어줬다. 미토는 흐느끼면서 잠시 벨그리프의 가슴에 얼굴을 파묻고 있다가 번쩍 얼굴을 치켜들었다.

"할부지는?! 할부지는 괜찮아?!"

"나는 여기에 있다."

미토는 일순간 어리둥절하다가 곧 펄쩍 뛰면서 그라함에게 안겨 들었다.

"할부지……. 미안해요."

"왜 사과를 하나. 네가 무슨 잘못을 저질렀다고."

"그래도…… 그래도, 나 때문에……."

그라함은 들고 있었던 컵을 탁자에 내려놓고 살짝 웃으며 미토의 머리카락을 덥석덥석 주물렀다.

"네가 한 차례 숲으로 뛰어들었기 때문에 톨네라는 무사할 수 있었다. 신경 쓰지 말거라."

"으으……."

그럼에도 납득하지 못하고 미토는 눈물 흘렸다.

"……아무튼 무사해서 다행이구나. 배고플 테지?"

벨그리프가 한마디 건네며 미소 지었다. 그라함은 미토를 안아

든 채 일어선다. 그리고 살짝 얼굴을 찌푸렸다.

"……벨, 미안하네. 부탁하지."

"그래, 이 친구야, 무리하지 말게……."

벨그리프는 쓴웃음 짓고 그라함의 팔에서 미토를 받아 안았다. 그라함은 겸연쩍어하며 눈을 내리깔고 옆구리를 문질렀다. 솔직히 벨그리프도 살짝 버거웠지만, 옆구리를 관통당했던 그라함보다야 훨씬 멀쩡하다.

미토를 안아 든 벨그리프는 그라함과 함께 집 바깥으로 나왔다.

석양은 푹 기울어져서 벌써 산의 능선에 걸려 있었다. 조금 더 지나면 가라앉아서 하늘이 타오르듯 붉어질 테지.

미토가 의아해하는 표정을 짓고 눈을 깜빡거렸다.

"어디 가려고……?"

"음, 저녁 식사를 먹어야지."

미토는 살짝 몸을 움직거렸다. 그러나 벨그리프는 상관하지 않고 곧장 광장으로 향했다.

이미 스튜가 푹 익은 듯싶었다. 큰 냄비 말고도 여기저기에 그릇에서 김을 잔뜩 피워 올리고 있다. 모닥불 옆쪽에 앉아 있었던 안젤린이 얼굴을 들어 올렸다.

"앗, 아빠……. 미토! 깨어났구나!"

그 자리에 있던 사람들의 시선이 곧장 한 방향으로 모인다. 안젤린이 기뻐하며 일어나 다가와서 미토의 머리를 쓰다듬었다.

"누, 누나……. 내가."

“다행이다…….”

미소 짓는 안젤린의 뒤쪽에서 마을 사람들이 어른도 젊은이도 가까이 달려왔다. 미토는 벨그리프의 품에 더욱 힘주어 달라붙었다. 혼날 것이다, 무서워졌을 테지. 그러나 마을 사람들은 울먹거리는 얼굴로 웃으면서 차례차례 미토에게 따뜻한 말을 건네줬다.

“미토, 어서 오거라!”

“미안하다, 못된 소리나 하고……. 용서해다오.”

“잘 돌아왔구나……. 무사해서 다행이야…… 정말.”

“많이 무서웠지. 애썼다. 아주 기특해.”

“다치진 않았고? 배고프지? 잔뜩 먹거라.”

미토는 어리둥절했다. 몸에서 힘이 빠지고 벨그리프에게 달라붙는 힘도 약해져서는 입을 뻐끔뻐끔한다.

“미안…… 미안, 해요…….”

입을 열다가 오열에 방해를 받아 제대로 말을 못 잇는다.

“사과할 필요 없단다, 일부러 한 짓이 아니잖냐?”

“그래그래, 요상한 나무 녀석들이 잘못한 거야.”

미토는 뚝뚝 눈물을 흘리면서 코를 훌쩍였다.

“나…… 나, 여기에서 살아도 돼……?”

당연하잖냐, 마을 사람들은 웃으며 미토의 머리를 쓰다듬었다.

“고마워요오…….”

울면서 가슴팍에 얼굴을 파묻는 미토를 쓰다듬으며 벨그리프는 미소 지었다.

비록 말로 안 꺼낸다 뿐이지 마을 사람들도 아직 개운치 않은 부분이 있겠지. 그럼에도 이렇듯 다시 받아들여준다는 것이 기뻤다. 분명 조금씩 타협을 거듭하며 서로 괜찮은 지점을 찾아 안정될 수 있을 것이다.

벨그리프는 얼굴을 들어 올렸다.

"자, 배가 고프구나. 오늘은 쭉 느긋하게 보내자꾸나."

"잔뜩 만들었어, 마음껏 먹어!"

샤를로테가 나무 주걱을 흔들면서 웃었다.

밥이다, 밥 먹자. 사과주를 돌리면서 단박에 분위기가 밝아졌다. 태양이 서쪽 산으로 완전히 사라져서 근방을 엷은 어둠이 감싸기 시작했지만 다들 알아차리지도 못했다.

그런 모습들을 바라보면서 벨그리프는 힐끔 곁눈질로 그라함을 돌아봤다. 그라함은 살짝 웃고는 고개를 끄덕거렸다.

○

드디어 여름의 기운이 강해지면서 온통 초여름의 분위기가 감돌았다. 마을 주변의 숲은 파릇파릇하게 바람에 흔들리고 양들의 털도 제법 자랐기에 슬슬 털 깎기를 할 시기다. 감자는 벌써 캐냈고 난리를 피한 보리밭은 황금색으로 물들어서 수확도 거의 끝난 참이다.

톨네라의 가옥은 수리도 끝나서 또 원래대로의 생활이 돌아왔다. 딱히 사람이 죽지도 않았을뿐더러 다 지나서 돌아보면 마을에는 흉터라고 꼽을 자취도 남지 않았기에 오래된 숲의 습격도 왠지 꿈속의 일처럼 여겨졌다.

벽을 둘러 세운 새집의 안쪽에 서서 안젤린은 주변을 돌아봤다. 아직 내부 장식은 끝나지 않았다. 다른 집들의 보수가 먼저라서 이 집의 마무리가 중단됐기 때문이다. 그러나 이미 집이라고 불러도 될 만큼 형태는 잘 갖춰졌다. 이곳저곳 보수가 끝난 지금은 이곳의 공사도 재개될 것이다.

아직 공사는 끝나지 않았다지만, 벽 설치가 끝난 날부터 안젤린과 동료들은 이곳에 탁자 및 의자, 모포와 쿠션 따위를 갖고 들어와서 밤마다 모여 놀았다. 잠깐잠깐 놀기만 해도 새로운 생활이 벌써 상상되기에 어쩐지 두근두근하는 기분이다.

"그래도, 그 전에……."

중얼거렸다. 허리에 찬 검에 손을 가져가서 꾹 들어 올리며 위치를 고친다.

"……퍼시 아저씨, 어떤 사람일까?"

아버지의 옛 친구를 상상해본다. 벨그리프는 퍼시벌을 지키려다가 다리를 잃어버렸다.

만약 자신을 지키려다 아버지가 다리를 잃는다면? 또 상상해본다. 잠시 상상만 해봐도 벌써 괴롭고 괴로워서 못 견디겠다. 무의식중에 두 손으로 얼굴을 감쌌다. 놀랄 만큼 슬픔과 죄책감이 느껴졌다. 이런 감정을 20년 이상 짊어지고 살아왔다는 것은 도저히 상상을 못 하겠다.

안젤린은 눈을 깜빡거리다가 자세를 가다듬고 집 바깥으로 나왔다. 밝은 초여름의 햇살이 눈에 따끔따끔했다. 끝없이 맑고 트인 푸른 하늘에 주물러서 띄워 놓은 것 같은 둥근 구름이 잔뜩 떠다니고 있다. 따뜻해서 어쩌면 땀이라도 흘릴 것 같은 화창한 날씨였다.

오늘 여행을 떠난다. 남쪽의 닌디아 산맥, 그곳에 있다는『대지의 배꼽』이 목적지다. 그곳에 퍼시벌이 있다.

안젤린 자신은 퍼시벌에게 복잡한 심정을 가지고 있다. 아버지가 다리를 잃은 원인이 된 사람이라고 생각하면 부아가 치미는 기분도 들지만, 그 사람이 지금도 괴로워하고 있을 현실은 상상하기 어렵지 않았다. 따라서 불쌍하다는 생각도 든다. 게다가 옛 사고가 없었다면 자신은 벨그리프를 만나지 못했다. 이런 가정을 들어 생각하자면 어쩐지 자신이 몹시 철부지처럼 생각되기도 했다.

저쪽을 보면 앞마당에서 벨그리프와 그라함이 뭔가 대화하고 있었다. 부재중 할 일에 대한 이야기일 테지. 안젤린은 두 사람의 곁으로 달려갔다.

"아빠."

"음, 아, 안제. 준비는 괜찮니?"

"응……."

안젤린은 주뼛주뼛 벨그리프의 옷자락을 살짝 붙잡았다.

"아빠는…… 만나는 게 무섭지 않아? 그러니까…… 퍼시 아저씨랑.”

“음……. 글쎄다. 솔직히 나 자신도 잘 모르겠구나.”

벨그리프는 안젤린의 머리에 손을 얹었다. 그대로 덥석덥석 쓰다듬는다.

“그래도 퍼시는 친구니까. 무서워도 만나고 싶네.”

“그렇구나…….”

안젤린은 입을 우물우물하다가 벨그리프의 팔을 끌어안았다. 어째서일까. 자신이 되레 이상하게 불안을 느꼈다.

벨그리프는 미소 짓고는 안젤린의 머리를 톡 잡아줬다.

“어느 쪽이든 할 일이 생겼잖니.”

“미토, 때문이지?”

“그래.”

이번 여행은 단순히 벨그리프의 옛 친구와 만나기 위한 목적만 있는 여행이 아니게 됐다. 그라함이 궁리한 대책을 실행하기 위해서 어떠한 고위 랭크의 마수가 가지고 있는 소재가 필요했다. 마침 강력한 마수가 잔뜩 돌아다닌다는『대지의 배꼽』에 가는 길이니만큼 겸사겸사라는 표현은 조금 이상할 수 있겠지만, 부수 목적을 달성하기에도 충분할 테지.

아빠와 여행을 떠나서 함께 싸울 수 있다. 그 광경을 상상하면 방금 전까지 치솟았던 불안이 어딘가로 사라지는 기분이 들었다.

벨그리프의 등에서 윙윙 소리가 났다. 등에 멘 그라함의 대검이 옅게 빛나고 있었다. 안젤린은 손가락으로 검을 콕콕 찔렀다.

"……할배, 이 아이가 없어도 괜찮아?"

"내 걱정은 말거라……. 그 녀석에게 너무 과하게 의지한 것이 아니었나 싶더구나."

그라함은 살짝 웃었다. 저 웃음은 달관한 노인의 표정이 아닌 무엇인가 새로운 분야와 마주하게 된 젊은이의 자세다. 이번 소동은 그라함에게도 모종의 변화를 가져다준 듯싶다.

벨그리프는 난처해하며 칼자루에 손을 가져갔다.

"그나저나 괜찮겠나? 정말로 내가 빌리게 되다니. 역시 안제가 더……."

"아냐. 그 아이는 아빠랑 상성이 더 좋을걸……."

"안젤린의 말이 옳네. 나를 제외하면 그대가 가장 제대로 그 검을 다룰 수 있다네. 검도 그대를 분명 신뢰하고 있을 테고. 톨네라에서 은거하기에는 아직껏 검의 기운이 많이 넘치는군."

"으음……."

저런 말까지 듣고 거절할 순 없군. 벨그리프는 뺨을 긁적였다. 아무튼 마음에 걸리는 것은 자신에게 그라함이나 안젤린과 다르게 검의 목소리가 전혀 들리지 않는 부분이다. 검은 윙윙 소리를 낮춘 채 조용히 있다. 쑥스러운 걸까, 토라진 걸까. 벨그리프는 알 수 없었다.

이번 여행에 임하며 고위 랭크 마수와의 전투가 필연이 된 사정도 있어 그라함은 자신의 대검을 벨그리프에게 빌려줬다. 성검이라 불리며 칭송받을 만큼 대단한 검을 사용한다는 데 벨그리프는 다소 위축됐었다. 하지만, 굳이 단호하게 거절할 만한 호의도 아니었던 데다가 주위 사람들의 추천도 있어 빌리는 것을 받아들였다. 아버지가 뜻하지 않았지만 더욱 강해진 것에 안젤린은 물론 몹시도 기뻐했다.

나란히 마을 입구까지 간다. 행상인의 마차가 있고 그곳에 아넷사와 밀리엄, 카심이 있었다. 벡과 샤를로테, 그리고 미토는 배웅이었다. 마을 젊은이들과 아이들도 몇 명인가 나와 있었다.

이미 마차에 앉아 있었던 카심이 중절모자를 흔들었다.

"오, 왔구나. 이제 출발하나?"

"그래, 오래 기다렸군. 가볼까."

"아버님, 조심해서 다녀와!"

샤를로테가 말을 건네며 벨그리프의 손을 붙들었다. 벨그리프는 미소 지으며 샤를로테의 머리를 톡톡 쓰다듬었다.

"샤르도 조심하거라. 감기 걸리지 않게……."

벨그리프는 곧이어 벡에게 눈을 돌렸다.

"벡, 아이들을 잘 부탁하마."

"……어."

벡은 어쩐지 시무룩하게 시선을 피하며 뺨을 긁적거렸다.

벨그리프는 행상인을 돌아보면서 머리 숙였다.

"또 신세를 지겠습니다."

"에이, 아녜요, 저야말로! 여러분이 함께라서 여정이 정말 안심된답니다!"

생글생글 웃는 저 사람은 이제 꽤 친분이 쌓인 청발의 여성 행상인이다. 마침 반가운 시기에 톨네라를 방문했기에 이번에는 같이 동행하기로 결정이 났다.

짐을 실어 올리면서 벨그리프는 힐끔 미토를 돌아봤다. 미토는 샤를로테의 옆에 서서 가만히 벨그리프를 올려다봤다. 지난번 소동 이후에 왠지 표정이 어른스러워졌다. 비록 외양은 달라지지 않았지만 말투는 제법 또렷해졌다.

“아빠, 조심해요…….”

“그래, 너도. 할아버지와 다른 아이들을 잘 도와주려무나?”

“응.”

미토는 수줍어하며 고개를 끄덕였다. 점점 더 표정도 다양해지고 있다. 마음속의 감정이 정확하게 표정으로 얼굴에 나타나는 중이다. 동생의 성장이 기쁘기도 하고 섭섭하기도 해서 안젤린은 일단 미토의 머리를 쓰다듬었다. 미토는 기꺼워하며 눈웃음을 지었다.

“누나……. 안녕히 다녀오세요.”

“응!”

안젤린은 헤죽 웃었다. 쓰다듬는 손길이 살짝 거칠어졌다.

말의 고삐가 휘둘러지며 마차가 삐걱삐걱 나아갔다.

잘 다녀와라, 배웅의 목소리가 곳곳에서 들렸다. 미토와 샤를로테가 목소리를 높여 가면서 자칫 떨어질 듯이 손을 흔들고 있다. 그 옆쪽에서 벡이 시무룩한 얼굴로 팔짱을 끼고 서 있었다.

다 같이 마차에서 몸을 내밀어 손을 흔들어줬다.

점점 배웅을 나온 목소리들이 작아지고, 이윽고 들리지 않게 되었다. 덮개 바깥의 햇볕은 따뜻하고, 맞은편에서 바람이 불어온다. 남풍이다. 불 때마다 초원의 풀이 싸락싸락 소리를 나며 파도처럼 흔들렸다.

이 바람이 불어오는 곳에 목적지가 있구나. 안젤린은 앞쪽을 바라봤다. 또한 옆쪽에 앉은 벨그리프에게 몸을 기댔다.

마차가 돌을 밟아서 덜컹 흔들린다. 탑승한 사람이 많기 때문에 속도는 썩 빠르지 않을 듯싶다.

로디나에 도착하려면 저녁이 지난 다음일 테지.

특별 수록

# 번외편

MY DAUGHTER
GREW UP TO
"RANK S"
ADVENTURER.

# EX 정령의 불

이것은 톨네라의 소동이 끝난 후 벨그리프가 다른 동료들과 여행을 떠나기 조금 이전의 이야기이다.

곧 여행을 다녀올지라도 거기에 마음을 빼앗겨서 하루하루의 일을 소홀히 할 수는 없었다. 벨그리프와 식구들이 보리 걷이를 하고, 감자를 캐고, 집집마다 수리를 돕는 동안에 점점 봄의 기운이 멀어지고 대신 살짝살짝 여름 분위기가 감돌기 시작했다. 봄에 싹텄던 연두색의 풀은 모두 다 짙게 물들었고, 하늘의 푸른색도 차츰 강해지는 햇빛 때문에 광채 또한 더욱 밝아지는 것 같았다.

점심이 지난 보리밭에서 마을 사람들이 보리를 걷고 있었다. 남자들이 큰 낫을 휘둘러 베어 낸 자리를 여자들이 다발로 묶어 안아 들고는 가지고 간다. 아이들이 뒤를 걸어서 이삭을 줍고 다녔다.

밀짚모자를 쓴 샤를로테와 미토가 나란히 이삭을 주워 모으고 있었다. 주운 이삭은 옆쪽에 놓아둔 바구니 속에 집어넣는다. 하나하나는 작은 이삭이지만, 모아 놓으면 상당한 양이 되는 법이다. 매년 치르는 일이기는 한데 올해는 오래된 숲의 습격으로 못 쓰게 된 보리밭도 있는 만큼 예년보다 다들 정성을 들여 주워 모으고 있는 것 같았다.

줄곧 허리를 구부리고 있었던 샤를로테가 후유, 숨을 돌리고는 한껏 몸을 젖히면서 등을 펴줬다. 곧이어 이마의 땀을 훔치고 눈을 가늘게 뜨며 하늘을 바라봤다. 알비노인 까닭에 강한 햇빛에 약한 샤를로테는 피부가 노출되지 않도록 항상 긴소매 옷을 입고 챙 넓은 밀짚모자를 쓴다.

보리 다발을 안아 든 안젤린이 다가왔다.

"괜찮아……? 피곤하면 꼭 쉬자."

"아직 괜찮아. 이제 막 시작했는걸."

샤를로테는 모자를 다시 쓰고 가슴을 쭉 폈다. 안젤린은 헤죽 웃고는 보리 다발을 고쳐 들었다.

"그러면 됐어. 아무튼 무리는 금물……. 미토는 괜찮아?"

"멀쩡해. 누난 멀쩡해?"

미토는 손에 묻은 흙을 털고는 안젤린은 올려다봤다. 동글동글한 눈동자는 오래된 숲의 습격 이후로 명백하게 의사의 빛이 더욱 강해졌다. 말투도 예전보다 제법 분명해졌고. 안젤린은 후훗, 웃고는 가슴을 폈다.

"물론이야. 나는 누나잖아."

안젤린은 보리 다발을 짐마차에 실으러 갔고, 두 아이는 다시 허리를 구부렸다. 주워도 주워도 이삭은 사라지지 않았다. 눈을 크게 떠서 꼼꼼하게 주웠는데도 문득 뒤쪽을 돌아보면 못 주운 이삭이 쏙 나타난다.

"바닥에서 혼자 솟아 나오는 것 같네."

샤를로테가 말을 꺼내자 미토도 고개를 끄덕였다.

"응. 그래도 잔뜩 주우면 다들 기뻐할 거야."

"그러게. 더 열심히 주워야지."

두 아이는 더욱 분발하며 이삭을 모았고, 차츰 바구니가 가득 차올랐다. 가만히 지켜보며 근처에 있던 어른이 「열심이구나」 칭찬을 하고 바구니를 짐마차로 가져다줬다.

해가 기울어지면 빛에 주홍색이 늘어나고 점점 무거워지는 것 같았다. 샤를로테는 땀에 젖어서 달라붙은 옷을 펄럭펄럭 흔들어 바람을 넣은 뒤 후유, 숨을 돌렸다.

"슬슬 더워지네……. 미토, 괜찮아?"

"응. 샤르, 피곤하지. 쉬자."

미토는 샤를로테의 손을 붙잡아서 밭 근처의 나무 그늘로 끌고 갔다.

톨네라의 주변은 이곳부터 숲, 이렇듯 명확하게 경계가 지어지는 지형도 있었지만, 장소에 따라서는 따로 떨어져 나온 것처럼 나무가 드문드문 위치하다가 점점 더 숲으로 모여드는 지형도 있다. 밭 근처에 있는 저러한 나무는 일 짬짬이 휴식의 자리가 되어 주기에 농부들이 종종 모여들었다.

"미토, 이제 숲이 무섭지는 않아?"

멀리 보이는 숲을 바라본 샤를로테가 살짝 걱정스러워하며 묻고 미토의 얼굴을 쳐다봤다. 미토는 고개를 끄덕였다.

"괜찮아."

"그래……. 그러면 다행이야."

샤를로테는 조금 우물쭈물했다. 오래된 숲이 미토의 마력을 노리고 쳐들어왔다는 말을 들었다. 본인도 강대한 마력을 보유하고 있는 샤를로테는 어쩐지 공감되는 마음이 들었기에 숲이 조금 무서워지는 기분이었다. 만약 저 숲속에 혼자 끌려간다면? 상상만 해도 몸이 떨린다.

두 사람 모두 숲을 드나든 경험이 없지는 않다. 미토는 그라함과 함께 여러 차례 드나들었고, 샤를로테 역시 봄맞이 축제 이전에 벨그리프와 다른 식구들의 안내를 받아 등화초를 채집하러 간 적은 있다. 그때는 공포를 전혀 느끼지 않았었지만, 그럼에도 뜻밖의 사건을 겪은 다음인지라 어쩐지 다가가기 어려운 기분이 자꾸 들어도 어쩔 수 없는 처지이기는 했다.

아무튼 달랑 혼자라면 어쨌든 간에 둘이라면 괜찮다. 샤를로테는 미토의 손을 다시 꽉 붙잡았다. 흙과 먼지가 묻은 손은 축축하게 땀이 묻어 있었다.

완만한 경사를 올라간 곳에 있는 느릅나무는 잔뜩 우거진 잎을 바람에 흔들거리며 시원한 나무 그늘을 지면에 살짝 던져줬다. 조금 떨어진 곳에서는 울창한 숲이 석양을 받아 녹색으로 빛나고 있었다.

두 사람이 나무 아래까지 다가갔는데 중절모자를 머리에 얹은 카심이 벌러덩 누워 있었다.

"앗, 카심 아저씨다. 어휴, 어쩐지 안 보이더라니 여기 있었어!"

"자?"

미토가 발부리로 카심의 옆구리를 콕콕 차자 카심은 「으어」 신음을 흘렸다.

"으음……. 뭐야, 꼬맹이들이냐."

카심은 몸을 일으키고 두 손을 들면서 거하게 하품을 했다.

"흐앙~ 잘 잤다. 벌써 저녁이 다 됐네?"

"되게 푹 잤잖아. 이런 데서 꾀나 부리고, 아버님한테 혼날 거야!"

"으허억. 살려줍쇼, 살려줍쇼. 꼭 좀 비밀로 해줘라. 벨은 화나면 무섭다니까."

카심은 껄껄 웃고는 얼굴 앞쪽으로 두 손을 맞대고 꾸벅꾸벅 머리 숙였다. 샤를로테는 「나빴어!」 핀잔을 주며 허리에 손을 얹고는 뺨을 뽈록거렸다만, 진지하게 추궁할 생각은 아니었는지 나무 그늘에 걸터앉았다. 미토도 옆쪽에 자리를 잡아 앉으면서 흐흥, 콧소리를 냈다.

"카심은 게으름뱅이라고 누나가 말했어."

"옳거니, 난 게으름뱅이란다. 그러니까 너무 화내지 말거라."

"못써, 이러면 안 돼. 미토가 따라 하면 어떡할 거야."

"안 따라 하는데. 난 아빠를 따라 할 거야."

미토는 못 들을 말을 들었다는 얼굴로 입을 삐죽거렸다. 카심이 재미있어하는 표정으로 수염을 쓰다듬었다.

"벨을 따라 한다? 어떻게 할 셈이냐?"

"검을 연습할래. 그리고 수염을 길러야지."

"아마 미토는 수염이 안 어울릴 거야! 게다가 검 실력만 강한 건 아버님이 아니야! 일솜씨가 정성스럽고 누구에게든 친절하게 대해줘야지!"

샤를로테가 항의하며 소리 높였다. 카심은 유쾌하게 웃으면서 느릅나무에 기댔다.

"기운 넘쳐서 좋구나, 너희들은. 어쨌든 이제 오늘 일거리는 끝이지? 나를 깨우러 온 거냐?"

"아냐……. 카심은 아예 생각도 안 했어……."

"엥~."

"잠깐 휴식하러 온 거야. 그래도 안제 언니한테 들었는데 이삭 줍기는 해가 떨어지기 직전까지 한대."

"으헥, 다들 참 부지런하구나. 난 도저히 따라 할 수가 없겠어."

"일단 해보는 게 좋아, 보물찾기 같아서 재미있거든. 커다랗고 낱알이 꽉 찬 이삭을 발견하면 만세, 기분도 좋아지고. 맞지? 미토."

"맞아. 카심은 어른이니까 일을 해야지."

"어른이라고 꼭 일이나 하란 규칙은 없거든?"

"그래도……. 그래도 아빠는 열심히 일하는데."

"그야 벨은 벨이잖냐. 벨은 벨. 나는 나. 뭔가 틀린 게 있나?"

"으음……?"

"잠깐만, 미토. 속아 넘어가면 안 돼! 카심 아저씨는 그냥 궤변을 늘어놓는 거야!"

"오호. 샤르, 어려운 말을 아는구나, 이 녀석. 기특한데."

"치, 칭찬해서 얼버무릴 생각 마!"

"자, 자자, 너무 툴툴거리지 말래도. 이왕에 쉬러 왔잖냐? 게으름 부리는 즐거움을 내가 가르쳐주마. 좋아하는 꿈을 꾸게 해주는 마법, 혹시들 아나?"

미토와 샤를로테를 얼굴을 마주 바라봤다. 카심은 명백하게 못된 유혹을 하고 있었지만, 아이들의 마음을 제법 뒤흔든 것도 분명하다.

"게으름 부리는 즐거움……."

"그, 그래도, 꾀부리면…… 아버님이."

"괜찮아, 괜찮아. 벨한테 비밀로 하면 되잖냐. 몰래 숨어서 하는 놀이가 진짜 재밌거든?"

"꼬마들한테 뭔 소리를 숙덕대는 거냐, 못된 자식아."

다른 목소리가 들리는가 싶더니 평소처럼 퉁명스러운 얼굴의 벨이 서 있었다. 미토가「오~」외치고 일어서서 벨에게 달려가 몸통 부딪치기 비슷하게 안겨 들었다.

"벨 군!"

"끄억!"

벨은 비틀거리며 미토를 안아 받아주고는 쓱 노려봤다.

"이 자식, 냅다 부딪치지 말라고 경고했을 텐데."

"이힛~."

미토는 조금도 신경 쓰지 않는 모습으로 곧장 벨에게 타고 올랐다. 퉁명스럽고 무뚝뚝하지만 무슨 까닭인지 아이들은 벨을 잘 따랐다. 미토도 예외는 아니다. 카심이 히죽히죽 웃는다.

"역시 형아는 인기가 많군, 헤헤헷."

"쳇……. 불량 아저씨 같으니라고."

한 차례 빙긋거리지도 않은 채 은근슬쩍 미토가 편하게 타고 올라올 수 있게 벡이 자세를 바꿔주자 가만 쳐다보다가 샤를로테도 쿡쿡 웃었다. 단둘이 사교에 속해 유세를 다니던 시절과 비교하면 어쩜 이리도 다를 수 있을까. 그때는 마음에 잔뜩 가시가 돋쳐서 모든 것 전부가 미워 보였는데 지금은 세상만사가 반짝이는 기분이었다.

벡은 가슴 앞까지 타고 올라온 미토를 등에 돌려서 업었다.

"먼저 집에 들어가서 저녁 식사 준비를 하라더라."

"어머, 아버님이 말씀한 거야? 그러면 어서 가야지."

샤를로테는 휙 일어나서 밀짚모자를 다시 머리에 썼다.

"어이, 너도 혼자 걸어라."

달라붙어 있던 미토를 땅에 내려주고 벡은 어깨를 돌렸다. 톨네라에서 겪은 생활로 약간 단련이 되긴 했지만, 몸은 아직껏 많이 가느다랗다. 벨그리프와 그라함처럼 가볍게 아이를 안고 다니려면 한참 시간이 더 걸리겠다.

카심도 일어나서 기지개를 켰다.

"좋아~ 돌아갈까~. 저녁밥은 뭐려나."

"어휴, 아저씨도 참! 요리는 꼭 거들어줘야 해!"

"예이예이, 샤를로테 아씨의 분부대로 합죠. 헤헤헤."

그렇게 다 같이 동행하여 걸음은 내디뎠다. 문득 미토는 고개 돌려서 저 멀리 보이는 숲을 바라봤다. 울창한 숲에서 바람을 타고 나뭇잎 부딪히는 소리가 귀를 간질였다.

○

저녁 식사를 마칠 무렵에는 밤바람이 초목을 어루만지고 있었다.

식기를 정리한 뒤 아이들은 나란히 아직 건설 도중인 새집에 램프 및 초를 가지고 갔다. 건설 도중이어도 이미 지붕은 깔아 놓았고 벽도 둘러놓았다. 창문에는 유리도 끼워 넣었기에 비바람은 충분히 잘 막아주는 상태다.

다만 난로에다가 아직은 불을 피울 수 없고, 내부 구조의 자잘한 부분은 완료가 되지 않았다. 그래서 가재도구 종류도 들여놓지 않았지만, 탁자 및 의자 따위를 가지고 와서 불빛을 밝히면 마무리가 덜 된 내부가 어쩐지 비밀 기지 같은 분위기라서 가만히 앉아 있기만 해도 재미있다. 아직은 조금 쌀쌀하기에 모포도 갖고 들어오면 더더욱 느낌이 살아났다.

안젤린이 이번 귀성에서 갖고 온 체스판을 탁자에 놓았다.

“자, 벡 군, 승부야…….”

“뭐래, 싫거든. 네 녀석은 약하잖냐.”

“문답 무용. 이기고 도망치는 건 용서할 수 없어……!”

안젤린은 아주 단호하다. 벡은 귀찮아하며 한숨 쉬더니 판을 사이에 두고 안젤린과 마주 앉았다.

탁자는 흙방에 놓여 있다. 그 너머에 마루를 깐 부분이 있고, 거기에는 안젤린과 다른 사람들이 모포와 쿠션을 가져다 놨다. 신발을 벗고 올라가서 발가락을 쭉 뻗은 채 뒹굴뒹굴 드러누울 수 있다는 것이 소녀들은 무척 기쁜 눈치였다.

이번 여행이 끝나면 이곳이 생활의 거점이다. 그때를 상상하면서 램프의 빛에 비추이는 건설 도중의 집 안을 둘러보는 것이 안젤린의 즐거움이었다.

털썩 주저앉은 밀리엄의 머리카락을 샤를로테가 이리저리 만지작거리며 땋거나 묶거나 머리 모양을 바꾸고 있다. 아넷사는 조금 떨어진 곳에 자리를 잡고 앉았고, 그 옆에 미토가 드러누워서 머리 모양을 만지작거리는 샤를로테를 재미있다는 듯이 쳐다보고 있었다.

"미리는 머리카락이 폭신폭신해. 땋으면 둥실둥실해서 멋져. 묶어서 리본을 달아줘도 좋을 것 같아."

"그래~? 딱히 머리 모양은 만지작댄 적이 없었네~."

기본적으로 고양이 귀를 감추고 싶어 하는 밀리엄은 모자를 쓰는 경우가 많다. 머리카락 모양을 가다듬어도 모자를 푹 눌러쓰면 똑같은지라 머리 쪽 꾸미기는 별로 익숙하지가 않은 듯싶다.

트윈 테일로 리본을 묶은 밀리엄을 보고 아넷사가 웃음을 터뜨렸다.

"후훗! 뭐야, 미리. 되게 귀여워졌네."

"응, 귀엽지? 이히힛~ 부러워?"

밀리엄은 트윈 테일은 손가락으로 집어서 웃었다. 아넷사는 자기 머리카락에 손을 가져갔다.

"으음, 난 묶을 만큼 길지 않아서 말야……."

"어머, 그래도 이것저것 변화는 줄 수 있거든? 머리핀이라든가 리본이라든가."

"큼지막한 리본을 달자~ 새빨간 녀석으로!"

"잠깐, 보나마나 나한텐 리본 안 어울려!"

그때 안젤린이 「끄응~」 요상한 소리를 냈다. 벡이 귀찮아하며 체스판의 말을 정리해서 한데 모은다.

"3연패. 슬슬 포기해라."

"끄으응, 왜 못 이기지……."

안젤린은 판을 노려보며 입을 삐죽거렸다. 아넷사가 다가와서 어깨를 콕콕 찔렀다.

"한 판 끝났지? 나도 좀 둬보자."

"으으……. 알았어. 머리에 휴식."

"연중 휴식 중이냐."

그렇게 말한 뒤 피식 웃음을 짓는 벡에게 안젤린은 메롱메롱 혀를 내밀었다.

그리고 마루방에 똑바로 벌렁 드러누운 안젤린에게 미토가 올라탔다.

"누나, 졌어?"

"지지 않았어……. 전략적 후퇴."

안젤린은 그렇게 말한 뒤 미토를 붙잡아서 꽉 껴안았다. 미토는 「으갸」 소리 내고는 살짝 몸을 움직거렸지만, 결국 가만히 손길을 받아주었다.

초의 불빛이 흔들거리자 판을 사이에 두고 마주 앉은 벡과 아넷사의 얼굴 음영이 일렁일렁했다. 양쪽 다 진지한 표정으로 판을 들여다본다. 안젤린은 끙, 침음하고는 미토를 안은 채 상체를 일으켰다.

"……벡 군, 나빴어. 나랑 상대할 땐 별로 진지한 얼굴도 아니었는데."

"아네, 강해?"

"응……."

안젤린은 체스에서 아넷사를 이겨본 적이 없다. 이상한데, 생각하면서도 안젤린은 다리를 책상다리로 고쳐서 앉고 그 위쪽에 미토를 올려놓은 다음 뒤쪽에서 끌어안으며 머리에 턱을 얹었다. 미토는 아무 저항도 하지 않는다. 옆에서 보던 밀리엄이 쿡쿡 웃었다.

"뭔가 이렇게 보니까 쏙 빼닮았네~. 머리 길이도 머리 색깔도 똑같고."

양쪽 다 검은 장발이니까 비슷해 보이겠다. 안젤린은 미토의 뺨을 말랑말랑 주물렀다. 부드럽고 매끈매끈해서 무척 감촉이 좋다.

"남매인걸……. 당연해."

"응."

바람이 불어오는가 보다. 창 바깥에서 잎사귀 부딪히는 소리가 들려왔다. 미토는 창문 쪽으로 눈을 돌리더니 폴짝 일어나서 창가로 갔다. 가까이 다가가지 않으면 유리에는 자기 얼굴만 비칠 뿐이다. 안젤린도 같이 뒤쪽에 서서 창 너머에 시선을 줬다. 마당에는 희미한 푸른색 빛이 비치고 있었다. 달이 떠올랐나 보다. 풍경은 하나같이 희끗희끗했기에 질감이 없는 것처럼 보이는데도 바람에 나무들 흔들리는 모습은 뭔가 신비로웠다.

"와아……. 가볼래? 산책."

"가고 싶어."

"어, 산책? 나도 갈래!"

샤를로테도 일어섰다. 밀리엄은 모포를 두른 채 데굴 옆으로 굴렀다.

"난 안에 있을게~. 잘 다녀와요~."

안젤린은 고개를 끄덕거리고 체스판을 사이에 둔 두 사람을 돌아봤다.

"아네랑 벡 군은……?"

물어봐도 대답이 없다.

"저기……? 너희도 산책 다녀올래?"

"으음……."

"……."

아넷사는 건성건성 대답하고, 벡은 아무런 말도 없다. 양쪽 다 눈살을 찌푸린 채 판에서 시선을 떼지 못한다. 심사숙고를 하는 분위기다. 안젤린은 어깨를 으쓱이고는 램프를 한쪽 손에 들면서 집 문을 열었다.

○

바깥은 서늘한 공기가 가득했다. 초여름 무렵이라 이제 서리가 내릴 걱정은 없겠지만, 북쪽 산의 꼭대기에는 아직 희미하게 눈이 남아 있는 터라 그곳에서 불어 내려오는 바람은 몸이 떨리도록 싸늘하다. 낮이면 땀 흘릴 만큼 따뜻해서 일교차에 몸이 더 영향을 받는 까닭일 테지.

안채 방향과 새집의 방향에서 각각 새어 나오는 빛이 지면에 희한한 모양을 만들고 있다.

하늘을 보면 푸르른 반달이 떠올라 있고, 옆쪽에 가닥을 지은 구름이 잔뜩 흘러가고 있었다. 공기가 맑은 까닭에 구름은 모두 형태가 또렷하다. 구름의 상부는 살짝 녹색을 띠고 달빛을 받아 하얗게, 다만 그림자가 지는 방향은 짙은 푸른색을 띠고 있었기에 요철이 무척 사실적으로 보이는 것 같았다. 달이 밝아서 별은 적었지만, 그럼에도 빛이 강하고 큰 별은 여기저기에서 빛나고 있었다.

멀리서 잎 부딪히는 소리가 들리는가 싶더니 곧 바람이 불어와서 마당의 사과나무며 관목 수풀을 흔든다. 뭔가 말을 건네는 게 아닌가 싶어 미토는 귀를 기울였다. 안젤린은 눈을 감은 채 서늘한 공기를 가슴 한가득 들이마시고 있다.

“언니, 잠깐만 걸어 다니자. 가만히 서 있으면 추워.”

샤를로테가 말을 꺼내며 안젤린의 옷자락을 잡아당겼다.

“그러게……. 좀 다녀볼까?”

그렇게 세 사람이 걸음을 뗀다. 미토와 샤를로테는 안젤린을 사이에 두고 각자가 오른쪽, 왼쪽에서 손을 붙잡았다. 램프는 미토가 들어줬다. 바람이 불자 밤이슬과 풀 냄새가 흘러왔다.

마을 안은 조용했다. 올펜 같은 도시와 달리 가로등 종류는 일절 없었다. 창문과 문틈에서 불빛이 새어 나오지만, 대화 나누는 소리 따위는 별로 들려오지 않았다.

“역시 톨네라의 밤은 어둡네……. 오늘은 달이 나와서 조금 괜찮지만.”

샤를로테가 나직하게 말한 뒤 주위를 둘러봤다.

“맞아. 달이 안 뜨는 밤은 새카매……. 미토, 집 지키던 때에 쓸쓸하진 않았어?”

“응……. 할부지랑 같이였잖아.”

“후후, 그래……. 맑은 겨울날 밤, 알아?”

안젤린의 말에 미토는 눈을 끔뻑거렸다. 벨그리프와 마르그리트, 던컨까지 세 사람이 톨네라에서 여행을 떠난 이후에 미토는 그라함과 둘이 겨울의 톨네라에서 생활했다. 물론 산책을 다니기도 했지만, 매일 두꺼운 구름이 흘러 다니거나 차가운 눈이 흩날렸기에 줄곧 하얬다는 인상이 강하다. 오늘 밤처럼 달이 나오는 맑은 밤은 겨울간 없었던 것 같다.

“몰라……. 맑은 날이 있어?”

“가끔 맑아질 때가 있어. 땅은 눈으로 새하얗고, 거기에 달빛이 반사되고 반짝반짝 빛나는 게 정말 밝아서…….”

“와아……. 엄청나게 멋진 풍경일 거야.”

샤를로테가 기뻐하며 말했다. 안젤린은 헤죽 웃고는 미토의 손을 고쳐 쥐었다.

“마을 바깥까지 가볼까?”

“응……. 풀 냄새랑 밤이슬 냄새. 좋아해.”

미토는 대답한 뒤 깊이 숨을 들이마셨다.

마을 바깥까지 나오면 풀이 무성하게 자란 평원이 반짝반짝 빛나고 있었다. 풀이 자라난 장소를 걸어가면 이미 밤이슬이 내려앉은 듯 정강이 부근까지 젖었다.

안젤린이 램프를 불어서 껐다. 강한 빛에 익숙했던 눈에는 잠시간 어둠만 보였지만, 곧 달빛만으로도 충분히 주위가 보이기 시작했기에 오히려 램프가 사라짐으로써 더 밝아지는 것 같았다.

미토는 눈을 빛내면서 주변에 눈길을 줬다. 평원은 쭉 이어져 있고, 하늘은 빨려 들어갈 것처럼 넓었다. 또한 하늘을 떠받치는 것처럼 우뚝 선 주변 산들은 달빛을 받아 하얗게 도드라졌다. 평소에는 큰 그림자가 되어 위에서 덮어씌우기만 하던 산들이 오늘은 달빛 때문인지 바위들 많은 등성이까지 보인다. 도중까지는 무성하게 자라난 숲의 나무들이 어느 지점부터는 사라져서 바위만 잔뜩 자리하고 있는 광경을 밤인데도 또렷하게 알아볼 수 있었다.

불현듯 무엇인가가 목 졸려서 죽어 나가는 듯한 소리가 들려왔다. 새된 목소리인데 모습은 안 보인다. 미토와 샤를로테는 흠칫 놀라며 주뼛주뼛 시선을 이리저리 움직였다.

"뭐야? 방금 전 소리……?"

"저렇게 우는 새가 있어. 숲에."

"숲……."

미토가 눈을 돌리다가 문득 숲 가장자리 부근에서 뭔가 보였기에 눈을 가늘게 떴다.

"……뭔가 있어."

"응?"

안젤린도 눈을 가늘게 뜨고 숲 방향을 본다. 인광 같은 녹색의 빛이 조용하게 명멸하고 있었고, 저것들이 잔뜩 대열을 지은 것처럼 늘어서서 움직이고 있었다. 등화초의 불빛과 다른 신비로운 빛이다. 미토는 살짝 겁먹어서 안젤린에게 매달렸다.

"저거……."

"괜찮아. 저건 무서운 게 아니거든……."

안젤린은 다정하게 미토를 쓰다듬어준 다음 불현듯 떠올랐다는 듯이 장난스럽게 웃음을 머금었다.

"저기 가까운 데서 구경할까?"

"어어?"

"누나가 같이 있잖아. 가자, 가자."

미토는 살짝 주춤거렸지만 안젤린이 잡아당기는지라 도망칠 방법이 없었다. 샤를로테도 조금 긴장한 표정을 짓고 있었지만, 불만을 늘어놓지 않고 따라갔다.

보리 걷이가 끝난 보리밭을 가로질러서 갔다. 흙은 밤이슬로 촉촉하게 젖어 있었다. 보리 그루를 꾹 밟으면 발바닥에서 까슬까슬한 감촉이 느껴졌다. 군데군데 꼿꼿이 뻗어 자라난 풀에 물방울이 묻어 달빛을 반사하며 반짝반짝 빛났다.

밤이슬에 신발을 적시며 숲 근처까지 갔더니 녹색의 빛은 나무들 너머에서 흔들거리고 있었다. 인광처럼 명멸한다 뿐 반딧불이 날아다니지는 않는다. 다만 빛이 있을 뿐이라 홀로 강해지거나 약해지거나 했다.

미토는 두근두근하며 안젤린의 옷을 붙들었다. 어렴풋한 기억이지만 오래된 숲에 납치당했을 때 저러한 녹색의 인광이 날아다녔던 것 같았다. 이렇게 보고 있으면 당시의 안 좋은 기억이 떠올라서 자꾸 주춤거리게 됐다.

"……무서워?"

안젤린이 가만히 물으면서 미토를 봤다. 미토는 움찔 얼굴을 들어 올리곤 힐끔힐끔 시선을 움직이면서 가슴을 쭉 폈다.

"멀쩡해……. 샤르, 괜찮아?"

"괜찮아. 언니가 같이 있는걸."

그렇게 말하면서도 꼬마아이 둘은 숲의 어둠과 더 안쪽에서 반짝이는 빛을 불안해하는 얼굴로 열심히 경계하고 있다.

애쓰는구나, 안젤린은 히죽히죽 새어 나오려는 웃음을 꾹 참고 두 사람의 손을 잡아당겼다.

"좋아……. 괜찮으면 더 안쪽까지 가보자. 모험이야."

"어어?"

"그, 그래도, 밤의 숲은 위험하다고, 아버님이……."

"살짝만 들어가면 괜찮아. 내가 같이 있잖아. 자, 가자."

나무들 안에 걸음을 들여놓자 달빛이 차단되어 발밑이 어두워졌다. 그러나 명멸하는 녹색의 빛이 발밑까지 뻗어 왔기에 잠시 시선을 집중하면 요철이며 떨어져 있는 나뭇가지가 따위가 잘 보였다.

미토는 두근두근하는 가슴을 감싸 잡으면서 두리번두리번 주위를 둘러봤다. 납치당했을 때 봤던 어두운 숲이 떠올라서 자꾸 등줄기가 떨린다. 나무줄기가 나무 목인으로 보이는 터라 미토는 두 손으로 안젤린의 손을 꽉 붙들었다. 샤를로테도 역시 어둠에 겁을 먹은 듯 주위를 안절부절못하며 둘러보다가 안젤린에게 몸을 바짝 가져다 댄다.

문득 안젤린이 손을 놓는가 싶더니 몸을 구부려서 미토와 샤를로테의 어깨를 끌어안았다.

"어서, 잘 봐봐……."

두 사람을 앞을 바라봤다. 녹색의 빛은 둥실둥실 공중을 떠다니다가 점점 가까이 다가왔다. 두 사람을 눈을 깜빡거리며 무심코 서로의 손을 맞잡았다.

이윽고 빛은 세 사람을 둘러쌌다. 조그만 알갱이 같았다. 중심에 한층 더 뚜렷하고 둥근 형태의 빛이 있었는데 그것이 강해지거나 약해지면서 명멸할 때마다 여기저기 주변 나무들이 도드라지듯 빛을 반짝이고, 바람에 흔들리는 잎사귀 소리가 부드럽게 귓가에 와 닿아서 울려 퍼졌다.

"와아……."

샤를로테가 탄성을 흘린다. 녹색으로 도드라지는 숲의 나무들은 환상적이고 아름다웠다. 미토는 방금 전까지 겁먹었던 기억도 잊은 채 무심코 손을 뻗어서 빛 알갱이 하나를 손바닥에 감싸 쥐었다. 그러나 분명 조심스럽게 쥐어서 붙잡았을 텐데도 손을 펼치면 그곳에는 아무것도 없었다.

"아……."

정신이 들었을 때는 빛 알갱이가 차츰차츰 숫자를 줄여 사라지더니 결국 하나도 남김없이 처음처럼 어둠만 가득 들어차 있는 공간으로 돌아가버렸다.

미토는 얼굴을 들어 올렸다. 나무의 가지 끝 너머에서 달빛이 하얗게 빛나는 밤하늘이 내다보였다.

안젤린은 후훗, 웃고는 두 사람의 손을 붙잡아 일어섰다.

"좋아, 돌아가자……."

미토와 샤를로테는 뭐가 어떻게 된 것인지 얼떨떨한 채 안젤린에게 손을 이끌려서 걸음을 뗐다. 아주 살짝만 들어온 곳이었기에 숲에서 금방 나올 수 있었다. 달빛이 변함없이 내려오면서 초원을 하얗게 비춰주고 있다.

샤를로테가 안젤린을 올려다봤다.

"언니, 아까 빛 알갱이는 뭐야?"

"그건 말이야, 정령의 불……."

안젤린은 걸어가면서 답했다. 미토가 고개를 갸웃거렸다.

"정령의 불?"

"응……. 내가 있잖아, 옛날에 혼자 숲속에 들어갔다가 미아가 된 적이 있었거든."

안젤린은 추억을 떠올리며 눈웃음 짓고 말을 이었다.

"봄맞이 축제 전에 말이야, 혼자 등화초를 채집해서 가지고 오면 아빠가 칭찬해줄 것 같아서……. 그런데 중간에 피곤해서 잠들어버렸고 깨어났을 땐 밤이었어. 어둡고 춥고 엄청 무서웠지."

"그래서 어떻게 됐어?"

"무서워서 못 움직이겠고 어떻게 할까 고민하던 중 아까 본 빛이 떠올라서 다가와줬어……. 밝아지고, 무척 아름답고. 그때만큼은 두려움을 잊어버렸지. 그 후 아빠가 구해주러 와줬고. 나중에 물어봤더니 그 빛은 정령의 불이었대. 내가 혼자라 쓸쓸할 것 같아서 옆에 나타나준 게 아니었을까? 아마도."

미토는 눈을 끔뻑거렸다. 혹시 오래된 숲에서 봤던 인광도 자신을 걱정해줬던 게 아니었을까 싶다.

"정령은, 다정해……?"

"……응. 아이를 좋아한대. 장난도 많이 치지만……. 분명 미토랑 샤르가 알아봐주길 바라서 이렇게 숲 근처까지 왔을 거야."

미토와 샤를로테는 무심코 뒤를 돌아봤다. 숲의 어둠 깊숙한 곳에서 녹색의 빛이 일순간이나마 빛났다가 다시 사라졌다. 손을 흔들어줬다는 기분이 든다. 막 방금 전까지 무서웠던 마음은 완전히 사라졌고 미토는 살짝 흥분해서 안젤린의 손을 잡아당겼다.

"굉장하네. 아름다웠어."

"정말 예뻤어. 밤중의 숲도 생각보다 무섭지 않네."

샤를로테도 동의하며 말하고 쿡쿡 웃었다. 등화초를 채집하러 갔을 때에는 인원도 많아 떠들썩했기 때문에 무섭다고 느낄 겨를도 없었지만, 이렇게 달랑 셋이서 와도 지금은 공포보다 감동의 정도가 더욱 강했다. 안젤린은 헤죽 웃었다.

"정령의 불이 나타나는 옛날이야기가 있어. 미아가 된 이졸데의 이야기인데……. 아빠가 잘 알아."

"정말?"

"듣고 싶어."

그렇게 세 사람은 빠른 걸음으로 집에 돌아왔다. 새집에는 들어가지 않고 안채의 문을 열었더니 난로 앞쪽에 앉아 있었던 벨그리프와 그라함이 고개 돌렸다.

"음? 벌써 잘 시간이니?"

"아버님, 미아가 된 이졸데의 이야기를 듣고 싶어!"

"얘기해줘."

두 아이가 달려와서 벨그리프를 사이에 두고 둘러앉았다. 벨그리프는 어리둥절하는 표정을 지었다가 아하, 떠올랐다는 듯이 수염을 쓸어 만졌다.

"그 이야기인가……. 알겠다, 좋아. 단 우선은 양치질을 하고 잘 준비를 다 마친 다음에 들려주마."

두 아이는 서둘러 일어나서 자기 잠옷을 꺼내러 갔다. 의자에 걸터앉아서 증류주를 홀짝홀짝 마시고 있던 카심이 껄껄 웃었다.

"애들은 기운 넘치는구나."

"그래……. 안제, 무슨 일 있었니?"

"후후, 잠깐만, 좀……."

안젤린은 쿡쿡 웃었다. 그라함이 훗 웃고는 눈을 내리깔았다.

잠옷으로 갈아입으면서 샤를로테가 미토에게 가만히 속삭였다.

"사실 말이야, 숲에 들어갔을 때 조금 무서웠어."

"……나도. 그래도 지금은 정말 괜찮아."

"후후, 그러게. 숲속이 참 따뜻했어. 몰랐는데."

그렇다. 숲에 들어갔을 때 신기하게도 평원보다 더욱 따뜻하게 느껴졌다. 하늘에서 내려오는 냉기가 머리 위쪽에 덮인 나뭇가지와 잎사귀에 차단되었기 때문일까. 긴장했던 까닭도 있고 공포심도 솟아서 주변 상황까지 머리가 돌아가지를 않았지만, 지금 다시금 떠올리면 제법 따뜻했던 것 같다.

옷을 갈아입고 양치질을 한 두 아이는 벨그리프의 옆에 앉았다. 벨그리프는 따뜻한 물을 준비해서 천천히 이야기를 들려줬다. 길을 잃어버린 소녀가 밤의 숲에서 정령의 불에 인도를 받아 마을로 돌아오는 단순하고 짧은 이야기인데도 어쩐지 무척 멋지다는 생각이 들었다.

숲은 무서운 곳이기도 하고 따뜻한 곳이기도 하다. 다음에 또 가봐야겠다. 미토는 마음먹었다. 줄곧 헤어날 수 없었던 숲에 대한 공포는 반짝이는 정령의 불에 타올라버린 듯싶다.

따딱, 소리가 났다. 난로 안쪽에서 장작이 터지며 불티가 하늘하늘 날아올랐다.

## ■ 작가 후기

후기도 마침내 여섯 번이나 쓰게 되었다. 후기를 여섯 번 쓰게 되었다 함은 단행본도 6권임을 의미한다. 언제나 책 한권에서 작은 이야기를 마무리 짓고자 노력한다만, 이야기 전체를 부감하여 살펴보면 대강 이쯤이 반환점이라 생각해주셔도 무방하겠다. 독자가 아직껏 절반이냐고 생각할지 벌써 절반이냐고 생각할지 그것은 작가가 알 바는 아니다.

후기에는 항상 무엇을 써야 할까 망설여진다. 쓰고 싶은 내용이 있는 것 같기도 하고, 그러나 쓰고 싶다고 뭐든 다 써버리면 수습이 되질 않는다.

문장을 취미로 시작한 지 10년쯤 지나가는 무렵이다만, 점점 더 무엇을 써야 할지가 아닌 무엇을 쓰지 말아야 하는가 고민하게 되었다. 더 이상 보태도 덜어 내도 안 되도록 좋은 한 문장을 쓰고 싶은 마음은 항상 갖고 있지만, 다만 이것저것 써 나가는 도중에 이런 분량의 묘사로 과연 전달이 될까 불안해지고, 지붕 위에 지붕을 얹듯이 말을 거듭하게 된다.

하지만 소설은 말을 매개로 독자의 마음에 영상 및 감정을 연상시켜야 하는 까닭에 저런 목적을 떠올리면 자꾸만 문장이 길어진다. 그럼에도 작가가 생각한 대로 온전하게 전달되는 경우는 거의 전무하다고 말할 수 있겠지. 황폐한 집을 제아무리 보강해봐도 외풍이 멎질 않는다.

그 빈틈을 메워주시는 것이 toi8 선생님의 일러스트라고 생각한다만, 태생이 빈틈투성이인지라 어쩔 도리가 없다. 거기에 우루시바라 큐 선생님의 만화판이 나의 황폐한 집을 더욱 보강해주고 계시다. 이렇게 감사할 수가.

지금껏 후기에서 소설 내용을 언급하는 일은 되도록 피해왔었지만, 이번 권차에 한정하여 살짝 드리고 싶은 말도 있다. 그래봐야 이야기 자체에 대한 내용이 아니라 묘사 및 전개에 관한 변명이다.

이번 권차는 전체 두루두루 무대가 톨네라 마을이었다. 시골의 작은 마을이고 큰 도시와 다른 독자적인 문화 및 풍습이 정착된 지역이다.

작가 본인도 시골살이라는 사연도 있어 이 주변의 묘사는 대단히 고민했다. 시골은 좋은 부분도 있지만, 별로 바람직하지 않은 부분도 비슷하게 많다. 특히 인간관계와 연관된 문제가 대단히 까다롭다.

보통 시골이라는 곳은 어디든 해당 지역에서 배양된 전통에 의지하여 공동체를 유지하고 있다. 그렇게 되면 사람들은 일상의 유지를 가장 첫 번째로 고려하기 때문에 자연스럽게 점점 더 보수적으로 바뀐다. 전통과 어우러지지 않는 존재는 공포이고, 또한 배제의 대상이 된다.

이 이야기에서는 벨그리프 씨의 존재가 저기에 해당된다. 이방인, 괴짜라는 표식은 알기 쉬운 기호(記號)이기에 뭔가 문제가 발생했을 때는 제일 먼저 의심의 대상이 되어버린다.

이는 현실에서도 자주 일어날 수 있는 현상이고, 딱히 미신이나 편견이 횡행했었던 시대에 한정되는 이야기가 아니다. 현대에서도 노골적이지는 않을지언정 종래의 공동체에 속한 사람들과 바깥에서 온 사람들 간에 가치관의 괴리가 발생하는 사례는 드물지 않다. 내가 살고 있는 지역은 옛날부터 사람들의 왕래가 활발했기에 썩 대단하지는 않다만, 사람들 왕래가 없는 산간 마을 같은 곳은 꽤 심각하다는 말을 들었다. 걸핏하면 「저 녀석은 외지인이니까」라고 갖다 붙인다면 상상 이상으로 많이 힘들 것이다. 표면적으로는 평범하게 교류를 갖더라도 항상 험담을 들어야 한다거나 매사에 은근슬쩍 얄미운 말을 늘어놓는다거나 하면 유쾌한 기분은 들지 않겠지.

본 작품의 시대 설정을 감안하면 이러한 문제는 현대의 상황보다 훨씬 더 격렬하게 발생했을 것이라 예상된다. 이번 소동과 같은 문제가 일어나면 벨그리프 씨를 비롯한 주위 사람들은 마을에서 더는 살아가지 못했을 것이다. 현실에서 벌어졌던 마녀사냥이라는 사례를 떠올리면 몸성히 추방만 당한 채 끝나지 않았을 가능성도 고려할 수 있겠다.

그러나 이 이야기는 소설이다. 아울러 어떠한 소설이 되어 독자에게 읽히기를 바라느냐는 근본적인 문제가 있다. 저러한 시골의 문제를 굳이 리얼하게 묘사함으로써 문제 제기를 하고 싶다는 것도 소설의 한 가지 표현이기는 할 테지만, 이 이야기는 판타지이고 앞서 언급한 리얼함을 하나하나 우선하면 많이 이상해진다. 애당초 리얼한 세계를 만들고 싶다면 제목에 S랭크라는 단어를 넣을 생각도 안 했겠다.

따라서 이번에는 다소 작위적이라 읽히더라도 우화(寓話) 비슷한 전개를 의도해서 선택하게 되었다. 이런 이야기는 리얼하지 않다, 진부하다, 이렇듯 달가워하지 않는 독자분들도 아마 계실 테지만, 그 부분은 어떤 종류의 이상을 형태로 만들어서 표현했다고 이해해주시면 좋겠다.

요즘 들어서 현실의 세계가 몹시 갑갑해지고 있는 상황인 만큼 하다못해 소설의 안쪽에서는 이렇듯 선량한 사람들이 있어도 되지 않을까 작가는 생각하는 바이다.

쓸데없이 진지한 이야기를 하고 말았다. 이런 이야기를 늘어놓으면 뒷일이 난처하다. 전술했던 내용은 전부 작가의 불필요한 고생담일 뿐 읽어주시는 분께는 아무 관련도 없다. 따라서 독자분들께서는 굳이 작가의 헛소리에 귀를 기울이지 마시고 편안하게 즐겁게 읽어주신다면 나는 만족한다.

어쨌든 간에 등장인물들의 여행과 생활은 계속된다. 앞으로의 여정이 어떻게 펼쳐질 것인가, 다음 이야기를 알고 계시는 분도 아직 모르는 분도 다음 권에서 또 만나 뵐 수 있다면 행복하겠다.

2019년 9월 길일, 모지 카키야

# 멍멍 아가씨!!

2019. 吉日 길일

toi8

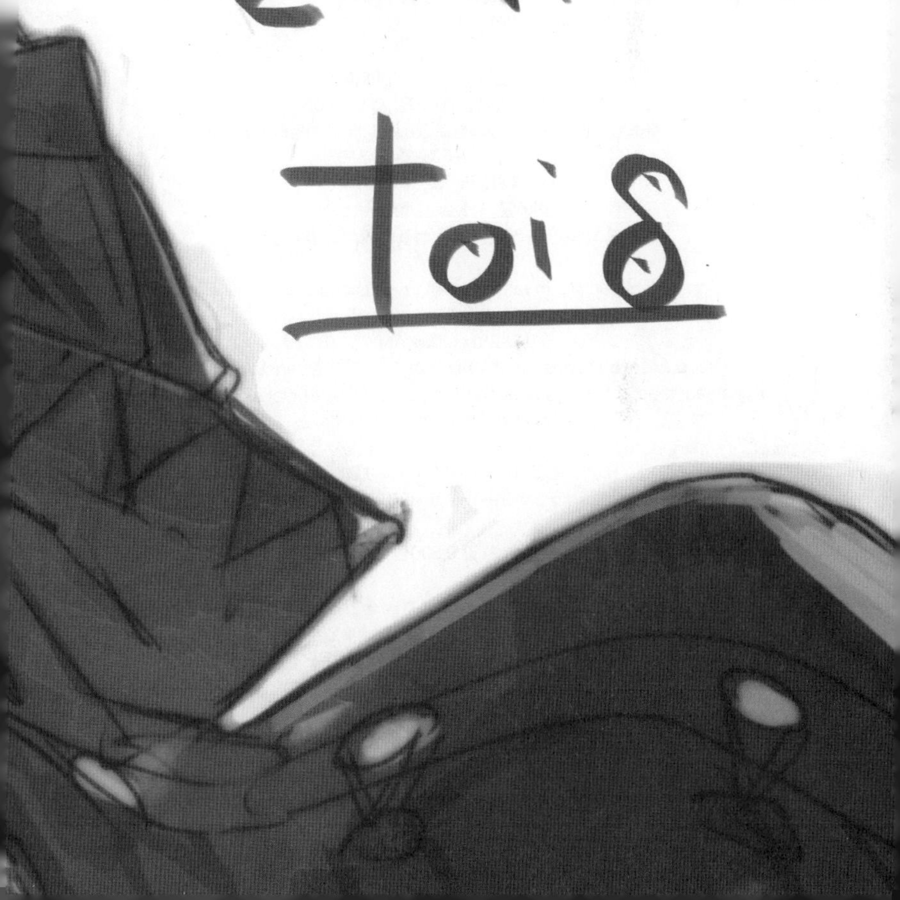

모험가가 되고 싶다며 도시로 떠났던 딸이 S랭크가 되었다 6

초판 1쇄 발행 2020년 8월 20일

**지은이**_ MOJIKAKIYA
**일러스트**_ toi8
**옮긴이**_ 김성래

**발행인**_ 신현호
**편집부장**_ 윤영천
**편집진행**_ 김기준 · 김승신 · 원현선 · 권세라 · 유재슬
**편집디자인**_ 양우연
**국제업무**_ 정아라 · 전은지
**관리 · 영업**_ 김민원 · 조은걸 · 조인희

**펴낸곳**_ (주)디앤씨미디어
**등록**_ 2002년 4월 25일 제20-260호
**주소**_ 서울시 구로구 디지털로 26길 111 JnK디지털타워 503호
**전화**_ 02-333-2513(대표)
**팩시밀리**_ 02-333-2514
**이메일**_ lnovelpiya@naver.com
**L노벨 공식 카페**_ http://cafe.naver.com/lnovel11



ISBN 979-11-278-5651-9 04830
ISBN 979-11-278-4829-3 (세트)

**값 9,800원**